詐騎士《さぎし》 2

かいとーこ

Kaitoko

Regina

RB

レジーナ文庫

登場人物紹介
▼ギルネスト
ランネル王国の第四王子。
攻撃系の魔術の威力は国一番。
別名「サディスト」。
ゼクセン▼
ルゼと一緒に
騎士になった少年。
可愛い外見のせいで、
よく女の子に間違われる。
ルゼ▲
貴族の子弟《ルーフェス》の身代わりに
騎士となった女の子。
人や物を操る傀儡術《かいらいじゅつ》が得意。

◀ノイリ(6年前)
ルゼが誰よりも大切にしていた少女。
謎の多い天族という種族の一人。
◀ ルーフェス
余命一、二年という
病身のため、ルゼに
身代わりを頼んだ
貴族の少年。
ネイド▶
ラグロア騎士隊の騎士。
ギルネストの幼馴染で
一番(?)の腹心。
ローレン▲
テルゼと行動を
ともにする少年。
いいところのお坊ちゃん
だと言うが……?
▲ ヘルド
テルゼと行動を
ともにする少年。
ゼクセン以上の
女顔が悩みの種。
◀ ラント
小柄なウサギ型の獣族《じゅうぞく》
だが、実は軍人。
ルゼを攻撃したのが
運の尽き(?)で……
▲テルゼ
自称「商人」の謎の男。
ルゼを「女の子」と
見抜いているが……

目次

詐騎士《さぎし》 2

第一話　地方騎士のお仕事

馬車がガタガタと揺れる。

軍用の無骨《ぶこつ》な馬車だから、貴人《きじん》の乗るような物とは違う。よく揺れるし、その揺れに身を任せれば尻が痛くなるので、友人達は荷物の中から厚手の服やコートを取り出して尻の下に敷いている。

私、ルゼが故郷の領主様の次男である病弱なルーフェス・デュサ・オブゼーク様の身代わりとして男装し、ランネル王国の騎士団に入り込んで早半年。今のところ、私の正体はまだバレていないが、何の因果か、王子様に見込まれて『火矢《ひや》の会』なる騎士達の集まりに入れられることに。そして騎士としての初の異動にかこつけて、不正が行われているラグロアへの潜入捜査と、共に潜入する王子様の護衛をさせられることになってしまった。

ラグロアの詳しい状況はまだ分かっていないが、魔物を手引きして商人の荷を襲わせる人間がいるらしい。私の実家の周辺にいる魔物達は、大きな計画を立てる知恵もなければ団結力もなく、統率できる指揮官もいないので、せいぜい人々が寝静まった夜半に畑を荒らしたり、町の外に出た人や旅人を襲ったり、人間の盗賊並の強奪《ごうだつ》をするぐらいだった。しかしラグロアの魔物は、それ以上のことをしている。ラグロアは物流の拠点であり、商人にとって避けて通ることのできない場所なので、国としても大きな問題である。

火矢の会とは、このような不正を正す騎士達の集まりである。天使のような翼を持つ聖女《せいじょ》、ノイリが魔物に誘拐された六年前の事件の犯人と今回のラグロアでの一連の騒動の犯人は、繋がっているのではないかと火矢の会は睨《にら》んだらしく、ノイリを信奉《しんぽう》する私が勧誘されたようだ。

私達が乗った馬車は都を出発し、ラグロアへ向かっているところだ。途中、他の町へ異動するべく相乗りしていた他の騎士達は全員前の町で降りてしまったので、私達は気楽な一時《ひととき》を楽しんでいる。次の村で、同じくラグロアへ向かう別の騎士達と合流することになっている。

窓の外には長閑《のどか》な春の田園風景が続き、見回りの騎士が同僚である私達に手を振れば、ゼクセンが手を振り返す。ゼクセンは私の相棒であり、私が女だとばれないための囮《おとり》でもある。金髪碧眼《きんぱつへきがん》の美少女のごとき麗しい顔立ちと輝く微笑みのゼクセンを見て、見回りの騎士はだらしなく鼻の下を伸ばした。彼らが相手は男だと思い直すのはいつのことになるだろう。この可愛いゼクセンがいるおかげで、私はまだ誰にも女だと見破られていない。女としては少し情けない話だが。

私は出発間際に、お友達になった下働きの女性達からもらった餞別《せんべつ》のお菓子を膝の上に広げた。これでもけっこう女性にモテるのだ。私はそのお菓子を向かい側に座るギルに見せた。

「ギル、クッキーいらない？　人が増えると食べにくくなるよ」

「いらない」

友達だから分けてあげようと思って言ったのに、ギルはこちらを見もせずに断った。食べると口の中が渇くからだろうか。私は甘い物が苦手なので菓子はまだ三袋、つまり三人分も餞別が残っているのに。

「じゃあ、ギル、お水いる？」

「自分のがある」

食べ物はいらないし、喉《のど》が渇いているのでもない。じゃあ……

「ギル、飴《あめ》」

「鬱陶《うっとう》しい」

無駄に名前を呼びまくって遊んでいたら、ついにギルが切れた。

「ギルって呼ぶ練習してるだけなのに。ゼクセンも遊んでないで練習しないと、いつか口を滑らせるよ」

「そっか、練習か」

クッキーを食べながら景色を見ていたゼクセンは、我らが王子様、ギルネスト殿下《でんか》を振り返ってじっと見上げた。ギルネスト殿下は、私とゼクセンをラグロアへの潜入捜査に巻き込んでくれた張本人で、この国の第四王子である。現在は身分を隠してギル＝カートルと名乗り、商家の次男坊に扮《ふん》している。だから間違っても、「殿下」、「王子様」などとは呼んではならない。

「ぎ……ギル」

ゼクセンが恥ずかしそうに指をすり合わせながら名を呼ぶと、王子様……ではなく、ギルは不愉快そうに目を逸《そ》らした。

いつも気障《きざ》ったらしく目にかかっていた、癖《くせ》のある黒い前髪を後ろに撫で付け、妙に色っぽい泣き黒子《ぼくろ》を隠すために、度の入っていない眼鏡を掛けている。相変わらずサディストっぽさは抜けていないが、雰囲気がずいぶん違うのでぱっと見は別人に見える。

まさかこんな所に王子様が潜入捜査をしに来るとは誰も思わない。よしんば「ギルネスト殿下《でんか》」の顔を知る人がいても、王族にあやかってギルなどと名を付けられたそっくりさんだと思うだろう。

ギルはつい半年前まで、青盾《せいじゅん》の騎士団に所属していたし、私達が所属する白鎧《はくがい》の騎士団の中で親しく接したことがあるのは、私と同期の新人達の他は、騎士団長など位の高い人達だけなので、まず大丈夫だとギルは言う。どうやらラグロアにはそういった人達はいないらしい。

「王子様を名前で呼ぶのってやっぱり緊張するね！　僕まだすっごくドキドキするよ」

「これからは仲良し三人組なんだから、こんなことで緊張してたらダメだぞ、ゼクセン」

「そうだね！　お友達なんだもんねっ！」

ちょっぴり本気の私と、完全に本気のゼクセンを尻目《しりめ》に、ギルは外の景色を眺めるふりをしている。

「おーい。そろそろ待ち合わせの村に着くから、普通にしてろよ」

御者台のダールさんに言われて、私達は口を閉じた。もしもゼクセンが「王子様」と口走りそうになったら、私が傀儡術《かいらいじゅつ》を使って口を開かなくしてやろう。私が得意とする傀儡術は、物はもちろん、文字通り人の身体も操り人形のごとく操ることができるのだ。

私は幼い頃に足を傷《いた》めて以来、自身の身体をそのように操って生活している。

「ああ、そうそう。忘れるところだった。ルー、お前、これを持っていろ」

ギルから指輪を渡された。彼と、彼の親友であり、強すぎて顔が知れ渡っているために留守番をさせられているニース様が手袋の下にしているのと同じデザインの指輪だ。

男同士でペアリング、キモっ、と心の奥底で思っていたのだけど……

「まさか親しくなった人みんなに配っているんですか？」

人は意外な趣味を持っていることもあるので、恐る恐る尋《たず》ねた。

「気色の悪いことを言うな。ただの魔導具《まどうぐ》だよ。これはニースが付けていたものだ」

「それは良かった。でもサイズが大きすぎます」

ギルは女性用の小さな指輪を小指にしているが、ニース様のは普通に男性用で、私ではどの指にも合わない。サイズ的に男女のペアリングだから不気味さは増すばかり。

「お前、指も細いな」

「放っといて下さい」

「じゃあ僕のしている方をしろ。女用を無理矢理小指にはめていたものだから、お前にはちょうどいいだろう」

ややブカブカしているが、薬指にはまった。余計に指が細く見えて女っぽく見られそうだけど、まあ、男の人でも女性みたいに指の細い人がたまにいるから問題ないだろう。

「この指輪ってどんな効果があるんですか？　恥を忍んで身につけているぐらいだから、よっぽどなんでしょう？」

「恥を……まあいい。見れば一目瞭然《いちもくりょうぜん》だから、腕を前に伸ばして手の平を上に向けろ」

言われた通りにすると、私は何もしていないのに手の平から炎が出た。私は火の魔術とは相性が悪いから、炎を作るのはけっこう苦労するのに。

「魔力の発動地点を他人の手元に移すための魔導具《まどうぐ》だ。今ニースがしていても意味がないから持ってきた。遠距離にいる人間と念話《ねんわ》ができるお前なら、相性は抜群《ばつぐん》にいいはずだ」

潜入先のラグロア騎士隊ではギルは魔術が使えないことになっており、私だけが魔術師として登録されているらしい。私が傀儡術師《かいらいじゅつし》であることが前提で立てられた作戦なのだろう。

「その指輪でフォローしてやるから、お前は何としてでも傀儡術を隠せ。あれはさすがに便利すぎて無用な警戒をされかねない」

「分かりました」

言われずとも、ホイホイ見せたりなどしない。

私はおう……ではなく、ギルとおそろいの指輪を見た。信頼の証なのだろうが、少し気になることがある。

「サイズ的に、これエンゲージリングなんじゃないですか？　しかもめちゃくちゃ凝った造りで高そう。こんなの作れる職人、ほとんどいませんよ？」

材料さえあれば作れそうな職人が実家の近所にはいるけど、彼が作るのとはまた違う繊細さだ。魔導具としての技術も素晴らしいが、魔導具であることが一見分からないのも素晴らしい。

「高いというか、値段は付けられない物だ。宝物庫に眠っていたのを、ただの地味なペアリングぐらいにしか思ってない父から了解を得てもらってきた」

一目《ひとめ》でその価値が分かるような大きな宝石がついているわけではないから、王様がそう思ったのは無理もない。ほとんど騙《だま》し取ったに近い気がするのだが……まあ、それもギルが王子様だから許されるのだろう。

しかし、まさか生まれて初めてのペアリングが、王子様とのものになるとは……

ギルは私のことを男だと思っているから、このペアリングに「気色悪い」以上の感情を持っていないようだが、誰にも気付かれたことがないとはいえ私は本当は女なので、少し複雑な気持ちだ。

まあ、これもいい思い出として胸にしまっておこう。私がこうして男装しているのも、身代わりを引き受けているルーフェス様が生きている間だけなのだから。余命二年もないと言われて、半年が過ぎた。たぶん、生きていられるとしてもあと一年だろう。

「変な噂《うわさ》を立てられると嫌ですから、この指輪、手袋の下に隠しておきましょうか」

「そうしておけ」

男同士でペアリングを付けていると思われるのは嫌だし、ルーフェス様にも悪いと思うから。

だからニース様も普段は手袋をしていたんだと思う。直情的な人だから、決闘を申し込んできた時は私の前で外してたけど。


私は馬車から降り、伸びをする。

目的地であるラグロアに着いたのは、出発して一週間目のことだ。寄り道さえしなければもっと早く着いたはずなのだが、今回は異動させる騎士を各地に運ぶことが目的だったから仕方がない。国境に最も近いこの地の砦《とりで》に配属される私達は、一番最後の降車となるため、全ての寄り道に付き合わされることとなった。それでも北部や南部などのもっと遠い所に行くのに比べればマシ。

「あううっ、まだ身体が揺れてるみたい。お尻痛いし」

ゼクセンが馬車の振動の名残《なごり》でふらふらしながら尻をさすっている。ギルも似たような様子で、げんなりした表情だ。私達よりも異動に慣れているとはいえ、身体が順応しているとは限らない。途中で御者《ぎょしゃ》を解放されたダールさんは、さすがベテランだけあって平気そう。私は途中から傀儡術《かいらいじゅつ》で微妙に浮いていたから、身体がちょっと固まっているぐらいだ。

同じ馬車に乗ってきてここに降りたのは、私達の他に五人で、計九人。他の馬車にも同僚がいるだろうから、二十人以上に増えるはずだ。一つの都市に二十人以上を『補充』するのだから、どれだけここで騎士が死んでいるのかと嫌な気持ちになる。普通こういった人数が足りていない場所での引退や異動は、魔物が大人しくなる秋にするものなのだから。

「ルーフェスが一番ピンピンしているな」

「ひたすらじっとしているのに慣れてるんですよ」

ダールさんの言葉に肩をすくめて、荷物を手に城壁を見上げる。

ここラグロアは大規模な城郭都市《じょうかくとし》で、東南に向かうと大きな森を抜ける街道、森を抜けたところが国境だ。交通の要所であり、この地方一帯では商人も騎士も、ラグロアを中心にものを考え、動いている。

人の住んでいる土地は、地下から穴を掘られないように結界を張ってあり、魔物は下からは侵入できない。空にはラグロア全域を覆う警報結界《けいほうけっかい》が張られ、万が一、空の飛べる魔物――闇族《あんぞく》が侵入した際にはラグロア中の人間がそれを知ることになる。下からは入れず、上から入ると即警報が鳴る。

つまりこのラグロアの中は、とても安全だということだ。しかしいくら堅牢《けんろう》な都市であっても、肉眼で見えるほどの距離に、魔物が多く出没する森がある。隣国のカテロアへ渡るには、命がけでこの森を抜けて国境を越えなければならない。だから行商人《ぎょうしょうにん》達は隊商を作って越境することとなり、彼らに雇ってもらおうと傭兵《ようへい》も多く集まる。対魔物で考えれば安全性は増すが、傭兵が暴れることもあるので治安が良いとは言えないという矛盾をはらんでいた。それでも騎士の身はいたって安全だろう。騎士を殺せば極刑《きょっけい》になることが多いから、傭兵達が手を出す恐れはまずもってない。

「やっぱ物々《ものもの》しいなぁ」

「るーちゃんの実家のあたりは農地が多いから長閑《のどか》だもんね」

そう言うゼクセンの実家があるのは大きな商業都市らしい。ゼクセンのお姉様夫婦が仕切っているゼルバ商会の本部があるから、必然的に商業の要地となったのだ。

ダールさんが入城の手続きを手早く済ませてくれたので、私達は名乗るだけでよかった。頼れる先輩がいると楽で良い。

城壁の門をくぐり、入城すると少しばかり興奮した。私は田舎者《いなかもの》なので、見知らぬ都会に来るとドキドキする。気の弱い人なら、こういうのがストレスになるんだろう。苛《いじ》められたりしないかなぁとか。

ああ、なんだか苛められそうな予感。

そう思うと、俄然《がぜん》やる気が湧いてくる。

「るーちゃん、部屋はどんなんだろうね」

ゼクセンは荷物を持って浮かれた調子で言う。その疑問にギルが答えた。

「新人は四人部屋だろ。同じ班の人間が同室になる。僕らは同じ班の新人同士だから離されることはないだろう。上の者を一人付けられて、まとめて教育される」

ばらけることはないらしいが、ゼクセンやギルはともかく、もう一人の存在によって着替えとかしにくくなるな。ギルは私の『病弱すぎて身体を見せるのを嫌がってる』という設定を信じてるから、多少のことでは何も言わないだろうけど、人の嫌がることをするのが好きな、意地悪な人と同室になったら困るよなぁ。

などと思っていると、

「おーい、ぎ・るぅぅぅ」

浮かれた調子で、ギルの名を呼ぶ男の大声。他の人達の頭の向こうから、元気に振られる手が見える。その声を聞いただけで、ギルは苦虫《にがむし》をかみ潰《つぶ》したように顔を歪《ゆが》めた。事前にこちらの到着を知っていたということは、おそらく協力者の一人だろう。殿下《でんか》を呼び捨てにできると知って、これ幸《さいわ》いと名を呼んでみたくなったのだ。私にも覚えのある衝動である。その男とは気が合うか全く合わないか、どちらかだろうと考えながら、集団の入城が進むのを待った。狭い廊下だから、大荷物を持って行き違《ちが》うのは大変だ。ギルの名を呼んだ男の顔が見えてきた。中肉中背《ちゅうにくちゅうぜい》、茶髪に茶色の瞳。その笑顔から陽気な印象を受けるが、顔立ちはあまり目立つタイプではない。

彼はギルが到達すると、がばっと抱擁《ほうよう》した。王子様相手になんて大胆な男だ。私なんかはそろそろギル呼ばわりするのにも慣れてきて、王子様なんて呼んでやっていたのが遠い昔のようなのに。

「よぉ、ギル。久しぶりだな。元気だったか。しかし相変わらず嫌味《いやみ》なインテリっぽいなぁ」

彼はギルの背をバンバン叩く。相変わらずということは、この変装をしているギルに会うのは初めてではない、ということか？　二人はすごく親しげで、こっちはなんだか負けた気分だ。仲良し三人組だったはずなのに、ほんの少し悔しい。

「ああ、元気だ」

「テンション低いなぁ。ああ、そうそう。今日から俺が教育係だからよろしく！」

「………」

「同じ部屋だからな！」

「さ、最悪だ……」

ギルは肩を落とす。どうやら苦手なタイプらしい。その様子を見て、ダールさんが笑った。

「ははっ、お前が教育係か。よく許されたなぁ」

「面倒くさい新人教育を押し付けるチャンスとか思ってたんでしょ。しっかし、何この可愛いの！」

彼は小柄で可愛いゼクセンを見て、子供にするように頭を撫でまくる。綺麗にといた髪がくしゃくしゃになる。

「かっわいいなぁ。いいのかなぁ、こんなチビがこんな所にいて」

「問題はないだろ、しっかり指導しろ教育係」

「いやだなぁ、ギル。俺がいい加減な男だってのは知ってるだろ」

……きっと、このキャラの何割かは演技で、実はものすごく優秀な人材なんだろう。私はそうだと信じている。きっとそうなのだ。だってギルは使えない人材をこんな風につけ上がらせるタイプじゃないから。使える人材だからこそ、無礼をされてもぐっとこらえて、寛容に受け流しているのだ。

「あ、俺、こいつら部屋に連れていきますんで」

彼は後ろにいた上司らしき人物に気さくに声をかけてゼクセンの背を押す。そのゼクセンは引きつった笑みを浮かべていた。ここまで気さくな人間は初めてなので、どう対応していいか困っているのだろう。何せ王子様相手にあの態度だし。

「ほれほれ、こっちこっち。じゃダールさん、また後で」

ダールさんと別れて、早速案内された部屋の中は、全体的に生活感があった。

「く……臭《くさ》い」

予想していたが、やはり臭い。住環境を考慮しない古い建物だからか、通風口がない。窓もなく、換気ができない。いかにも新人向けの部屋だった。

私はドアを開いたまま魔術で風を起こして換気し、荷物の中から取り出した消臭グッズを随所《ずいしょ》に置きまくった。消臭グッズ、用意しておいて本当に良かった。

「まずやることがそれかよっ！」

「今一番大切なことだろ。臭い場所に長くいると気が滅入《めい》るし、よく眠れない」

ギルが賛同してくれた。彼も臭いの嫌いだし、いつも清潔にしている男性だ。春も半ばを過ぎ暖かくなってきたから、最悪でも持ってきたコートを羽織《はお》れば、既に部屋に用意されている臭そうな毛布などなくても寝られるし、まずはこの臭《にお》いが一番の敵なのだ。

臭いは完全には取れていないが、これ以上やっても徒労《とろう》のようなのでドアを閉めた。

「さて、とりあえずやるべきことは終えたので、自己紹介でもした方がいいんでしょうか」

「普通はまずそれだろ。まあいーや。俺はネイド。ギルに雇われてここにいる、お抱《かか》え私兵《しへい》だな。ギルとはガキの頃からの付き合いだから、一番の腹心《ふくしん》って奴だ」

やっぱり付き合いが長いらしく、かなり楽しんでいる様子だ。ギルの頬はぴくぴくと引きつっているが、一応事実らしいので何も言わない。

「私はルーフェス・オブゼーク」

「僕はゼクセン・ホライストです」

ネイドさんは私達二人を見比べる。

「でん……いや、ギル。この二人のどっちが魔術師ですか？　わざわざ新人を伴《ともな》って来たってことは、他の連中よりもよっぽど使えるんでしょう」

「背の高い方が、傀儡術師《かいらいじゅつし》のルーフェスだ。手を触れずに物を動かせるし、相手の人間を気絶させるか、あるいは気付かれるのを覚悟の上なら、意識を保ったまま身体を操ることができる。視界の共有も可能だ。あと、治癒術《ちゆじゅつ》も少しできる」

「めちゃ便利じゃないですか」

「お前じゃ頼りないと不安がった奴らを説得できたくらいだからな。ただし、虚弱体質《きょじゃくたいしつ》なのが欠点だ。医者には、あと二年も生きられないと言われているらしい。でも今のところ、寝込んだのは普通の風邪をひいた時の一回だけだから、何とか使えるだろう」

もう少し発作らしきものを演じておいた方が良かっただろうか。でもあまりやり過ぎると、自己管理もできないダメ人間、使えない奴という印象を植え付けてしまうし。

「そんなのがなんでまた……あ、オブゼークか」

ネイドさんは納得した様子で私を見た。私の雇い主である領主様はギルの関係者の間では有名らしい。

領主、アーレル・デュサ・オブゼーク様は病弱な息子、ルーフェス様のために、癒《いや》しの聖女《せいじょ》ノイリを自分の領地で育てるべく、ふさわしい神殿を用意し、まだ幼い彼女に他人と接触する機会を持たせるためだけに孤児を集め、さらに多額の資金を提供した。ルーフェスの身代わりとしての私ではなく、ルゼとしての私はその孤児の一人である。

ノイリは背中に翼のある天族《てんぞく》という種族で人目に立つため、関係者以外は出入りのない場所、つまりノイリ専用の神殿に極秘に住まわされたが、それが災いして、多数の魔物に一気に攻め入られ、奪われてしまった。警備に問題があったわけではない。神殿のあった森では全ての地面に結界が張られていた上に、常に国から派遣された聖騎士《せいきし》達が警備に当たっていた。聖女がいると知って狙《ねら》うのでなければ、十分過ぎるほどの護衛だったらしい。魔物達も聖女がそこにいると知っていなければ、わざわざ結界の張られていないギリギリのポイントを探し出して地下から穴を掘ったり、徒党《ととう》を組んで押し入ったりするはずがない。そのやり方に何者かの明白な強い意図を感じたため、ギルは火矢《ひや》の会を作り調べ始めたのだ。

だから、ネイドさんはオブゼーク家のことを知っていたと思われる。ここラグロアで頻発《ひんぱつ》している事件は魔物を使うという手口が似通《にかよ》っており、また、当時の容疑者である大貴族、バルデス家の罪を暴ける可能性もあるため、オブゼークの息子がここにいるのは自然なことである、と納得してくれたのだろう。ルーフェスではなく、ルゼとしての私にとってもノイリは大切な女の子であり、バルデスは憎き仇《かたき》なのだけど。

「そういうことだ。こいつは天使《ノイリ》に相当惚れているらしい。しかもまだ諦めていない。ここにいる動機は誰よりも強いし、使えるから安心しろ」

「女のためか。見た目によらず男らしい動機だな。気に入った」

こういう時、恋愛抜きで好きになることもあるのだとは、誰も思わないらしい。その方がかえって都合が良いから、勘違いされても構わないけど、私の純粋な思慕《しぼ》と崇拝《すうはい》を歪《ゆが》められているかと思うと少し悔しい。

「あと、癖《くせ》になるから丁寧語も敬語も無しで普通に話せ。そういう切り替えはすぐにできると思うが、咄嗟《とっさ》の時に出てきては困る。こいつらがつられる可能性もあるからな」

ギルはゼクセンを指差して言う。ネイドさんは小さく笑いながら頷《うなず》く。

「はいよ。異動者の挨拶は夕飯の時にするらしいから、日が暮れるまで寝ててもいいぜ」

ネイドさんはそう言うが、そんなわけにはいかない。換気しかしてないし。こんな……ぶっちゃけ汚い部屋に王子様とゼクセンを住まわせられない。

「そういえば、ベッドに物が置いてありますけど、誰のです?」

「あ、あれはお前らが来る前にいた奴らの荷物の残り」

「残り?」

「俺以外は死んだから」

「………」

誰かが異動したか死んだか引退したから補充されるんだし、理解はできるけど、ちょっと重い。

「故郷に送る規則だろう」

「ご丁寧に私物の枕やシャツなんか送ってどうするんだ。形見になりそうな物だけ送って、残りはそのまんま。自分のベッドは自分で片付けてくれ」

私は部屋を片付ける前に、自分の荷からアロマポットを取り出した。臭《にお》いを完全に消してから香り付けするのが一番なのだけど、臭いの根元っぽいベッドに近づくのは怖い。今置いてある消臭効果のあるハーブ程度じゃ追いつかないだろう。

「香りは何がいい？」

「僕、いつもの奴がいい。あれ、すごくほんわりするから」

「ゼクセン、その言い方だと、なんか麻薬みたいだろ。リラックスするとか、もう少し大人の表現をしてくれ」

微《かす》かに香る程度に香油を垂らす。少しはマシになるだろう。

意を決して、片付けをしようと部屋を見回す。二段ベッドが二つあり、部屋の中央に部屋を二分するかのように紐《ひも》が通っていて、ネイドさんの服っぽいのが乱雑に干してある。

「私、上の段がいいです」

「好きにしろ」

ギルに許可をもらい、比較的荷物が少ない方のベッドを覗《のぞ》くと、案の定カビ臭《くさ》くて顔を背けた。

ベッド用のカーテンは備え付けのものがあったから、用意していたものを使う必要はなさそうだ。ネイドさんも嫌がっているのにイタズラで覗《のぞ》いたりはしないだろう。ここにはシャワーなんてないらしいから、基本的に布で身体を拭くことになる。もう暑くなる時期なので、外で頭から水を浴びてもおかしくないから助かる。私は都にいた時、服を着たまま水を浴びて、魔術で服を乾かしていたのだ。

「で、これどうするんですか？　枕とか、臭いの原因っぽいんですけど」

「捨てるしかない。もしくは誰かにやるか……」

ギルの言葉が終わらぬうちに、部屋のドアがノックされる。

「こんにちはぁ。何か用事はないですか？」

子供の声だった。

「ああ、ちょうどいいところに。入れ」

ネイドさんが応じると、十歳ぐらいの子供が三人入ってきた。どうやら雑用の仕事をもらいに来たようだ。

「前の奴らの荷物、いるならやるってよ。枕とか肌着とか。雑巾《ぞうきん》ぐらいにはなるな。あと、こいつら綺麗好きだから、掃除道具と新しいシーツを。古いのは嫌だとさ。これだから金持ちは」

子供らの目が輝いた。綺麗好きの金持ちなんて彼らにとってはいい金づるだろう。

「なんか、この部屋いい匂い」

「そこのひょろい魔術師のにーちゃんが臭《くさ》い臭いって香油を焚《た》いてるんだよ」

子供らが私を見る。私よりもギルとゼクセンの方がよっぽど金持ちだぞ。むしろ私は貧乏だ。

「他になんか用ない？」

これぐらいまでの歳の子供に弱いんだよなぁ。実家の孤児院を思い出して。

「ん……そうだね。このカビ臭いカーテン洗って。部屋も綺麗に掃除してくれたら、この無駄に綺麗で金持ちのお兄さん達が小遣《こづか》い弾んでくれるよ」

「自分で出せよ」

ギルが即座に突っ込んでくる。

「自分の分は出しますよ」

「なら……いいが」

こういうチビっ子は意外と情報を持っている。用事を言いつけて快く引き受けてくれる手足は、あるに越したことはない。まずは情報が入る環境作りと、状況の把握が最優先だ。

ラグロアに来て三日目のことだ。

異動してきたばかりの新人にはやることが多い。仕事内容は先輩方と同じだが、雑事を色々と押しつけられるのだ。鎧《よろい》を磨《みが》かせられたり、洗濯させられたり。さすが体育会系縦社会。

朝食後には、ここでの初仕事に向かう予定の私達を、朝っぱらから見も知らぬ先輩が呼び止め、彼の装備品の整備をしろと命令したのだ。だから私は、

「いやだなぁ。給料足りてないんですか？　まさか借金？　ダメですよ、そんな生活してちゃ」

などと受け流すことにした。自分のことも自分でやらない男なんて最悪だ。金を払えばやってもらえるのに、そんな金もないなんて可哀想《かわいそう》に。

「そうですよ！　計画性のない借金なんて、ダメ人間のすることです！」

ゼクセンが私よりもひどいことを言う。彼は商人気質だから、金にはちょっとうるさいのだ。

「確かに、返せない借金なんて、計算もできない、欲望に弱い馬鹿のすることだな」

ギルも参加する。

「しゃ、借金なんてねぇよ！」

「じゃあなんで私達に言うんですか？　何のために雑用の子供達を中に入れているんですか？」

「それが新人の仕事だろ！」

「遠征先で食事の準備などの雑用をするのは私達の仕事でしょうが、ここは本拠地ですよ。いえ、そうでなくても、鎧や剣を専門家以外の他人に任せるなんて騎士としてどうかと思います。武人にとって装備は命でしょう」

ゼクセンとギルがうんうんと頷《うなず》く。

イジメ上等。

むしろイジメが事態を動かすきっかけになる可能性がある。もちろん、目を付けられるなら、その視線は私へと集めたいから、一番生意気《なまいき》なことを言うのも忘れない。ギルだけは絶対に、何としても守らなければならない。ダールさんにもこっそり念押しされたし。

「それほど金がないなら、クリーニング代ぐらい恵んでやってもいいが」

ちょっ、この王子様、さらっと何てことを言うんですか！　頼むから私より下の発言をしないで下さい！　私がさらに下の発言しなきゃならないじゃないですか！

私はそんな言葉を呑み込み、どこまでも上から目線で先輩を見ながらギルに合わせた。

「こびりついた臭《にお》いって、クリーニングして簡単に落ちるんですか？」

「言われてみれば、一日二日では無理だな」

「先輩、今時男臭《くさ》いなんて流行《はや》らないから、毎日ちゃんと手入れした方がいいですよ、くくくっ」

そう言って、私は「臭い」と態度に丸出しで、絡《から》んできた先輩の横をすり抜けた。あれだけ言えば、何とかギル以下の人間になれたんじゃないかと思う。なんかもう朝から疲れた。これからこの砦《とりで》で初仕事だというのに、新人に対する扱いが悪すぎる。顔には出さず、したり顔で歩いていくと、角を曲がった所でネイドさんが腹を抱《かか》えて壁を叩き、ダールさんは呆れ顔で腕を組んで立っていた。

「お前ら、嫌なやつだな！　大好きだ！」

「あなたは変な人ですね」

「お前にだけは言われたくねぇ！」

ネイドさんは私の頭をぐしゃぐしゃにする。この人、苦手なタイプかもしれない。接触を避けたいのに、ベタベタしてくるのだ。

「しっかし、ギルとこうも息の合った奴も珍しいな。ぶら下がる奴はいたけど」

「私は人に合わせるのが特技ですからね。サディストにでも何にでもなってみせましょう」

サディストという言葉が気にくわなかったのか、ギルが睨《にら》んでくる。

「これから新人が初めてまともな仕事するっていうのに、余裕だなぁ」

確かに都での仕事は宮殿の警備、都や街道の巡回《じゅんかい》がほとんどで、魔物が出る場所には訓練でしか行ったことがなかった。運が悪いと本当に魔物が出るらしいが、私達の時は運良くただのハイキングに終わった。

「魔物狩りは小さな頃からやっていたので、得意ですよ」

「ダールさん、頼もしい後輩で助かるな」

ダールさんは班が違うので、私達の初仕事には同行できないから、それはもう心配している。

ここに到着してから、ダールさんがいない時、度々《たびたび》似たような感じで絡まれたりしたのだが、全部あんな調子で金にものを言わせる嫌な奴の演技をして追い払った。そのせいか、新人なのにいきなり仕事をさせられることになっている。普通はもう少し訓練などで慣れてかららしいが、人手が足りないとのこと。暇そうな先輩もいたのに、いきなり新人を送り出すなんて、死んでこいと言っているようなものだが、彼らは新人は甘やかさない方針だと言い張っているらしい。

「今日はしっかり食べとけよ」

ネイドさんはゼクセンの頭をくしゃくしゃに撫で回した。この中で一番心配しなければならないのはギルだが、最も経験がなく危険なのはゼクセンだ。ネイドさんもそれを分かっているから、彼なりにゼクセンを心配しているらしい。

騎士としての自分の仕事もしつつ、ギルとゼクセンの両方を無事に帰さなければならないのだから、私にとってもキツイ仕事だ。一人なら楽だけど、二人となるとちょっとキツイ。人間、目の前で起きていることと、もう一つ別のことを処理するだけでも大変なのに、それがさらに増えるのだ。私の力は万能のように見られるけど、意外と欠点も多い。それを技術と知恵と根性でカバーして、万能のようにしなければならない。

女は度胸。やってやる。


国から指定された商品を扱う規模の大きな隊商は、要請すれば格安で騎士を護衛として付けてもらえる。国の指定商品といっても、まともな商品ならほとんど該当しているので、規模さえクリアすればいい。昔は商人達が声をかけ合い何とか規模を大きくしていたのだが、現在、大きな町では商人ギルドが仕切って人を集め、大規模隊商として定期的に送り出している。

　便利にはなったが、騎士と商人ギルドは元より、商人達が応援の護衛を依頼する傭兵《ようへい》ギルドとの癒着《ゆちゃく》も問題視されている。利権が絡《から》むと不正が生まれ、簡単に腐ってしまう。ここではどこが腐っているのか。

　ラグロアの騎士は、行動の最小単位である一班を一部屋のメンバーで作り、隊商の護衛の際はだいたい二班から五班が派遣される。今回派遣されたのは最小の二班だ。私達のような新人がいる場合は、普通ならいきなりこんな少人数で派遣されることはないはずだが、何故かここではそのような気遣いがない。良く言えば一人前扱いされている。悪く言えば、あんまり真面目に育てる気がない。

　こんな新人交じりの護衛隊が付くことになったこの隊商は、ただ運がなかったわけではなく、ちゃんとした理由があって、この扱いを受けている。彼らには元々優秀な傭兵達が護衛としてついているので、仲介手数料節約のために商人ギルドを通さずに騎士の護衛を申請してきたのだ。

　ラグロア騎士隊は申請を受ければ拒否《きょひ》はできないが、誰を送り込むかは騎士隊側が勝手に決められる。まともな編成にしてほしければ、商人ギルドを通すか金を出せとばかりに、最低限の人数、それもこういった新人や使えない者のいる班しか出さないとネイドさんが言っていた。この森は本当に魔物が出るのは分かっているので護衛の数は多ければ多いほどいい。その方が襲う方も手を出しにくい。すぐに腐ってしまう生ものでも扱わない限りは、追加の傭兵を雇うよりもうんと安く済む騎士の護衛を申請しないのはもったいない。もう一つの班も、たぶん上からすればどうでもいい班なんだろう。なんともひどい話であるが、これだけ死なせても都にある騎士団本部から何も言われないということは、そこでも何か汚い金の動きがあったりするんだろう。

私の仇《かたき》であるバルデスは騎士ではなく警察関係に強いみたいだから、ここから直接バルデスには繋がることはないと思うが、こういった不正を暴いていくことでいつかは繋がるはずだ。

そんなことを考えながら、私は馬車の隣を歩き、御者《ぎょしゃ》をしているおじさんと話していた。

「へぇ、そんな珍しい香辛料《こうしんりょう》を仕入れに行くんですか。王族御用達品《ごようたしひん》ってすごいですね。やっぱり物が違うんですか？」

このおじさんは隊商の隊長として登録されている男だ。面倒な役割を押しつけられてしまったんだろうが、つまりそれは一番でないまでもかなり信頼されたやり手の商人だということだ。しかも、押しつけられるということは人がいい。人がいいから、押しつけられて引き受けるのだ。

親しくなれば、この地方の当たり障《さわ》りのない情報なら、気前よく教えてくれるだろう。

「あなたもこの前まで王宮の近くにいたのなら、ここのやり方には驚いたでしょう。普通、新人はもっと騎士の数が多いところに交ぜるものなんだけどね」

「ええ、まさかいきなりとは思いませんでした」

「それだけ厳しい場所なんだよ。ついこの間まで冬だったから竜族《りゅうぞく》が外に出てこなくて補充は少なかったけど、竜族が多い春夏の後はもっと多いんだ」

「え……」

全員死んでいるわけではないとはいえ二十人の補充でも多いと思ったのに……

「まあでも、うちで雇ってる護衛達は優秀だから心配はいらないよ」

「それはありがたいです」

「君達は都で着飾っている方が似合っているのに、貴族というのも大変だねぇ」

主に後ろの方の護衛に付かされた美形二人のことを言っているのだろう。

「あの二人は無駄に美形ですからねぇ。二人に挟まれてると、いつも引き立て役になってしまうんですよ。腹立たしい限りです」

「ははは。確かに彼らは本当にいい男だね」

ギルとニース様はタイプの違う美形コンビだったけど、ギルとゼクセンも同様だ。女の子の身としてはきゃーきゃー騒いで、うっとりと眺めてみたいものである。しかし現実は同僚、引き立て役だ。

「しかし、実りも豊かそうな森なのに、魔物はなんで人間を襲うんだか」

私の故郷はここからあまり離れていないけど、魔物はここまで多くは出ない。人々は魔物を恐れて森の奥に入ることがほとんどないので、ここの魔物達も人里に近づきさえしなければ好きに食用となる動物を狩ることができる。略奪《りゃくだつ》なんてリスクの高いことを本当はする必要なんてないのに、それでも同じ場所で人を襲うということは、そこに何者かの意図があると感じてしまうのだ。

「魔物も味を占《し》めてしまったんだろうね。昔はこの街道もこれほど難所ではなかったんだが、十年ほど前から少しずつ被害が増えているんだよ」

「そうですか。私の実家も香水とかの高級品を扱っているから、他人事《ひとごと》ではありませんね」

「君のつけている香りかい」

「はい。最近ゼルバ商会が扱っているこの香水はうちの花ですね」

「あそこは手広くやっているからなぁ」

ゼクセンの実家のゼルバ商会も以前から、私がルゼとして育った孤児院で栽培している花を多く引き取ってくれていたけど、最近はその花で作った香水も熱心に売ってくれているので、うちの孤児院もけっこう忙しいらしい。ゼクセンのお姉様とその婿がなかなかの商売上手らしく、より金持ちになっているとか。

　実のところゼクセンは、そのお姉様のためにも、ホライスト家のためにも、家位《かい》を上げようとしてここにいるのだ。もしゼクセンのお姉様が家位の高い相手と結婚をしていたら、ゼクセンはここにいる必要はなかった。家位が低いと、金があってもどうしようもないことがあるらしい。庶民には分からない悩みだ。

　でもさすがにホライスト家の人々も、彼が王子様の野望に巻き込まれることになるとは思ってなかっただろう。嬉しい誤算とはまさにこのこと。

「しかし、いつになったら国も本腰を入れてくれるのかねぇ。もっと大々的に魔物を狩らないと、いつまで経ってもこのままだよ」

「そうですねぇ。私のような下《した》っ端《ぱ》には、上の意向はよく分かりませんが」

「そりゃあそうだね。君が大人になって出世したら、頑張《がんば》ってくれよ」

「はは……出世できるでしょうか」

　この件で手柄を立てたら、運が良ければ、少しぐらい出世できるかもしれない。だけど私がそのままずっと騎士をしても、国の上層部に影響を与えられるほどの出世はできないだろう。可能性があるとしたら、我らがギルネスト殿下《でんか》だ。あの人なら放っといても、そういった魔物対策の方にも手を出すだろう……ん？

「すみません。顔に出さないように聞いて下さい。来たかもしれません」

私はおしゃべりを中断して、おじさんにそう囁《ささや》いた。

「そうか」

さすがは商人。顔色一つ変えず、にこやかに応じ、反対側にいた徒歩の傭兵《ようへい》に目配《めくば》せをする。すると傭兵はゆったりした足取りで馬車を迂回《うかい》して、やはりにこやかにこちらにやってくる。

「どこだ」

「あと数分進んだ辺り、こちら側の木の枝に見張りが」

あくびをする時のように口元を押さえて、低く言う。

「臭《にお》うな……」

傭兵は鼻を鳴らす。香水を付けている私にはよく分からないので、周囲に力を伸ばして生き物を探す。傀儡術《かいらいじゅつ》の応用だ。傀儡術は魔力を糸のように伸ばす。その糸が、動いているモノに引っ掛かるのだ。かなり魔力を使う探査法だが、こういう時には手っ取り早く役に立つ。

「広範囲の探査魔術で引っ掛かりました。見張りの向こう側に本隊が……囲むように広がっています。数はこちらよりも多い模様。獲物を逃がさないように後方にもいる可能性があります。私が魔物なら、獲物が逃げたところで木でも倒して隊列を分断させ、残った前の方を叩きますね」

隊商が分断された場合、後方の商人達は仲間を助けようとするよりも、逃げる可能性の方が高い。

「こちらから仕掛けますか？　強力な魔術で先制できますが」

「あんた魔術師か。自信があるのならそうしよう」

「おじさんはマントを羽織《はお》って屈《かが》んでいて下さい。何があっても抵抗しないで下さい」

魔物らは商人を殺したいのではなく、ただ略奪《りゃくだつ》がしたいだけで、通常であれば無抵抗の相手を殺している余裕などない。それは商人にとって常識だ。だがここでは商人も殺されることがあるらしいから、戦闘力もないのに抵抗など絶対にしてはいけない。するのは私達の仕事だ。

「ああ、分かった」

おじさんは緊張を顔に出さずに頷《うなず》いた。傭兵が私の肩を叩いて定位置に戻ると、おじさんはさりげなく服の飾りに付いている鈴を三回鳴らした。隊商が止まり、私は一人、前に出る。念話《ねんわ》でギルに頼んで、術の準備をしてもらっている。あとはタイミングを待つだけだ。

街道の両側に広がる森の中に隠れ潜んでいた魔物達が、こちらの様子がおかしいことに気づき飛び出してくる。魔物の中でもこの辺でよく見られる獣族《じゅうぞく》、竜族《りゅうぞく》、闇族《あんぞく》達だ。

私は手慰《てなぐさ》みのつもりで持っていた釘を魔物に向かって投げ、ギルに合図を送って魔術を放つ。

立っていられないほどの暴風が起き、飛び出した魔物達の足を止める。風は先ほどの釘や、地面に落ちている枝や石や木の葉をも巻き込み、近くにいた魔物にダメージを与え、さらに広範囲で魔物の視力と聴覚を奪う。

便利だなぁ。ほんと、派手で便利だな。私は遮蔽《しゃへい》物の多い場所でならけっこうな人数を相手に戦える。だがこういう開《ひら》けた場所で、誰かを守りながらというのはなかなか難しい。傀儡術《かいらいじゅつ》とはかなりの集中力を要する術で、それを間違いなく使うというのは本当に大変なのだ。今でも力を伸ばしすぎると頭がひっくり返りそうになる。自分の身体を操る分には負担はないけど、自分以外の身体に干渉するのは魔力の消費が多く、意識も割《さ》かれる。

「どうりゃあああっ」

誰かが雄叫《おたけ》びをあげた。

私もナイフを取り出し、混乱している魔物達に向かって、右手、左手で各三本ずつ投げつける。傀儡術でナイフを操れば、全てが魔物の急所に突き刺さる。ナイフを食らった魔物の半分ぐらいはそれで絶命するだろう。両手が空くと、すぐに剣を抜いた。

「ナイフ投げ上手いなぁ。隠し芸には困らねぇな」

ネイドさんが暢気《のんき》なことを言いながら、私の前を走った。

無理矢理こちらが作ったこの混乱はすぐに収まるだろう。しかしそれまでに数秒の間がある。その隙《すき》にナイフでさらに混乱させる。先ほどの攻撃で目を開けられない魔物もいて、私達はそれらを狙《ねら》って斬《き》りつけた。魔物相手には、意表をついた短期決戦が最も有効。戦いが長引くと、体力と身体能力で劣る人間が不利になる。

『ゼクセン、そっちは平気？』

ゼクセンの邪魔をしない程度に念話《ねんわ》で尋《たず》ねる。

『平気！』

ならば信じてこちらを片付ける。多少の傷なら私が治してやればいい。ダメそうだったら、ゼクセンはちゃんと助けを求める。そうするように言い含めてある。男の沽券《こけん》よりも、ギルの命を守ることの方が重要であると、ゼクセンはよく理解しているはずだ。

「後ろの方と合わせて、こちらの倍はいますね」

私に割り当てられた魔物は殺したけど、それで安心してはいられない。隊商というのは長い隊列を作っているから、敵が多いと守りにくい。

「後ろに向かって行きます。ネイドさんはここら辺をお願いします」

「よし、後ろは任せた」

ギルをという意味だろう。ネイドさんは普通に先頭に立って魔物を殺してくればいい。私が気にすべきはギルと商人達。

「伏せてっ！」

荷を庇《かば》おうとして魔物に襲われていた商人達に警告し、ナイフを投げる。ナイフはまるで吸い込まれるように、竜族《りゅうぞく》と獣族《じゅうぞく》の混血らしき魔物の喉《のど》に刺さる。

荷は商人らにとって命だ。出立前に荷に高い保険を掛ける者もいるが、そういった者ばかりではない。命である荷をより安全に運ぶためにこうやって隊商に参加するだけで精一杯という商人も多い。ここにいるほとんどは、善良な商人なのだ。魔物に荷を襲わせて保険金をせしめるというような保険詐欺に荷担《かたん》している店の者がいたとしても、ここにいるのは雇われに過ぎない。

私にできるのは、保険を使わなくていい状態を維持すること。

荷台に飛び乗って、魔物を蹴落《けお》とし、上から飛び降りてナイフを突き立て、地面に着地する。ナイフをひねって止《とど》めを刺してから、さらに後ろに戻る。

闇族《あんぞく》が傭兵《ようへい》の少年に切り掛かっていた。闇族は蝙蝠《こうもり》人間と呼ばれるように、魔物の中でも人間に近い姿をしていて、特徴のある耳を隠し、マントで翼を隠してしまえば、顔色が悪くて目付きの悪い人間のように見えることが多い。だから殺すのをためらったり、人間に刃物を向けられているように感じて、他の魔物に対するのとは違う恐怖を覚えたりする人がいるらしい。闇族に切り掛かられた傭兵の少年もその口らしく、動きにためらいが見えた。

「それは人を殺す魔物だ、殺《や》れっ」

私の言葉と同時に、少年は闇族へと斬《き》り掛かった。ちゃんとさばいていたから、腕は悪くない。

私はその少年の背後へと近づいてきた闇族を斬る。仲間を殺されて怒り、注意が逸《そ》れた隙《すき》をついた。暗殺者の異名を取る闇族だが、このレベルなら楽にかき回せる。頭を冷やせない奴を相手にするならば、態勢を崩してやるのが上策だ。

普通、戦闘員の倍の数の、しかも体力も身体能力も自分達より高い敵に襲撃されれば、襲撃を受けた側は不利だ。私の最初の一手で動けなくなったり、様子を見ているだけの奴らも多いけれど、それでも少なくない魔物達が動いている。戦力差があることに変わりはないから、覆《くつがえ》せるはずがない、と踏んでいるのだろう。

だが、奴らの中にはまだ目に痛みがあるのもいるはず。奴らは荷を狙《ねら》うために火を使えない。いや、火に慣れていない魔物だから、火を使えないのだ。それに彼らの住む狭い地下では飛び道具もあまり発達していない。国を動かしてしまう可能性があるから、相手を殺しすぎてはいけない、などの制限もあるようだ。こちらも色々制限があってできないことが多いけど、魔物が積極的に殺そうとしないことと、飛び道具をほとんど持っていないことは大きな助けだ。

何よりも、騎士は魔物を相手とする戦いの訓練を、金を掛けて積んでいるのだ。装備もそれ用に魔術で強化されたものを備えている。魔物達は自分らがどれだけの金をかけて対策を講じられているのか、知りもしないだろう。

ここまでやって、身体能力が高いだけの烏合《うごう》の衆でしかない魔物に遅れを取る方がどうかしている。統率の取れた戦いができるような連中なら、地下の世界で真面目に働いて正規の軍隊に入った方がよっぽど安定したいい暮らしができるのだ。それができずに底辺にいるごろつき魔物が、戦いの専門家である騎士を相手にそうそう勝てるはずがない。現に騎士達は二人組となって、敵を二割ぐらいは減らしてしまった。もちろんこちらに死人が出ている様子はない。

「おいっ」

私は馬を殺そうとしていた中型獣族《じゅうぞく》に声をかける。そいつは振り返って鋭い爪を持つ腕を振り上げた。私は自分の腕を傀儡術《かいらいじゅつ》で操り、相手の腕を斬《き》り飛ばす。端《はた》から見れば華奢《きゃしゃ》な私が、筋肉の塊である獣族の腕を骨ごと一刀で切断したのだから、その光景は彼らに恐怖を与えたはずだ。

「死んどけ」

腹を刺し、ねじり、蹴《け》って引き抜く。

次の獲物として狙《ねら》っていた竜族《りゅうぞく》に目を向けると、そいつは森の中へと逃げ込んでしまった。自分が狙われたのが分かったのだろう。さすがに魔物、人間よりも本能に忠実だ。私はそいつを諦めて次に目を向けると、それも逃げた。しかしそこにちょうどゼクセンがいたので、斬り捨てられる。

誰かが逃げ始めたら終わりだ。魔物はすでに多くの仲間を失っているし、自分が犠牲になって仲間を逃がそうなどとは思うはずもない。逃げ出すのは当然の流れだ。私は一番背の高い馬車の上に乗り、目についた数匹に向けてナイフを構えると、皆我先《われさき》に逃げ出したので手を止めた。

「この程度で逃げ出すとは軟弱な」

「軟弱って、お前な。僕が敵でも引くぞ？」

私が乗っている馬車の下にギルが来た。傷一つ無く、あんまり汚れていない。ゼクセンは腕を怪我しているらしく、だらりと下げてわずかに袖を赤く汚していた。というか、私はもっと赤いや。

「白い制服を身につけているんだから、少しは返り血を気にしろ」

「っていうか、前から思ってたんですけど、この制服って戦闘に不向きすぎません？」

訓練中は汚れてもいい訓練用の制服を着ているが、今日は略式とはいえ白く綺麗な制服を着ていたのだ。

「白いが、汚れが落ちやすい素材だ。それに白い制服には自戒《じかい》の意味もあるんだぞ。これを汚さぬほどの腕を持て、と。白鎧《はくがい》は都を守る騎士団だからな」

確かに、この服を汚さずに敵を返り討ちにするような腕利きの騎士なんて、相手にしたくないな。

私は術で辺りを探り、遠くでいくつかの気配がこちらを窺《うかが》っている以外には、近くに何もいないことを確認してから馬車の屋根を降りる。

「ルー、せめて顔の血を拭け」

「え、はい」

ギルにハンカチを借り、血を拭《ぬぐ》う。もどかしいと思ったのか、ギルがハンカチを奪い取って、私の顔を拭いてくれた。この人は意外と面倒見がいい人だ。ハンカチに水を含ませて髪も拭いてくれる。

「よし、マシになった。鎧《よろい》は町に着いたら洗え」

「はい。面倒ついでに、もう一つ手伝っていただきたいことがあるんですが」

「なんだ」

私は自分が殺した魔物達を振り返って指差す。

「ナイフ拾うの手伝って下さると嬉しいです」

たくさん投げて、どこに行ったか。

「回収するのか……」

「私がただのナイフ使うと思います？　突き刺さると思います？」

「……手伝ってやる」

ギルはため息をついて、私と一緒にナイフを探してくれた。頑張《がんば》って探していると、それに気付いた他の人達もナイフを拾ってくれた。商人のおじさんが、私にナイフを返してくれながら聞いてくる。

「やっぱり高いナイフなのかい？　さくっと刺さってたもんなぁ。おかげで助かったよ」

「実家の近所にいい職人さんがいるんですよ」

高いっていうか、実家の近所の老人が趣味で作ってる物だ。その老人は魔物嫌いで、本気で魔物狩りをする人には安く譲ってくれる。安いとは言っても、普通にいいナイフが何本も買えるぐらいの値がつく代物《しろもの》である。正規に買ったら何十本分の値段だ。

「ルー、今度その職人を紹介しろ。お前が前から言っていた人だろう。興味深い」

ギルが目の色を変えて私の肩を叩く。貪欲《どんよく》な魔術師の顔だ。

「騎士には売りませんよ。私達は騎士に裏切られているんです。そういう地域に住む人はけっこう騎士嫌いになるんですよ。あと国家権力も嫌いです」

「買う買わないではなく、一度会いたい」

「ええ……」

「何がそんなに嫌なんだ？　お前も騎士だろう。休みは班ごとに取れるから、お前が里帰りをするついでに連れていってくれればいい」

来る気だよ、どうしよう。ここで拒否《きょひ》りまくっても怪しまれるし、とりあえず先延ばしにして向こうで対策を練ってもらわなければ。

休みが取れるのは早くても数ヶ月先のことだし、なんとかするだろう、たぶん。

第二話　軟派《なんぱ》な出会い

隣国カテロアの国境の町に到着すると、初めての外国に浮かれる間もなく、井戸で頭から水をかぶって血を洗い流し、この町にあるラグロアの騎士用の宿舎で着替えをして、ゼクセンの傷を診《み》た。私は攻性魔術が主体ということになっているため、実用レベルの治癒術《ちゆじゅつ》を使ったら怪しまれるから、町に着くまでは応急手当だけで放置していた。私が治癒術を施《ほどこ》すと、ゼクセンの傷は綺麗に完治したが、他人の目があるので包帯はもう一度巻いておく。こうすれば治癒されたようには見えない。

魔術というのはどれだけ魔力を持っていても、各個人で向き不向きがはっきり分かれる。ギルは完全に攻撃型で、治癒術なら擦《す》り傷程度を全治一週間に悪化させる特技を持っていると、ニース様が教えてくれた。それを聞いた時はさすがにちょっと引いた。ギルは治癒が苦手だろうと思っていたけど、まさか治療を攻撃にしてしまうなんて。私の育った孤児院の院長で、有能な魔術師でもあるおばあちゃんですらきっと見たことがないだろう。逆回復魔法なんて事例があるなら、私達に教えてくれたはずだ。まったくもって、ギルの性格を反映しているような凶悪さだ。

「やっぱりるーちゃんはすごいなあ。傷を治せるって便利だよね。僕は両手でないとできないし」

「ゼクセンも私と同じ補助系だから、もう少し頑張《がんば》ればもっと高度な治癒術も使えるようになるよ。私より上手くなるかもね。そこまで行くには、もっと本格的な知識が必要だけど」

「今までとは違うの？」

「与えられた薬を塗るだけってのと、自分で薬を選んで塗って包帯をきちんと巻くぐらいは違うな。だからこそ、魔術師は特別なんだ。本を読んだだけでは感覚で理解できないから、まずそちらの面でも導いてくれる人が必要だ。知識と根気がある人間に教えを請わなければならないから稀少なんだ。魔道書《まどうしょ》なんてものは、ある程度の知識を持った玄人《くろうと》のための物で、素人《しろうと》が読んで実践できるようにはなっていない」

ゼクセンは顔をしかめてしまった。

騎士になる方法、みたいな本はけっこうある。それを読んで、ごくわずかでも強くなれるかどうか。その答えを多くの人は理解している。

「治癒術なんて、表面だけならともかく、身体の内側のことを知らずにやったら、変な風にひっついて痕《あと》とか後遺症が残る可能性がある。炎を出すのだって、魔力の力加減みたいなものを誰かに師事《しじ》して訓練しないと危ない。本だけでどうにかなるもんじゃないの。よくて火事、下手すると自爆するからね。あと、才能のあるなしを見極めてくれる人に師事しないと、時間を無駄にするだけだし」

私の才能のほとんどは傀儡術《かいらいじゅつ》に偏《かたよ》っている。治癒術《ちゆじゅつ》にしても、傀儡術を使って肉を固定してからやるから治癒の効率が上がっているだけで、治癒術そのものが得意なわけではない。骨をひっつけるには才能が足りない。どれだけ頑張《がんば》っても、魔力があっても、治癒術の形でたくさん外に出せなければ意味がないのだ。

「よし、終わったなら外に行くか？　明日の朝までは自由時間だ。飲んでもいいし、遊んでもいい。ギルがおごってくれるなら、いい店紹介す……」

私が軽蔑のまなざしを向けたせいか、ネイドさんの声は最後には聞こえなくなった。

「ネイド。ルーとゼクセンは将来義理の兄弟になる予定だ。ゼクセンを下手な場所に連れていくと、後が怖いぞ。ルーは妹を可愛がっているからな」

「……大変だな、ゼクセン。妙に過保護だと思ったら、監視だったのか」

その通り。まさしく監視だ。ゼクセンの浮気も、そそのかす行為も、決して許しません。

「お二人がどこに行こうが止めませんけど、その前に、ギルにこの国の様子を見ていただった方がいいのでは？　騎士の様子とか、普通じゃ見えない部分もあるでしょう」

だってギルは王子様。もしもここに王子様として来ていたら、綺麗な部分しか見られないはずだ。この部屋も、ランネル王国の騎士に貸し出すための部屋だから綺麗だ。この国とランネルはお互いの商人を護衛し合っているから、ラグロアにも、この国の騎士に使ってもらうための施設があり、かなり快適だったりするらしい。外の国への見栄だろう。

「ネイドさんはこの町の騎士をどう思いますか」

「俺は白だと思う。被害の出方から見るとさ、うちの方の騎士の誰かが不正の全体を把握している感じだなぁ。確証はないけど、確信はある。記録はギルに渡しているけど、結果は？」

当たり前だが、ちゃんと記録をとってあるらしい。

「記録の分析は妹に任せた。お前達が各々《おのおの》好き勝手に書くから、時間がかかっているらしい」

「仕方ないだろ。書類っていったら、始末書しか書いたことない奴ばっかなんだ。統一した書き方を決めるために集まって、万が一見つかったらヤバすぎる」

「それは分かっている。しかしそろそろ結果は出るだろう」

任されたグランディナ姫様も大変だ。統計を取るのも大変そうなのに、元の資料は、野郎どもが勝手気ままに書いた報告書。ぞっとする。

「でも、なんで姫様に？」

「騎士の仲間は頭脳労働において頼りないし、諜報部《ちょうほうぶ》はどこで繋がっているか分からない。僕が動かせた奴はみんな消されたんだ。その点、グラは身内だし、お前達がいるからよけいに慎重になっている。手伝っているホーンも可愛い弟弟子《おとうとでし》のためだと張り切っているだろう」

なるほど。ギルも私の兄弟子であるホーンが、どれだけ実家を大切にしているかは、彼が給料のほとんどを孤児院に仕送りしていることから知っている。私はそこの領主の息子ってことになっているから、たとえ金を積まれても裏切ることはないと思っているのだろう。

「ギル達はそれほど仲良くないように見えるけど、やっぱり兄妹は信頼できるんですね」

私が言うと、ギルは少し視線を逸《そ》らす。

「まあ、実際言われているほど仲が悪いわけではないからな。母がいなければ、仲良くもしていたと思う。だが、グラが協力的なのはお前がいるからだ」

真面目で優しい姫様のことだから、何もできないことを気に病んでいるに違いない。

だから姫様も、この程度のことしかできないと思いながら、協力しているんだろう。

本当に、騙《だま》しているのが後ろめたくなる。女同士として出会っていたら、もっと仲良くなれたんだろうけど、悲しいかな私は男としてここにいる。男としてしか、ここにいられない。


私達は宿舎を出ると、目抜《めぬ》き通りに出た。雰囲気は他所《よそ》の町と大して変わらず、異国に来たという実感はない。徒歩でも一日の距離だから、がらりと変わっていても驚くけどさ。通りの様子を眺めながら歩いていると、ネイドさんがとても綺麗に着飾ったオネエサマに声をかけられ、子連れだからと謝るやりとりを何度か交わす。

私達が今向かっているのは酒場だ。ギルは私に絶対に酒を飲むな、と釘をさし、ついでにネイドさんに、私には飲ませるなと念を押していた。ゼクセンも猛烈《もうれつ》に賛同するので、私はそんなに酒癖が悪かったかと思い悩んだ。何をそんなに恐れるのか理解できない。酒を飲んでちょっと絡《から》む人なんて世の中にはたくさんいるのに。

しかし、やはりというか、男の人向けの店が多い。柄の悪い傭兵《ようへい》がうろちょろして治安が悪そうに見えるが、騎士も数多くうろついているから、女一人でも出歩くことができるようだ。ネイドさんはギルにあの店がああで、この店がこうでと説明している。いやらしい店も紹介しているが、騎士らしく鍛冶屋《かじや》とかも教えているので良しとする。

「あ、いたっ！」

男の子の声が耳に入る。ゼクセンみたいな、声変わりする前のまだ可愛い声。やっぱりゼクセンもそのうち声変わりするのかと思うとちょっと切ない。低い声のゼクセン。ああ、なんか不気味。

「待って、待って」

ネイドさんの前に男の子が回り込んできた。金髪碧眼《きんぱつへきがん》、ゼクセンと同じ年頃で、ゼクセン並に美少年。しかもゼクセンよりはるかに線が細いから、もう女の子みたいに可愛い。ただ、この季節には暑いんじゃないかと思う、少し分厚いマントを羽織《はお》っているのが気になった。

「知り合いですか？」

「知らね」

ネイドさんが首を横に振り、ギルも否定する。誰も知らない美少年は、私を見て笑った。

「見つけた」

少年は天使のように愛らしく笑い、私の手を握った。

こんな可愛い男の子が私に？　ときめくぞ。私でもさすがにときめくぞ。だって可愛いんだもん。

「おーい、いたぞ」

少年は手を振って誰かを呼ぶ。その視線の先には、頭をすっぽり覆う帽子をかぶった線の細い十代半ばの男の子と、肌の浅黒い二十代前半の男の人。魔族《まぞく》のような肌をした男と知り合った覚えはない。魔物の一種である魔族の特徴は人間に限りなく近い身体に、浅黒い肌と銀髪金目。その男の髪の色は黒だが、目の色は金というよりは明るい茶。魔族と人間との混血である魔族混じりか、もっと暖かい地方の出身の人間だろう。宿場町にいるところを見ると、遠くの国の商人だとしてもおかしくはない。魔族は魔術を使えることが多く、魔物の中ではエリート種族らしいから、わざわざ地上に出てくる必要があるとも思えないし。

「ネイドさん、この人達も知り合いじゃないんですか？」

「ただの有名なナンパ男だ。噂《うわさ》に聞いたことはあるけど、知り合いじゃねぇぞ」

そんなナンパ男が何の用だ？

「近くで見ると細いなぁ」

色黒男が私を見て言った。

「お前こそ知り合いじゃないのか？　どうせ忘れてるんだろう」

「ギル、私だってこんな目立つ人を見たら忘れませんよ。名前は忘れるかもしれませんけど」

私でもこれは覚えるよ。目立つし、美形だし。美男子が全く気にならない女の子なんていない。

「あ、初対面だから安心してくれ。ただ、女の子の騎士なんて初めてだったから珍しくてな……」

ちょ……

「はぁ？」

私は精一杯、不審そうな、呆れたような顔を作って彼を見上げた。ゼクセンを傀儡術《かいらいじゅつ》で縛り上げるのはもちろん忘れていない。

「女の子でも騎士ならもっとゴツイのかと想像してたけど、けっこう可愛いなぁ」

初めて見抜かれた。しかも美形が私のことを、「けっこう」がつくとはいえ「可愛い」などと！

嬉しい。涙が出そうなほど嬉しいが、嬉しそうにしてはいけない！

「何故私を見て女だと思うのですか？　線が細いのは病弱だからです。失礼にも程がある」

彼のことは嫌いではないが、ここは突き放さなければならない。口惜しいが突き放すのだ、私。

ギル達は肩を震わせて笑っているだけで、信じていないのが救いである。これはこれで涙が出そうなほど悲しい。

「今から食事？　良かったら一緒にどう？」

「女性とならともかく、知らない男と食事をする趣味はありません。不愉快です。行きましょう」

彼はきょとんと首をかしげて私を見ていた。私が女だと信じて、疑ってもいないのだ。悲しいけれどさようなら、目の確かな格好いい人。

心の中で涙して、私は目当ての酒場に足を向けた。しかし三人組は無遠慮に後をついてくる。酒場に入ると、隣のテーブルに席を陣取った。

「だから、何の用だ？」

「そうトゲトゲすんなって」

色黒男がケラケラ笑いながら言う。

「まあ、ルーフェスはよく見れば女顔だよなぁ」

ネイドさんが当たり前のことを言う。

「確かに女装は普通に似合ってたぞ」

「女装させられたのか、お前！　今度またやってみ……っっっっ」

テーブルの下でネイドさんの脛《すね》を蹴《け》ってやった。爪先は金属で補強されているのでかなり痛いはず。

「私は不愉快です。これほど不愉快になったのは生まれて初めてです」

不愉快というより、不安だ。

「るーちゃん、落ち着いて。お……ギルも面白がって煽《あお》らないでよっ。るーちゃんこれでも根に持つタイプなんだからっ！　るーちゃんは細いって言われるの大嫌いなんだよ！」

ゼクセンがギルに抗議した。「王子様」って言いそうになったけど言わなかったのは偉い。

「まあ、男だって言うならそれでもいいけど、魔術師としての君にも興味があるんだ」

色黒が身を乗り出して私の視界に入ろうとする。

「どうして私が魔術師だと知っている」

ナイフに手を掛けて言うと、彼は笑いながら声を潜めて言う。

「大きな声じゃあ言えないが、こういう姿だから、魔物達の中に自然に入っていけるんだよ」

「は？」

「ここらでは珍しい肌色だろ。魔族《まぞく》とのハーフだと勘違いされて案外受け入れられるんだ。あいつら物知らずだから、こういう肌色の人種があるって知らないんだよ。この辺は魔族もいないから、奴らが実物を見たことないってのも大きいけどさ」

えっと……

「お前らさっきの戦闘、魔物に混じって見てたのか……」

ギルが言う。これは本気で呆れている時の目だ。何故かゼクセンと私によく向けてくるあの目だ。

「あのさ、匂いでバレないの？」

私は恐る恐る尋《たず》ねた。

「香水で誤魔化《ごまか》してる」

呆れた。しかし魔族混じりと名乗れば、多少人間の匂いがしてもおかしくないし、確かにいい手だ。私も痩《や》せてるから闇族《あんぞく》なら化けられそうだ。翼を付ければ傀儡術《かいらいじゅつ》で動かせるし、今度練習しとこ。

「何故そんな危険なことを？」

「俺らは魔物の観察が趣味なんだ」

「何故そんな趣味を……」

ギルがちらと私を見る。そんな人間が他にもいたとは、みたいな目を向けるのはやめていただきたい。私の場合は、ノイリを探すために傀儡術《かいらいじゅつ》で魔物を乗っ取り、地下探索をしただけだ。

「あの魔物は商人にとって敵だろ。敵を知るために、見た目を利用しているんだ」

つまり彼は商人なのか。やっぱり違う地方から来ていたのだ。しかもお坊ちゃんなんだろう。ずいぶんと仕立てのいい服を着ているし。ただ、マントを羽織《はお》った痩《や》せた少年はどうだろう。あの隠し方は、ここらに多い闇族混《あんぞく》じりのように見える。それとも、わざとそう見えるように普段から仕込んでいるのか。金髪の少年は、どう見ても魔物は混じっていない。それでもマントを羽織っているのは、闇族混じりっぽく見える少年を誤《ご》魔化《まか》すために似たような格好をしているのだろう、きっと。

「そういえば、まだ名乗ってなかったな。俺はテルゼ。こいつらはローレンとヘルド」

闇族っぽいのがローレン。金髪の可愛い方がヘルド。

しかし、何度見ても可愛い。私は金髪碧眼《きんぱつへきがん》が大好きだ。なんで私の周りの金髪にはバカ可愛い感じの子が多いんだろう。ニース様もあれはあれで可愛いところがある。私の求める可愛さとは全く違うけど、バカ可愛いという共通点はある。もちろん、バカ可愛さではうちのゼクセンが一番である。うちのゼクセンは本当にバカ可愛いと、ルーフェス様もおっしゃっていた。ゼクセンは商人として物の価値を見抜く目はあるのに、人がよくて活《い》かし切れないところが可愛いのだ。

「テルゼか。僕はギル。ルーフェス、ゼクセン、ネイドだ」

ギルは彼らに興味を持ったようだ。変な趣味を持っているが、騎士などよりもよほど魔物の情報が豊富な商人に絡《から》まれたのは、天の導きとも言える。下手な騎士と話すよりも有意義な時間になるのは間違いない。彼らがもし私達と利害の一致しない相手であったとしても、それはそれで面白いのだろう。私としては激しく拒絶したい相手ではあるが……

「ところでさ、あれはどうやったんだ？　ルーちゃんがその細い腕でナイフを投げただけで、魔物がああも簡単に死ぬはずがない」

テルゼがもっともな疑問をぶつけてきた。普通、ナイフはあんなに簡単に刺さらないし、刺さっても動ける。人間だって簡単には死なない。よほど運が悪くなければ。

「特別なナイフだからですよ。それにほんの少し魔力を載せればいいんですよ」

「ふぅん。それにしてもまだ若く見えるのに、ずいぶんと手練《てだ》れだ。その歳にしては常識外れなほど」

「騎士になる前は一人でやっていましたから」

テルゼはひたすら私を見ている。

ああ、女だと確信を持っているこの人が恐い。何も言わなくなったのは、事情があるからだと気付いたのだろう。弱味を握られまくっている。こっちも弱みを握り返さないとヤバイ。

「私などよりも、魔物のふりをして紛れこんでいる人達の発想や行動力の方が常識外れでは？」

「そうでもないさ。ここらでは通じるし。んでも俺の地元じゃ通用しないぜ。例えばさ、闇族《あんぞく》の多いこの辺をローレンみたいな奴が一人で歩いてたら怪しいだろ。こいつけっこう目つき悪いし。それと一緒で、魔族《まぞく》が多い俺の地元だと不審に思われるんだ」

なるほど。逆に魔族のほとんどいないここでは、魔物達にとっても魔族は外国人みたいなものだから見分けがつきにくいということか。

「でも、闇族にはローレンの見分けがついたりしないんですか？　こんな怪しいのがいたら、人間と見抜かれそうですが」

ローレンは闇族ですと言われればそのようにも見えるが、人間にも見える。とにかく怪しい。

「確かに闇族は多い。その分、闇族混じりも地下では珍しくないぐらいいるんだ。人間の血が強いように見えても、いい服を着てると、ひょっとしたら偉いさんの息子が片親の故郷を見に地上までやってきている可能性もあるからって、よほど怪しくなければ手を出されないんだ。そもそも、まさか普通の人間がこんな身体だの耳だの隠す格好しているとは思われないしな」

そうか。いい服を着ているとそういうメリットがあるのか。

「何よりも、チンピラってのは力がある者こそ正義だから、力を見せつけてやれば干渉してこない」

つまり自分は実は強いんだと言いたいらしい。自分も優れた魔術師だぞ、と。魔族は魔術に長《た》けているから魔族と呼ばれているのだ。

それを聞いてギルはますます彼を気に入ったらしく、椅子を彼の方に向けた。ああ、泥沼。

「なあ、君達は魔物についてどこまで知っている?」

「どこまで?」

ギルの曖昧《あいまい》な問いにテルゼは問い返した。

「変な動きを知らないか？　大きな声じゃ言えないが、こっちの騎士が絶妙なやられ方してるんだ」

「絶妙？」

ギルはずいぶんと思い切った発言をすると、さらに声を潜めて三人に顔を寄せた。

「ああ、被害があるところに偏《かたよ》っていてな。魔物に荷を襲われていながら、実は儲《もう》けていそうなところがあるんだ。だから……お前達とは逆で、人間側に入り込んで、情報をやり取りしている魔物がいるんじゃないかと」

「絶妙なやられ方」とは、新人や異動してきた騎士ばかりに集中している、ということだ。この不正の黒幕は自分から疑いの目を逸《そ》らすべく、わざとそういった使えない味方を犠牲にしている、というのがギルの見方だ。

テルゼ達は顔を見合わせる。

「厚着のできる冬場なら怪しまれることもないと、お前達を見てそう思った。僕も商人の息子だからね」

忘れていたわけではないが、そんな設定だったなと思った。ギルはあんまり商人っぽく見えないから改めて言われると妙な感じだ。騎士っぽいかといえばそれも違うが。

「俺らが知る限りでは、町中で魔物を見たことはない。慣れてるから、見れば分かるんだ。でも動きがおかしいってのは、俺も思ってた」

テルゼは顎《あご》を指で撫でる。

魔物観察では、私も彼には敵《かな》わないだろう。私が地下探索できるのは短時間だ。相性の合わない相手だと数分しかもたない。わずか数分の積み重ねで知り得たこととまともな会話では、仕入れることのできる情報量が違う。

「お前達、いつもはどこにいるんだ？　白い制服はこの国の騎士じゃないだろ」

「ああ。僕らはランネルの騎士。ホームはラグロアだ」

「そっか……」

彼は再び考える。

隠しても意味がないことは隠さない。隠し事ばかりではすぐに綻《ほころ》んで怪しまれる。私は嘘つきだから、そういうところはよく分かる。私がまっとうな貴族の真似はできないからと、ルーフェス様の経歴を少し変え、さらにルゼとしての経歴を上書きしたように、嘘をつくのなら最低限、本当のことを盛り込まなければならない。

「ここじゃなんだから場所を変えるか。俺達がいる宿はどうだ？　ここも騒がしいから周りの奴らに聞こえはしないだろうが、こんな所で話すことでもない」

テルゼの提案にギルが頷《うなず》く。心の中で高笑いをしていそうだ。

私は内心複雑な心境だが、状況が動かないよりは動く方が良い。

町で一番いい宿の、一番いい部屋。こいつらは本当に金持ちだ。金持ちが道楽で何てことをやっているんだ。

「何か飲むか」

テルゼは棚に並べられた酒を見せる。

「かまわない。一人酒乱がいるから」

「酒乱って……」

そこまで言うか。いったい何がいけなかったんだろう。分からん。

「ルーちゃんは酒乱かぁ。君に暴れられると恐いから、水でも飲むか。ヘルド、お前も水を飲めよ」

ヘルドは水差しとグラスを人数分用意した。この中で一番偉そうなのはテルゼだ。一番年長というのもあるだろうが、三人の中のボスは間違いなくテルゼ。

「さて、魔物がおかしい、だったか。俺も同意見だ」

テルゼはグラスに水を注ぎながら言う。

「俺達から見て確かにここはおかしい。この森の付近だけ明らかに指揮系統がしっかりしている。他の地域では、魔物は騎士を恐れているし、襲う頻度《ひんど》も規模もバラバラで、あんな大人数にはならない。魔物の世界でも出る杭《くい》は打たれるから、あえて固まらないんだよ。だがここにはしっかりとものを考えている魔物がいて、下っ端《したっぱ》の魔物達は明確な指示を受けて動いている。だがその下っ端達を相手に、怪しまれない程度のことを聞いても、それが正しいのかどうか分からなかった。だからさっきはわざわざあんな風に見てたんだ。ひょっとしたら、指揮系統が分かるかもしれないだろ？」

テルゼはグラスを傾けながら、思い出したようにこう付け足した。

「ああ、もちろん危なそうだったらそっちに手を貸していたぞ」

かなり怪しいものだ。私が彼なら手など貸さない。だからこれが本音でなくても、別にいい。正義の味方でなくても協力者になってもらうことはできる。私も正義の味方ではないのだ。私達にとって大切なのは、魔物側の動きを少しでも知ることができたこと。テルゼ達の二枚舌など二の次だ。

「騎士様の視点からは、これをどう見てるんだ？」

テルゼは唇を片側だけつり上げて、ギルを試すように笑う。受けて立つように、ギルも笑った。

「これは僕の個人的な意見だが、やはり魔物側に情報が漏れているな。ところでお前達はランネルのラグロアに来たことは？」

「そっちの騎士の目はけっこう厳しいだろ。さすがにこんな怪しい格好では行けないから、俺はまだ行ったことがない。この町の方が自由だし、ローレンの実家も近いから、来るのはいつもここまでだな。だがここでは有力な情報が出てこないから、何かあるとしたらラグロアなんだろうけど」

彼がラグロアに来たがらない理由もよく分かる。何せ城郭《じょうかく》に守られ、入るにも出るにもチェックされるのだから。なじみの商人が優先されて、初めての商人じゃよっぽどの肩書きがない限りは延々と並ばされて後の人に抜かされるから、面倒くさくて嫌になるだろう。

「俺は半年ほどラグロアにいるが、怪しい奴は運が悪いと帽子やマントを脱がされるぜ。こっそり侵入なんてできるところじゃねえし、魔物が情報を取りに来るとしたらよっぽど人間に似た混じり者だろうな」

ネイドさんが魔物側だけを疑うような発言をした。ゼクセンと違ってうっかり人間が黒幕かもなんてよけいなことを言わないのは安心できる。

「では、そいつらが騎士に袖の下でも渡しているのか」

黙っていたローレンが呟《つぶや》き、ヘルドは空になった水差しを置いて、それを否定する。

「そんなことをするぐらいなら、関係のない商人を雇って情報収集させた方がよほどリスクは少ないだろ。第一そこまでしてラグロアに入ってどうするんだよ。俺だって、テルゼに助けられた時は、魔物に捕まってから、ルーちゃん達が通ってきた森の中で、人間に売り渡されて……」

ヘルドがそう言った途端、みんなが一斉《いっせい》に立ち上がった。テルゼ達までもだ。テルゼは、

「最初から人間に捕まえられてたんじゃないのか!? 俺は聞いてないぞっ！」

と大声でヘルドに詰め寄った。するとヘルドは、

「聞かれなかったし、言う機会もこれといってなかった」

と顔を逸《そ》らして言う。

どうしよう。生き証人だよ。そう、生き証人だよ！　魔物と人間の繋がりを目撃した生き証人っ!!!　興奮しすぎて目眩《めまい》がした。立ち上がったはいいが、傀儡術《かいらいじゅつ》の制御が乱れ、倒れかけたのをギルが支えてくれた。

「だ、大丈夫か。興奮しすぎだ」

「大丈夫です」

椅子に座り直し、ギルが差し出したグラスを震える手で掴《つか》むと、水を一気に飲む。

「ルーちゃん、どうしたんだ。大丈夫か？　具合が悪いなら、ベッドを使っていいぞ」

テルゼが腰を浮かし、寝室の方を指差した。先ほど病弱だと言ったのを真に受けたのだろう。

「大丈夫だ。こいつは興奮するとたまにこうなる」

ギルが私に代わってテルゼに答える。私の手は震え、ガチガチと歯が鳴った。震えが止まらない。震える腕を震える手で掴んで、歯を食いしばる。

「……訳ありか」

テルゼが水の入ったグラスをもう一杯差し出してきたが、手が震えているので首を横に振った。

「力になるから、良かったら何があったか話してみろ。このことに関しては俺達と利害が一致するっぽいから」

「どうして利害が一致すると言えるんだ」

ギルが私の肩に手を置いて、テルゼに尋《たず》ねた。

「この反応なら、ルーちゃんもヘルドに近い目にあったか、あった奴が身近にいるんだろ。だとしたら他人事《ひとごと》じゃない。ああ、そうそう。ヘルドを助けた時は、カテロア王国寄りじゃなくてそっちのランネル王国寄りだった気がする。五、六年前のことだったな」

うちの国。しかもノイリが誘拐された頃のこと。ならノイリのこととヘルドのことが繋がっている可能性はかなり高いだろう。捕らえられていた場所を特定し、土地の持ち主から当時の黒幕へと辿《たど》ることも不可能ではない気がする。気がする、というのが頼りなくて不安だが、ヘルドになんとか詳細を思い出してもらおう。

ヘルドの言うことを全て信じるわけではないが、彼にこの場でこんな嘘をつく理由はない。だって、ノイリのことを探しているのは、私だけだ。どう転んでも、これで一歩前へと進めるのは間違いない。少しでも、ほんの少しでも前に進めたことが、たまらなく嬉しい。

でも上手いこと誘導されている可能性も考え、こちらの手の内を明かす前に、もう少し探りを入れないと。

「ところで、どうして部屋でも帽子とマントを？」

震えが止まったので、私はローレンに目を向け、いつもの調子で尋ねた。するとテルゼは肩をすくめ、包み隠さずさらりと言った。

「すまん。こいつ、仮装じゃなくて本物の闇族《あんぞく》混じりなんだ。闇族混じりは嫌いか？」

「いえ別に。だからラグロアには来ないんですね」

「俺も見た目から怪しいし。ましてやこいつがラグロアなんかに行ったら、絶対にマントを脱がされるな」

テルゼは軽い調子で言う。だが実情は決して軽くはない。人間と魔物の混じり者がどれだけひどいことをされるか知っているのだ。孤児院の中ですら、混じり者だという理由で苛《いじ》められる子がいる。苛める奴は他の誰かからその報いを受けるから、やがて苛めなくなるけど、そうやって誰かが守ってやらないと、心ない人間が簡単に殺してしまう。

「私が妹のように可愛がっている子も、闇族《あんぞく》混じりです。闇族に偏見はないので安心して下さい。国の中央には魔族《まぞく》混じりの医者もいますし」

「医者!?」

さすがに驚いたらしい。

「ランネルはここらで一番偏見が強い国だと思ってたのに……」

「彼女は例外だ。彼女以外は差別されている」

ギルが付け加える。

「しかも女なんだ……」

やっぱ驚くよね。セクさんのような女医さんってのも珍しいし。

「まぁ、それは置いといて。怪しいって自覚はあるから、俺達を疑うのも理解できるよ。でもあんたら、魔物の動きについて調べてるんだろ？　なら俺達と一緒だ」

確かにその点では一緒だ。こっちは王族まで交じって本格的にやってるんだけど。

「手の内を全部明かせなんて言わないが、情報は共有した方が良いと思わないか？　俺達は騎士と敵対するような立場じゃあない。ああ、ここらの商業ギルドとの関わりもない」

　と言うテルゼの言葉にますます謎が深まる。

「ギルドも関係ないのなら、じゃあ、なんでそんなことしているんだ」

　ギルが問うと、テルゼはあっけらかんと言う。

「だから趣味だって」

　ギルは思い切り顔をしかめた。

「そう、俺は趣味だ。あと商人だから商売のためでもあるな」

　商売に色々と役立つ情報なんかが入手できるのかもしれない。

「こいつらは当事者だな。ローレンの身元は明かせないが、けっこうなところのお坊ちゃんなんだよ。そこに恩を売れる」

　ヘルドはまさしく当事者だ。なんでわざわざ人間に売られたか知らないが、魔物にも人間にも繋がりがある証人である。

　そしてお坊ちゃんだというローレン。親にはちゃんと面倒を見てもらえているらしい。

「まあ、すぐに信用しろとは言わないさ。今度、ローレンはここに置いてラグロアに行くよ。俺はやましいことないし。そっちの女の子もきっと色白で可愛いだろうしな！」

テルゼはゼクセンやらギルやらを見て言う。ネイドさんの言っていた通り、やっぱりナンパするのか……

「この二人は最上位の人間です。こんなのごろごろいませんよ」

「そうなのか……。まあ、ルーちゃんが女装してデートしてくれたらそれで満足だけど」

まだ言うし、こいつ。私は生まれて一度も、デートなんてしたことがないのに。

「でも、その方が自然だろ」

ネイドさんは指を組んで、マジに言う。

「確かに、騎士がよそ者の男と待ち合わせなんて怪しいからな」

「まあ、でも、砦に行った時に呼び出しに困るから、こいつに女装させて行くよ」

と、テルゼはヘルドの肩に手を置いた。

私はヘルドを見た。金髪碧眼《きんぱつへきがん》。私の好みど真ん中の美少年を女装させる？

「それなら良し」

「ええっ」

女の子の姿のヘルドがはにかむ姿が目に浮かぶ。ああああっ、可愛い！　恥ずかしそうに赤くなって可愛い！　役得《やくとく》！　私、騎士になって良かった！

「お前の方がよほどサドだな……」

ギルが呟《つぶや》く。

「失礼な。私は金髪碧眼の可愛い子が男女問わず大好きなだけです。女の子だとなおいんですが、見ているだけなら本当は男でも全く構いません」

みんなの目が一瞬ゼクセンの方に向き、納得したような顔になった。ゼクセンは自分の髪に手を触れて、諦めたような顔をした。自分が金髪碧眼だから構われているとでも思ったのだろうか。ゼクセンは確かにものすごく私好みだが、そうでなくても可愛いので今と変わらずに愛《め》でていただろう。

「じゃあ決まりだ。あんたらとの話で、確認したいこともできたし。こいつを助けた場所、森の中の猟師小屋はあんたらが探し出してくれないか。魔物が出る森だから、そう数があるもんじゃないだろ？　もう五年以上も前のことだし、細かい場所は覚えてないから、地元の奴が探した方がいい」

五年前なら、彼は十代後半ぐらいだったはず。そんなところで何をしていたのやら……

「わかった。時間はかかるかもしれないが探しておく」

「じゃあ。決まりだな」

テルゼとローレンが立ち上がった。

「これからちょっと魔物の偵察《ていさつ》に行ってくる。奴ら大失敗して、やけ酒でも飲んでるだろうから、口が軽くなっているかもしれない。今夜がチャンスだ」

偵察に行くというのは本当かもしれないし、あるいは密告に行くだけかもしれない。今夜しかないチャンスなのはどちらも同じ。さて、どうするか……

「悪いが誰か、朝までヘルドを見ててくれるか。ヘルドは放っとくと狙《ねら》われるからな。朝までに俺らが帰らなかったら、そのまま寝かしてやってくれ。ああ、ついでに保障のためにこいつを預けておく」

彼はポケットから巾着《きんちゃく》を取り出す。中から石が出てきた。

「知り合いの女の子にプレゼントする予定のダイヤの原石だ」

ギルが手にとって観察する。

この大きい宝石がダイヤ？　すごい。まだキラキラしてないけど、カットしても絶対に大きい。

「預けましたって文書も付けてやる。返すのは、俺達がそっちに行った時でいい。俺は自分が怪しいって自覚はあるからな」

彼はにっと笑い、それを見てギルは肩をすくめた。

「責任を持って預かろう」

ギルは腹をくくってくれた。が、彼は宿舎に帰ってもらうとしよう。ここに残るのは私とゼクセンの二人だけで十分。

「じゃあ、行ってくる」

私達は手を振ってテルゼとローレンを見送った。

そして翌朝、テルゼは帰ってきたが特に収穫は無かったらしく、当たり障《さわ》りのない言葉を交わしただけで私達は仕事に戻った。

さてさて、どちらに転ぶか。今夜は興奮して眠れないかもしれない。

「あんなひょろいつまらん男はやめて、俺達と遊びに行かないか？」

「はぁ？」

「なぁ、いいだろ。あんな骨と皮だけの優男《やさおとこ》、いいことねぇって」

「はぁぁ？」

ラグロアの砦《とりで》の出入り口からこっそり外を覗《のぞ》くと、そんなやり取りが見えた。砦の門番をしている名も知らぬセンパイ方と、金髪碧眼《きんぱつへきがん》の美少女のやり取りだ。

「ああああっ、可愛い」

テルゼ達と出会ってから、二週間と少しが過ぎていた。

火矢《ひや》の会の一員と思《おぼ》しき先輩騎士にこの騒ぎを教えられてやってきたのだが、私は砦の陰に隠れたまま身悶《みもだ》えた。

金髪美少女だ。身体を鍛えているゼクセンにはできなかったことを、彼はやってくれた。金色の長いカツラも似合うし、テルゼの趣味だと思われる適度にふりふりな可愛いワンピがまあよく似合うこと。

「お前、本っ当に好きだな、金髪碧眼《きんぱつへきがん》」

「ルーちゃん、意外と見た目で判断するタイプか。そんなに好きなら、早く助けに行った方がいいんでね？」

一緒に覗いているギルとネイドさんが言う。ゼクセンも黙って頷《うなず》いている。

好きで悪いか、金髪碧眼。可愛いんだもん。ノイリがいたら、私はあんな風に着飾らせて、いっぱい貢いでいたに違いない。

「あの嫌そうな顔もたまらなく可愛いと思いませんか？　女の子だとあんな顔をさせるのは気が引けますから、なかなか見られません」

「男が相手だと容赦《ようしゃ》ないな、お前」

ギルにこれ以上変な目で見られるのも何だし、そろそろ助けに入ることにした。

「やぁ、ヘルちゃん」

確かそんなような名前だったと記憶している。いくら私が名前を覚えないといっても、二文字ぐらいまでならいける。私、頑張《がんば》った。

「遅い！　遅い遅いっ」

ああ、怒った顔がまた愛らしい。初対面から二週間が経ち、第一印象はかなり脳内で美化されたと思っていたが、そんな私の記憶よりもなお彼は可愛らしかった。

「待った？」

「待った！　待ったんだからな！」

「涙目になって……変な人に絡《から》まれて怖かったの？」

「こ、怖くなんてなかったに決まってんだろっ！」

彼は鼻息荒く首をぶんぶん振って否定する。可愛い。どうしよう、この子マジで可愛い。

「んでも、どうして『ルーちゃんはいませんか』なの？　それで伝わったからいいものの」

彼は顔を赤くして顔を逸《そ》らす。つまり、私の名前をちゃんと覚えてなかったのか。人のことは言えないから別にいいけど。

「ネイドさん」

まだ後ろに隠れている三人を手招きした。

「いや、二人で行ってこいよ。楽しい楽しいデートだろ」

「案内してくれるんじゃないんですか。私、まだこの町のことほとんど知らないんですが」

買い物には出かけたが、デートできるほどの知識はない。

「デートぐらい二人でしろよなぁ。でもまあ、しゃーねーから案内してやるか。お前らも来い」

ネイドさんがギルとゼクセンを伴《ともな》い、外に出てきた。

きっと今頃、テルゼはこの子が困る姿を想像して笑っているだろう。

「お昼は何食べようか」

「食いに来たわけじゃない」

彼はぷいと顔を逸らす。私は可愛い恋人ができて、とても満足だ。

ヘルちゃん遊びを十分に堪能《たんのう》した私は、彼らが泊まっているホテルに入った。相変わらず最上階のスイートルーム。こいつらに目立たないつもりはないらしい。

「くそっ、二度とやるかっ！」

ヘルちゃんはカツラをむしり取って投げ捨てた。ああ、さようなら私の可愛い女の子ヘルちゃん。

「人が来たらどうするんだ。お前は女の子だぞ」

「お前の願望だろ。俺を助けた時も、女の子だと思ったから助けたくせに」

「ほんと、惜しいよな」

ヘルドとテルゼのやり取りを見て、ギルが噴き出した。

テルゼは人を見る目がないと思ってくれると嬉しい。男を女と見誤る失敗をしておきながら、ああも確信を持って私を女と言い切るこいつが信じられない。

「ま、そんなことはおいといて。あ、これお土産《みやげ》」

と私はテーブルに置いて包み紙を広げた。ここに来る途中、ヘルちゃんがあんまりにもお菓子屋さんをじっと見ているから買ってあげたのだ。

「ヘルド、お前か」

「う、うるさいっ」

「あーすまん。こいつ、ちょっと病気で、あんまりそういうの食べると発作を起こすんだ」

ああ、それであんなに恨めしそうに見ていたのか。

「気を利かせたつもりだったけど、かえって悪いことしちゃったかな。これは処分しようか」

「だ、ダメっ」

私が包みを引っ込めようとしたら、ヘルちゃんが腕にしがみついてきた。くぅ、可愛い奴め。

「ヘルド……それじゃあまるで俺がろくなもん食わせてないみたいだろ。ルーちゃん、ありがとな。ヘルドも少しは食えるから」

ヘルちゃんはこくこく頷《うなず》いて、ティーカップやら何やらを棚から取り出し始めた。

「で、ここに移動した意味はあったか？」

ソファに腰掛け、ギルがテルゼに問うと、テルゼは人の悪そうな笑みを浮かべた。

「ああ、あった。やっぱり魔物が人間から情報をもらっているらしいな。人間の方も相手を魔物と知って情報のやり取りをしている」

彼はさらりと口にした。

「どうやって調べた」

「そういう噂《うわさ》があるんだ。あくまでも噂、だけど。しかもローレンが見ず知らずの人に話しかけて聞き出したことだから信憑性《しんぴょうせい》は薄くて、ご近所の噂話と大差ないけどな」

そういう噂があることを知ったはいいが、その情報源をとっ捕まえて拷問《ごうもん》しても無駄だろう。尾ヒレ背ビレのついた話を聞くために、そこまでするのも馬鹿らしい。

「で、お前らはこれを知ってどうする、騎士様方」

「もちろん、不正があるなら取り締まる」

「その取り締まる対象が、商人ならいい。でも、騎士《おナカマ》だったらどうする？」

「もちろん容赦《ようしゃ》はしない。ここの騎士全員が罪に問われる結果となろうとも、僕らには関係ない」

「出世には、いいネタだな」

公表して成敗するにしても、秘匿《ひとく》して脅《おど》すにしても。

「んでも人間が魔物と交渉できる、なんてことは世間に知られない方がいいぞ。真似しようとする奴が出てくるからな。地上に来るような連中に、交渉なんてできる頭を持っている奴は少ない。死人が増えるだけだ」

テルゼは良心的なことを言う。死人が増えてほしくないと、本当に思っているのだろうか。

「じゃあ、何故成立しているんだ？」

「それができる頭の良い魔物が動いたんだろ。魔物は地下という閉鎖空間にいるから、人間側からそれを探すのは難しい」

「……そうだな」

その流れはノイリが狙《ねら》われた時と同じだろう。そうでなければ、あの孤児院が襲われることはなかったと、今なら言える。きっと私が思っている以上に、厳重な警備がなされていたはずだ。それなのに、魔物は人間の隙《すき》を突いて襲ってきた。

今回のことはバルデスに直接関係は無かったとしても、どこかで繋がっている。私達がテルゼ達に騙《だま》されていたとしても、それはそれで道は続いている。

「お前達、どこまでやる気だ？」

テルゼが真顔で尋《たず》ねてきた。

「最後までやるつもりだ。ルーなんて余命二年だったか？」

ギルが私に聞いてくる。いつも私がふざけた調子で言う言葉だ。

「医者の言葉を信じるなら、あと一年半ですね。ひょっとしたらあと三年かもしれませんし、半年かもしれません」

私にとっては重い言葉だ。実は他人事《ひとごと》だからこそ、とても重くて切ない言葉。

テルゼはきょとんとして私を見た。

「余命？」

「ええ。私は元来病弱で、魔力で補っていますが、魔力が無ければとっくに死んでいます」

テルゼは私の胸元を見る。

「身体が悪いなら、どうしてこんなことを？　騎士なんかやめて、楽しみたいと思わないのか？」

「思いません。私の生きる全ての時間は、このためにあります」

「本気か」

「冗談で時間を無駄にする気はありません。私は、私の大切な人と治療の方法を魔物に奪われました。ある人間の都合の良いように」

奪われた聖女《せいじょ》、天族《てんぞく》のノイリは、治癒《ちゆ》の力を持っていた。薬でも魔術でも治せない病を治してしまう、奇跡の歌声の持ち主だった。ルーフェス様はその貴重な治療方法を奪われ、私は彼女がさらわれた時の怪我で足を悪くした。歩くために魔術が必要だったから、傀儡術《かいらいじゅつ》の精度が上がったのだが、本当ならこんな力を磨《みが》く必要がない、年頃の女の子らしい、穏やかな生活の方が良かった。

「だから何があっても怯《ひる》みませんし、邪魔者は誰であろうと、それが友人であったとしても許すことはできません」

魔物に対する恨みよりも、人間に対する恨みの方が強い。魔物達に対しても、強烈な嫌悪を持っているが、それは人間の盗賊達に対するものと変わらない。

「私は連中が許せないんですよ」

本当に憎いのは魔物ではない。自分の利益のために他人を犠牲にする悪党どもが許せないのだ。

「分かった、覚悟の程は理解した」

理解してもらったところで、今度はギルが尋ねた。

「もう一度問う。お前との情報交換で僕らが得る益《えき》は明らかだが、お前の益はなんだ」

「商売だ」

テルゼはにやりと笑った。含んだものがあることを隠さない表情だ。

「俺は魔物の中でも話の分かる連中、その内でもまともな部類の奴と商売がしたい」

ギルは何かを考えるように目を伏せた。

つまり、商売というものを理解していて話が通じる連中と接触を持ちたいのだ。ゼクセンなど、驚いてグラスを落として割ってしまい、素手で片付けようとして指を切っている。それを見ていると逆に私は落ち着いた。他人のパニックほど心を落ち着かせてくれるものはない。

「確かに、まともな奴を見つけられたら、益《えき》は大きいな」

ギルはさして驚いた様子も見せず、頬杖をつく。髪型と眼鏡のせいで、妙な貫禄《かんろく》がある。

地下資源は魔物達にとって、ありふれた物である。資源を探査する能力も、採掘技術も、彼らの方がはるかに高い。だから地下では金銀の鉱脈も価値が低く、そのために魔物達は人間が持っている金銀財宝を狙《ねら》って強盗することはあまりない。逆に、地上にしかない物の方が地下では価値がある。特に海産物は貴重で、地下では絶対に手に入らない真珠や珊瑚《さんご》は価値が高いようだ。

「魔物と商売するってのは、考えるだけなら今まで何人もいただろうな。地下の資源は魅力だ。でも実際に交渉したりするには俺達だけじゃどうにもならん。だったら、誰かの尻馬《しりうま》に乗った方がいい。少しでも探れるなら、俺はそれに乗るぞ。だからあんたらも俺を利用してもらって構わない。駄目で元々だよ。ここで上手くいかなくても、魔物の動向が分かって次に繋げられるかもしれない」

商人らしい理屈だ。正義感からなどと言われても、私達は誰も信じない。

「なるほどな。しかし、出会ってすぐの僕らにそこまで話すのは早すぎないか？　普通は馬鹿にされるぞ」

「それは、ちゃんと見ていたからさ。まともに魔物と闘《たたか》って、荷を守っていたからな。少なくとも信用できない奴はいなかった。それに、ルーちゃんのことは噂《うわさ》に聞いたことがある」

私の名が出て驚いた。噂とは何だろうか。こんな所で噂されるようなことはしてない。

「ルーちゃん、この辺りの生まれなんだって？」

「ええ、まあ」

カテロアでヘルちゃんを預かっていた時、少しそういう話をした気がする。

「ここから少し離れた所に、ガキのくせに変わった術を使う、恐ろしく強い人間がいるって噂《うわさ》を聞いた。魔物達の間では悪魔と言われているが、意外にも、人間に捕まって売られそうになったところを助けてもらったっていう獣族《じゅうぞく》もいる」

なんか心当たりがある。でもまさかテルゼが知るほど噂になっていたなんて。しかもその恐ろしく強い人間というのが私だと突き止めるなんて……

「お前、魔物相手に何をしていたんだ？」

ギルが呆れ顔で言う。

「だって、可愛いんですよ。ぬいぐるみみたいなんですよ。しかもしゃべるんです。ママ、ママって。普通は助けるでしょう。ママの所にお帰りって。そう思いませんか？」

本当は連れ帰ってみんなで愛玩《あいがん》したかったが、母を求めるぬいぐるみのように愛らしいちびっ子を長く拘束《こうそく》するのは可哀想《かわいそう》なので、穴の前まで送ってやった。一度振り返って手を振る姿を見た時は、胸がキュンってした。

「そうじゃなくて、魔物に悪魔呼ばわりされてたのか」

「知りませんよ。まあ、色々とやりましたから。若気《わかげ》の至りってやつですね」

「若気って……まさか、出会う魔物を全部拷問《ごうもん》してたんじゃないだろうな」

「しませんよ、そんな非効率的なこと」

拷問したのは、奴らの頭《かしら》だけだ。下《した》っ端《ぱ》までやってたらきりがない。私は暇人じゃないから。

「ルーちゃんは面白いな。うん、面白い」

テルゼはくくっと笑い、水を飲む。

「ルーちゃんは信頼できる。噂ってのはいいかげんなもんだが、悪い面の最悪の部分を見るにはいいもんだ。話が大げさになるから、大抵はそこまでひどくないしな。それに俺から見たらどれも悪い面じゃない。それだけの腕と心意気があるなら、他の奴を探すよりも口説《くど》いた方がいい。それに俺が魔物と通じようとしている事情を他人に説明しても、無理解な奴はただ笑うだけだ。魔物なんかと、って言ってね。連中にとっては絵空《えそら》事《ごと》でしかないからな」

確かに絵空事だ。その人達の言う「魔物なんかと」というその言葉が意味するのは、魔物みたいに理性のない奴とは商売なんかできない、ということだろう。

「なるほどな。確かにこいつの心意気は分かりやすいし、裏切らない」

二人は納得し合ったようだ。

利用できる者は利用する。そんな心の声が伝わってきた。気の合いそうな二人である。

それから現時点ではあまり多くはない情報を交換し、連絡用にとテルゼが用意してくれた鳥を見せてもらった。

「綺麗。可愛い。綺麗。綺麗」

私は一目《ひとめ》でその真っ白な鳥の虜《とりこ》になった。鷹《たか》にちょっと似ているが、綺麗で格好いい、魔力を持つ妖鳥《ようちょう》で、軍でもたまに伝令《でんれい》として利用しているギグというお高い鳥だ。名前はマリエア。マリーちゃん。

「お前は、子供だけじゃなくて鳥も好きなのか」

「私、真っ白な鳥が大、大、大っ好きなんです」

私の肩にちょこんと乗るマリーちゃんは可愛い。小柄だし、軽いし、爪を立てたりしないから肩にそれほど痛みもない。雛《ひな》から育てれば絶対に主を裏切らず、妖鳥であるため他の鳥に襲われる心配もほとんどない。主が示す相手の所へと間違いなく飛んでいき、その相手以外に託《たく》された物を渡すことはない。しかも寿命も五十年以上と長い。ただ、繁殖させるのはとても難しく、それでいて需要が多いため、とても高価な鳥だ。

「前から欲しかったんです」

「いや、欲しかったって、もらったわけじゃないだろ」

ギルが即座に突っ込む。乙女心の分からない朴念仁《ぼくねんじん》め。

「触れるだけでもいいんです。可愛いです。この子が私のために来てくれると考えるだけで、野郎ばかりのウザ臭《くさ》い生活に爽《さわ》やかな潤いがもたらされます。ヘルちゃんとセットならもう私はどんなことにでも耐えられるでしょう」

ギルは諦め顔で、マリーちゃんと遊ぶ私を横目で見ている。

白い翼はノイリの翼のようで好きだ。指先で撫でると気持ち良さそうにして可愛い。

ゼクセンが僕も僕もと手を伸ばすと、マリーちゃんは彼の肩に飛び移る。その一瞬バランスを崩したのはご愛敬《あいきょう》。

「鳥って可愛いんだね。すごく綺麗」

ゼクセンに撫でられるのにも飽きたのか、マリーちゃんは私の所に戻ってきた。

「可愛い。ほんと可愛い。いっぱい手紙を送って下さいね」

「いっぱい書くよ」

テルゼが爽《さわ》やかに微笑む。

私は、すっかり男らしさを無くしてしまったことにはっと気付く。魔性の女だな、マリーちゃん。

私はマリーちゃんと目を合わせて、傀儡術《かいらいじゅつ》で意識をつなげた。鳥は言葉を話せない。

自分の身体が何かおかしいからと、助けを求めることもできない。いや、それ以前に私の傀儡術《かいらいじゅつ》によって干渉されても、自分が何をされているかということすら理解できないはずだ。

「何をしてるんだ？」

間があいたのを不審に感じ、テルゼが声をかけてくる。

「私を覚えてもらっているんですよ。忘れないように。私以外に届けないように」

人間相手にこんな短時間で傀儡術をやったら、相手の精神が壊れそうだからやらないけど、幸《さいわ》いにも彼女は人間ではなく、妖鳥《ようちょう》だ。私程度が少し無茶をしても、それを受け止める魔力がある。

「マリーちゃん、私を忘れないでね」

撫でて、主のもとへと返してやる。テルゼの肩で私を見て首をかしげる姿が可愛い。

「ルーちゃん、返してくれたところ悪いんだけど、こいつを砦《とりで》に連れていってルーちゃんちを覚えさせてやってくれ」

「え、お持ち帰りしていいんですか。えへへ」

もうしばらく一緒にいられる。嬉しい。

「……返してくれよ？」

「返しますよ。かごの鳥にしたら可哀想《かわいそう》じゃないですか」

何故かみんなが疑うような目を向けてくる。浮かれすぎてしまったか。

「で、この子は何を食べるんです。飛んできたら、ご褒美《ほうび》とかいるでしょう」

「ネズミとか、細かくした肉を食うよ。好物は獣族《じゅうぞく》の肉だ」

「分かりました。頑張《がんば》って、柔らかくて美味しそうなのを狩ってきます」

「ごめん、冗談。そんな変な物食べさせないで……」

真顔で答えたら不安にさせてしまったらしい。ネイドさんが噴き出し、ゼクセンは肩を震わせる。

「こいつは雑食だから、肉も好きだし、木の実も好きだ。あとはパンとか。適当にやってくれ」

「わかりました。最高級の鳥の餌《えさ》買ってきます、ギルが」

ギルはまた僕が払うのかとか言ってるが、聞こえない聞こえない。

動物の餌やりって楽しいよね。可愛いし。昔はよく小鳥を拾ってきてはみんなで育てたりしたもんだ。

懐かしいな。私の人生の中で、あの頃が一番楽しかった。

第三話　工作的な交渉

よく晴れたある日の午後のこと。

地方に配属されていても当然訓練はある。みんな、汗だくになって走っている。荷物を背負ってのランニングは訓練の基本らしい。

「はい、ゼクセン」

私はゼクセンに、水に果汁と塩と蜂蜜を入れた飲み物の水筒を渡す。

夜は肌寒いぐらいだが、昼間はけっこう暖かい。特に今日はいきなり気温が上がり、半袖でも過ごせるほどで、激しい運動をしているみんなはいつもより疲れている。これから夏になる。木陰が恋しい陽気だ。だけどこれ以上暑くなると、同僚達がますます臭《くさ》くなって嫌だな。

「お前が疲れないのはいつものこととして、長袖で汗一つかかないのは納得がいかないんだが」

ギルが滴《したた》る汗を手で拭《ぬぐ》いながら恨めしげに言う。

「るーちゃんは体温が低いのかな？　大丈……」

ゼクセンが私の頬に触れ、肩に触れ、腕にぺたりとひっついてきた。

「涼しい」

「私は暑い」

腕を振りほどこうとすると、反対側の腕をギルに掴《つか》まれた。

「器用な術をっ。この暑いのになんで長袖を着てるかと思ったら、その方が涼しいからか！　それならそうと何故言わない!?　薄情な奴め！」

ギルのような派手な魔術が苦手だから、涼むのにちょうどいい冷気しか出せないだけだ。しかし男が男にしがみつくのはどうかと思う。ゼクセンなら天然で済むけど、あなたはまた変な疑惑をかけられるぞ。

「背中もーらいっ」

「ネイドさん、汗だくのくせに抱きつかないで下さい！　湿ってて気持ち悪ぃ！」

「すずしぃ」

「こら、並ぶなっ」

私に触れると涼しいということを理解した同僚騎士の皆さんは、何故か列を作り始めた。人を何だと思っている。

「そんなに元気なら、とっとと部屋に帰りますよ」

　三人を引きずるようにして歩き出すと、彼らはしぶしぶ私から離れて自分で歩く。本当は水でも浴びたいところだが、今は井戸の前にも列ができているので、しばらく後になるだろう。

　部屋に戻っても暑い暑いとうるさいので部屋を冷やしてやった。ギルの魔力では冷えすぎる。ほてった身体を冷やす程度に温度を下げるのは、私にしかできないのだ。

「あーあ、ばてたばてた」

　私は上段にある自分のベッドに倒れ込んだが、すぐに顔を上げてベッドを降りた。すると下にいたギルに呼び止められる。

「どこに行く。お前また痩《や》せただろ。もっと食ってもっと休め」

　ギル、ついさっき私に労働させたばかりなのによく言うな。

「マリーちゃんが来た気配がしたんですよ。癒《いや》されに行ってきます」

「ああ、あの鳥か。僕が行ってくるから休んでろ。連れてきてやるから」

「いや、俺が行くよ」

　ギルだけでなくネイドさんまでが妙に親切なことを言う。

「いやいや、私は疲れてませんし。一番疲れたのが今の冷房代わりですよ」

「いいからいいから」

ネイドさんが不気味なほど気遣ってくれている。さっき後ろからしがみつかれたから、心配する気持ちは分かる。私は肉付きが悪い。男としては異常なほど。女としても、付いていてほしい脂肪がほとんどない。ギルはまた痩《や》せたと言うけど、比較しているのは私がドレスを着ていた時の身体だろう。あの時はボリュームを出すために下に着込んでいたから、かなり痩せたように感じるのは無理もない。病弱だという設定がとても活きてくれたようだ。

「これは私の楽しみなんです。取らな……大変っ」

「どうしたんだ、いきなり」

行く準備をしていたネイドさんが首をかしげた。

「マリーちゃんがいじめられているっ」

「なにぃっ」

私のマリーちゃんの悲鳴が聞こえる。さんざん私の魔力に慣れさせたから、なんとなく分かるようになっているのだ。どこの誰か知らんが、助けに行かねば。天誅《てんちゅう》である。

動物虐待男は死ねっ！

「お、おいっ」

私は部屋を飛び出し、三人は後を追ってくる。

階段を駆け上がり屋上に出ると、知らない男にマリーちゃんが捕らえられ、手紙を奪われていた。マリーちゃんは必死に取り戻そうとするが、男に首を絞められ苦しそうにしている。

「こんのっ、か弱い小動物を苛《いじ》めるなっ」

私が無意識に掴《つか》んで持ってきた空の香水瓶を投げつけると、それは男の側頭部にぶち当たる。その隙《すき》にマリーちゃんは男の手から抜け出し、手紙を取り戻して私のもとへとやってきた。

「良かった！」

私はマリーちゃんを腕に乗せ、手紙をもらう。

「おいおい、なんで魔術師のあんたが他人の手紙を勝手に読んでるんだよ。タチ悪りぃな」

ネイドさんが男を睨《にら》み付けて言う。この男に、そんな権限はないはずだ。

「わざわざそんな物でやり取りしてたら、悪さでも企《たくら》んでいると思われて当然だ」

一見、ただの白い紙。しかし目に魔力を込めればうっすらと文字が見える。

「恋文は普通に郵便でやり取りしろ」

「中身まで読んだの!?　ひどい！」

私は手紙を抱きしめ、踵《きびす》を返して屋上から逃げると、廊下を歩きながら手紙を読んだ。

ラブレターに偽造した手紙には、水を連想させる単語がいくつも入っている。

部屋に戻ると桶に水を入れて手紙を浸《ひた》した。すると隠れていた文字が浮かび上がる。

魔術師相手の文通だから、魔術師だけに見える内容が本命だと思い込んでいるのだろうが、魔術師ならすぐに見られる物を隠したとは言わない。

「……何これ」

手紙を持ち上げると、部屋に戻ってきた他の三人も、私の後ろから覗《のぞ》き込む。

場所や時間は正確に分からないが、この砦《とりで》から少し離れたところにある村を襲撃するという噂《うわさ》を仕入れたらしい。少なくとも今月中には行われる、詳しいことが分かり次第、また連絡する、と書いてある。今は月の二週目に入ったところ。来月ならともかく、今月中とは……

「ヤバくないですか?」

後ろから覗き込んでいたギルに言う。

「襲われるなら小さな村だろう。ろくな囲いが無いか、あっても脆《もろ》い所。それで金目の物がある村……」

「でも、村を襲撃させて人間側は何の得があるんですか?」

「防衛の予算は増えるな。防衛のための建築費は、不正の温床《おんしょう》になる。上層部全体が腐っているなら、賄賂《わいろ》が山ほど集まるぞ」

なるほど。でも庶民には縁遠い話である。

「そんなことのために、無関係の人を大量に巻き込むのか……」

ネイドさんのぼやきに、ギルが答える。

「この憶測《おくそく》が正解かどうかはまだ分からないが、金の力はそれだけ大きいから、村一つ全滅するぐらいはどうとも思わない連中がいるのは確かだ」

人間は金が好きだが、外道《げどう》なことをしてまで金を儲《もう》けようとする人間はさすがに少ない。贅沢には憧れるが、大惨事を引き起こしてまで手に入れた金など、恐ろしくて持っていられないと聞く。しかし、金を持つ者にとっては今まで得られていた金が得られなくなることの方がより恐ろしいらしい。持たぬ私には理解できないけど。

ゼクセンは、思い悩む私を見て拳《こぶし》を握った。

「るーちゃん、大丈夫だよ。絶対にみんなで守ろうねっ！」

私は人間の欲による被害を受けたことがある。それをゼクセンは気にして励ましているのだ。

「ああ。親無しの子供をこれ以上増やしてたまるか」

それ以上は考えていると暗くなるので、肩に乗ったマリーちゃんを撫でた。無邪気な鳥は、私の指をはむはむと甘噛みしておねだりする。手紙には、マリーを夜に飛ばせるのは可哀想《かわいそう》だから、朝まで面倒を見てくれとある。餌《えさ》はパンとか木の実とかそこらの小動物でいいからと書いてあるので、私はマリーちゃんをギルに預けた。

「活きの良いネズミ捕まえてきます」

「こんな小さな鳥に、ネズミ一匹丸ごと渡す気か。そうなると思って、ちゃんと用意させた」

ギルがベッドの下に突っ込んであった箱を取り出す。箱の中には氷に埋もれた小箱があり、その中に刻んだ冷凍肉が入っていた。

「本当に用意してくれてたんですか。私、鳥の餌は準備してたんですが、そっちの方が良いですね」

「あるならなんでネズミを獲《と》りに行く？」

「だって、活きが良い方がいいかと思って」

ギルがため息をつきながら餌を皿に分け、指先に作った炎で皿を炙《あぶ》って解凍し、ピンセットで掴《つか》んでマリーちゃんへと差し出した。

「ほら、マリー」

マリーちゃんはギルの膝に乗り、出された餌を食べる。

「なんか手慣れてますね」

「この手の生き物は貴族に人気のあるペットだ。飼い方ぐらい知っている」

この前、小間使いの子に何か買いに行かせてたけど、これだったたようだ。楽しげに餌をやる王子様の姿はちょっと可愛い。意外とマリーちゃんを気に入っていたようだ。

「そうだ。幸《さいわ》いにも明日は我が班はお休みですから、私は一日部屋にこもっています」

マリーちゃんが来た。一晩泊まっていく。より私の魔力に慣らして、傀儡術《かいらいじゅつ》で強い意識の繋がりを作ることができる。つまりはチャンスだ。

「……ああ、やるのか。だったら食い物も運んでやる」

ギルがにやりと笑って言う。意地の悪い笑みは、嫌みったらしいけど何とも魅力的だ。

マリーちゃんとあの商人達には悪いが、傀儡術を使って探らせてもらう。こっちも王子様を抱《かか》えてる身なんで、悪い可能性は全て潰《つぶ》しておきたい。

「だから、それまでマリーちゃんは私が面倒見ますから、餌やり代わります」

「……好きにしろ」

少し不服そうに餌をくれるギル。そんなに小動物好きなんだろうか。そうだとしても、マリーちゃんを譲る気はないけど。

私の意識は、鳥になって空を飛んでいた。

マリーちゃんは賢く、魔力の高い妖鳥《ようちょう》であったため、普通よりも簡単に繋がりを持つことに成功した。マリーちゃんに持たせる手紙は丸めて私の魔力が染みついた指輪でまとめているので、かなり楽に追跡できている。いつでもこの子を傀儡術《かいらいじゅつ》で支配できるよう、魔力の糸を引っかけて追跡していると言えば分かりやすいだろう。

私は可愛いからというだけの理由で、動物を愛《め》でたりはしない。そういうのはチビ達に任せておき、見守るだけだ。だって私は動物にあまり好かれないから。でも今回は自分らしくない演技をしてまでマリーちゃんと繋がりを持った。

今、私は自分のベッドに身体を横たえ、最低限、マリーちゃんの居場所が分かる程度に傀儡術で意識を繋げ、たまに現在地を確認するためにその目を借りている。騒がれない程度に、静かに、静かに。マリーちゃんは不思議そうにしているが、害がないと分かってくれたので騒いだりはしない。この子にとって大切なのは、渡された手紙を守ることなのだから。やがてマリーちゃんは森の中に入り、地面に開いた穴から地下に潜った。彼らは普段から地下にいるようだ。

私は本体の方の腕を動かし水を飲む。居心地が良いように、ベッドの上で丸めた布団にもたれている。

「目をつぶったままよく水なんて飲めるなぁ、るーちゃん」

ゼクセンが覗《のぞ》き込んでいるのが分かるが、無視しとく。

「ここまで来ると、人には見えない目がついてても、僕は驚かないな」

「ああ、分かる分かる。後ろから忍び寄っても隙《すき》ねぇもん。俺もそれなりの訓練受けてるのにさ」

「え、騎士ってそんな訓練受けるんですか？」

「俺が騎士になったのは、ギルのために必要があったからで、ここ数年のことだから、その前のことだ」

ギルとネイドさんとゼクセンが楽しげにおしゃべりしている。私の意識は完全に向こうに飛んでいるから聞こえないと思っているのだろう。だから下手に口は開けられないが、実はとってもよく聞こえる。私はそんな友人達を無視して、マリーちゃんに意識を集中する。地下まで傀儡術を維持するのはかなりきつい。あまり抵抗しない小さな動物相手だからできるけど、もし人間相手だったら、負担が大きすぎる。

奥へ奥へと続く、深い場所か浅い場所かも分からない道は、次第に整備された街道になり、その内に両脇にドアや看板が出てきた。これが地下の居住区のようである。住人は当然、魔物達。闇族《あんぞく》がラフな格好で歩きながら談笑し、二階部分のベランダでは獣族《じゅうぞく》の女が洗濯物を干している。彼らの生活はごく普通なのだと聞いてはいたが、この目で見るのは初めてで、感慨深い。ここは特に闇族《あんぞく》が多いから、まるで人間の町を見ているようだ。

さらに行くと再び街道になり、やがて広い場所に出た。広い町だ。天井を支えるにしてはやや細い柱が何本もある。ドーム型の天井にはいくつも明かりが設置されていて、曇りの日ぐらいの明るさはあり、町並みはよく見える。少し変わった土壁の家ばかりだが、普通の町だ。前方に蟻塚《ありづか》のような城があり、マリーちゃんはそこに向かう。

おい待て。

私の衝撃など知るよしもないマリーちゃんは、小さな穴から城の中に進入した。部屋の中にはくつろぐローレンと、テルゼの後ろ頭が見える。

「ああ、マリエアか。よく帰ってきたな」

ローレンが腕を差し出し、その腕にマリーちゃんが留まる。よく見ると彼には闇族の翼があるし、耳も独特な形をしている。闇族混じりどころか純粋な闇族にしか見えない。これでよく外をうろつけるなと感心した。

「マリー、餌《えさ》はもらったか」

ローレンの手で手紙の筒を外されたマリーちゃんは、名前を呼ばれてテルゼのもとへと飛ぶ。

いつもよりラフな格好のテルゼは、笑みを浮かべてマリーちゃんを撫でた。地下独特の衣装らしく、麻よりは滑らかで、綿よりは硬そうな生地でできている。ゆったりとして、部屋着に良さそうだ。

私はそんな彼を見て、驚いた。

茶色いはずの目が金色なのだ。魔族《まぞく》の特徴である金色の目。

ここに来て、私はなんとなく全容を理解した。テルゼがどうやって目の色を誤魔化《ごまか》しているのか分からないが、魔族は人間よりもはるかに器用な魔術を使う種族だ。魔術師でも見破れない幻術《げんじゅつ》を、局所的にかけていてもおかしくはない。

私は本体の方で水を飲んだ後、マリーちゃんの支配を少しだけ強めた。彼女に動きを任せていると、忙《せわ》しなくきょろきょろするので見にくいし、目が回るのだ。これでは見たい物が見られない。

「手紙には何て？」

テルゼがローレンに尋《たず》ねた。

「ヘルちゃん元気？　今度はツインテールでお願いって」

「ルーちゃん……。女ってのは、なんでああいうのがツボなんだか」

私の話題になり、少し戸惑う。本当に女だと見抜かれているのだ。

「女、女と言うが、本当に女なのか？　男らしくもないが、女らしくもないぞ」

「女の子だよ。俺はヘルドのことで反省し、訓練したんだ」

「いつの間にそんな馬鹿らしい訓練を……」

本当に馬鹿らしくも余計な訓練をしたものだ。

「それにテルゼって、もっと甘い感じの天然のお嬢様系が好きなんだと思ってたけど、今回はいつもと違うな」

「何言ってるんだ。ああいうタイプこそ、付き合ってみると劇的に綺麗になるんだよ」

悲しいが、それはないと思う。髪が長かった頃でさえ男の子扱いされることもあったし。

「……まあ、誰を気に入ろうが自由だけど、トラブルだけは起こすなよ。ナンパは他所《よそ》でいくらでもできるんだ」

本気でナンパされてたのか私。どうしよう、初めてだ。ちょっとドキドキする。もちろんそれはそれ、これはこれ、なので情報収集に手を抜くつもりはないが。

「将来有望な女より、ああいう地位がありそうで、話を聞いてくれて、とりあえずは裏切らなさそうな人間達の方が価値があるし、稀少なんだからな。優先順位を忘れるなよ……ん、なんかマリーに見慣れない装飾品が付いてるぞ」

「ルーちゃんが付けたのか。女の子はこういうの好きだよなぁ。しっかし、あのお坊ちゃん何者だろうな」

「どっかの偉いさんの息子がお忍びで来てるのかな？　ルーフェスもただ者ではない感じがするけど、あいつらギルを守ってたっぽいからな」

ギル様、バレてますよ。まあ、戦闘を冷静に観察されてたらそうなるかもしれない。庇《かば》われるべき側に見える年下のゼクセンが怪我をしたのも、ギルを庇ってのことだったし。テルゼが続ける。

「何にしても、面白い奴らだよ。人間で残念って気持ちと、人間でいてくれて良かったって気持ちが半々にある」

「人間じゃなかったら意味がないだろ。問題は、そのうち僕達が魔物だってバラさなきゃいけなくなった時、どうするかだ。やり取りの窓口になる奴を紹介して、僕達だけ人間のふりを続けるのも難しい。短期間の話ならともかく、長期になると人間とは寿命が違うからバレる」

魔物は人間に比べて寿命が長い。だから十年後、彼らが歳をほとんど取っていなかったら、私達人間側は当然怪しむ。そんなあとになって真実を告白しても意味がない。信頼関係は崩壊してしまう可能性がある。彼らにとってこの交渉は、地下との貿易のためではない。地上、つまり人間との貿易のためだったのだ。そのため、商人の息子だと名乗って貿易にも少しは関係ありそうなギルは、利用できるかどうか試す価値のある人間だった。

しかし相手を試しているのはこちらも同じ。いや、相手の真意を知っている分こちらが有利だろう。

その時、ドアが開いた。

「あー、さっぱりした」

ヘルちゃんが上半身裸で、頭をタオルで拭きながら部屋に入ってくる。

その背には、翼があった。私の大好きな白い翼が。

「天族《てんぞく》っ!?」

つい、私は口にしてしまった。何故かマリーちゃんの口で。三人の視線がこちらに集まった。

「マリエアがしゃべったっ!?」

テルゼが立ち上がって声を上げた。

「なんで俺の名前じゃなくて、俺の種族名なんだよ」

ヘルちゃんが不平を漏らす。こんな時でもヘルちゃんは、どこかずれた可愛いことを言う。しかも上半身裸で。野郎の裸には慣れているのに、目のやり場に困った。ゼクセンよりも華奢《きゃしゃ》で、女の子のように繊細で、美少年。しかも天族。まるでノイリを男の子にしたような、可愛い可愛い天族。

泣きそうになった。

「マリー、どうしたんだろうな」

ローレンがマリーちゃんを心配して、顔を覗《のぞ》き込んできた。

私もどうすべきか悩む。このまま放置しておけない。彼らの真意は分かった。私はギルに協力しているが、一番大切なのはルーフェス様である。天族がいればルーフェス様の身体が癒《いや》せるのだ。

傀儡術《かいらいじゅつ》でマリーちゃんとの繋がりを維持しながら、根性で故郷にいるルーフェス様に呼びかけた。

「成長すると話ができるようになるのがたまにいるって聞くけど、マリーはまだ五歳だろ。早熟だな」

ローレンがマリーちゃんの喉《のど》を撫でる。

「ってか、第一声が『天族』っていうのが……切ない。飼い主は俺なのに。何か似たような音の、別の言葉だったりしないか？」

「なんで？　俺達眷属《けんぞく》みたいなもんだぞ。一番初めの言葉が『天族《てんぞく》』でも不思議じゃないぞ」

テルゼの愚痴に、ヘルちゃんは翼を誇示《こじ》して反論する。季節外れの厚着は、翼があるからだったのだ。半裸のヘルちゃんが私――ではなくマリーちゃんに近づいて顔を覗き込んでくる。ああ、可愛いすぎてどうにかなってしまいそう。

私はめろめろになってしまいそうな自分を叱咤《しった》し、気を取り直す。

「こんにちは、ヘルちゃん」

たった今ルーフェス様から許可が出たので、私はヘルちゃんに挨拶した。

「やっぱりしゃべった！」

「しかもヘルちゃんときた。ルーちゃんの影響か。どれだけ吹き込んだんだ。育ての親より良かったのか!?」

ショックのせいか意味が分からないことを言うテルゼ。

「いいえ。私はルーフェスです」

「ルーちゃん？」

「ええ。マリーちゃんの身体を借りてます」

三人の顔色が変わった。ヘルちゃんはただ驚いてるだけみたいだけど。

「話は聞かせてもらいました。まさかテルゼが本物の魔族《まぞく》だとは」

そう見えても違いますよと思わせておいて、実はそうでした、とは。その可能性も少しは考えてたけど、実際にそうだと知るとやはり驚く。髪は普通に染めているんだろうけど、目には局所的な幻術《げんじゅつ》か、人間の知らない魔術を施《ほどこ》しているのだろう。もしかしたら彼だけの術かもしれない。

「ど、どうやって……」

「私の数多くある術の一つです。私は天才なんです。えへん」

見栄を張ってみた。

「人間にもすごいのがいるんだなぁ……。魔族よりも魔術に巧みだなんて」

今のこの技術と、ギルに借りた魔術のことを言っているのだろう。そりゃあすごいですよ、二人分ですからね。

「マリーの姿だと、なんか憎めないな」

ヘルちゃんがマリーちゃんをつくつくと突く。

「ヘルちゃんが天族だと知っていれば、もっともっと可愛がったのですが」

鳥の姿では、彼を抱きしめることもできない。

「人間にとって、天族は神の使いみたいに見えるんだろ？　それにしちゃあんまり驚かないんだな」

「驚いたから声を出したんです。予想外に地下にまで来たんで、どうしようかちょっと悩んでいたところだったので」

天族《てんぞく》に関係すると簡単にボロを出してしまうのは、私の悪い癖《くせ》だ。どうにかして直さなくてはならない。こんなことで毎回動揺していたら、本当にノイリに会うチャンスが訪れた時、それを逃してしまうかもしれない。地下で人捜しをするのに役立つ、便利なツテを手に入れた今、これ以上の動揺は絶対に避けなければならないのだ。

「この子の身体を使っていることはお詫びします。でも害はありませんのでご安心下さい」

飼い主であるテルゼが怒っていないから、マリーちゃんも落ち着いていてくれて、ありがたい。

「私は傀儡術師《かいらいじゅつし》のルゼ。ルーフェスは私の主です。病で動けぬ主に代わり、私が彼の傀儡となり、女の身を隠して騎士となりました」

彼らは目を見開く。予想もしない告白に戸惑い、こちらの意図を計りかねているのだろう。

「この場で見聞きしたことをギルに伝えるかどうかは、我が主の判断に委《ゆだ》ねます」

天族であるノイリを奪われたことが、ルーフェス様にとって緩慢な死の始まりであった。天族の力をもってしても病は治りきっていなかったが、天族に癒《いや》されていたので生きていられたのだ。だから天族を見つけたのだ。しかし今、天族を奪われてから、ルーフェス様の病はじわじわと悪化していった。手遅れかもしれないし、ヘルちゃんにはできないかもしれないが、それでも少しでも可能性があるなら、少しでも長く生きられるのなら、なりふりなど構っていられない。それが私達の答えだ。

私の主はルーフェス様であり、ギルネスト殿下《でんか》ではない。彼の命令を聞くのは、それがルーフェス様の意向でもあるからこそだ。だが私達の中での優先順位が変わった。ルーフェス様のことを抜きにして、私個人としてもそれは当てはまる。ノイリを探し出すという私の最大の目的を果たすには、魔物である彼らの協力を得るのが最も近道だろう。

「やっぱり女の子だったのか。うん、そうだよな」

テルゼは変なところで喜んでいた。この性格はどうやら地のようである。軽いが、嫌な奴ではないし、商売に関しては本気っぽい。ならば餌《えさ》をまこう。私達に取り入りたくなるような、面倒を抱《かか》えても良いと思えるほどの餌を。

「あなた方が人間との商売を求めていることは理解できました。それなら、場合によっては国王にまで話を通してあげることができます」

三人は目を丸くして固まった。

「本当か？　どうやって」

「私の力とコネと、ヘルちゃんを使えばどうにでも」

「ヘルドはやんねぇぞ。俺が育てたんだ」

テルゼがヘルちゃんの首根っこを掴《つか》んで言う。彼が育てたと聞くと、ものすごく得心《とくしん》が行く。見た目は気品があるのに、口を開くと気品なんてぶっ飛ぶから。

「いただかなくとも手はあります。国王陛下といえども、天使そのものの姿をした天族《てんぞく》がいては断りにくいでしょう。ただ、しつこく残るように言われそうなので、最後の手段と考えていて下さい」

ギルと、名前を忘れたセクさんのストーカー王子は使える。あれを上手く操って王に近づき――うん、可能だ。私は傀儡術師《かいらいじゅつし》。私が最も得手《えて》とするのは、そういう分野なのだから。

「で、その『場合によっては』ってのは？」

テルゼがすぐに問い返す。さすがは商売しようとしているだけあって察しが良いし、無駄話はしない。

「ヘルちゃんが天族なら、不死の魔力と呼ばれる癒《いや》しの力はない？」

天族とは本来、骨と皮と言っても言いすぎではないほどガリガリに痩《や》せ、霞《かすみ》を食べて生き、何かあれば嵐を呼んで身を守り、傷ついても首を落とされない限りはすぐ回復してしまい、病に冒されることもない種族だ。ただ食べすぎたり太りすぎたりすると飛べなくなり、霞《かすみ》から魔力を上手く補給できなくなって死ぬという、不思議な種族である。

「まあ、癒しというかそういう力はあるぞ。天族は翼を傷つけたり太りすぎて飛べなくなると、自己再生能力が上手く働かなくなって、治癒《ちゆ》の力を外に出してしまうようになることがあるらしいな。ただ、それを上手く制御するのが難しいんだ。こいつも太りすぎたクチで、あまり治癒は得意じゃない。一緒にいれば相手の自然治癒力が多少高まるくらいか」

へぇ、そうなのか。そこまでは知らなかった。ノイリは生まれた時から翼に問題があって同族に捨てられたらしいってのは、大人達の会話を立ち聞きして知ってたけど。

「難しくても、少しは使えるんだよね？　だったらそれを、私の主のために使っていただきたい」

「余命一年なんだろ？　人間が手を尽くしても死ぬと分かってるほどひどいなら、治るかどうかなんて分からないぞ」

「それでもやらないよりはいいでしょう。私はあの方に死んでいただきたくない」

あの方が生き続け、あの方として生きていた私も同時に存在し続けるという不整合が出てきても、彼が亡くなるよりはよほどいい。私がどこかへ行けば十年後には『ルーフェス』は大人になって顔つきが変わったのだと、言い訳が通るだろう。

「仮に助からないとしても、ヘルちゃんがルーフェス様に会ってくれるだけでもいいんです。移動を嫌がるのなら、彼がこちらに来てもいいとおっしゃっています」

それが一番手っ取り早い。ルーフェス様も、あのベッドの中で死ぬことは望んでいない。

テルゼは続けた。

「地下に来るのか？　言っておくが、地下には人間なんてせいぜい奴隷《どれい》ぐらいしかいないぞ」

「人間と商売をするのなら、人間の一人も客として受け入れられないようでは到底無理でしょう」

人間と魔族《まぞく》の生活にそこまで大きな差があるとは思えない。なのに病人の一人も世話できないようでは、この計画も内側から崩れて台無しになることは目に見えている。彼らがいくら頑張《がんば》っても、他の魔物が全く追従《ついじゅう》しないようなら、人間が信用するはずがない。

「……確かにその通りだ。まあ、ヘルドが地下で生活できているし、こいつより人間の病人を一人養う方が、よっぽど簡単だろう。問題があるとすれば、怯《おび》える人間の側だからな」

「それは問題ありません。我が主の性格の方向性は、私と同じですから」

魔物などには怯えたりしない。外の世界をろくに知らないから、何を見ても感動はするが、怯えたりはしないのだ。常に死が傍らにあり続けた彼にとっては、魔物など恐れるに値しない。

「でもそうしたら、お前はどうするんだ？」

ローレンが尋《たず》ねた。私の知る闇族《あんぞく》よりも、目つきが柔らかく、ずいぶん穏やかな雰囲気だ。だからこそ今まであの変装で通っていたのだ。

「私はルーフェス様の気が済むまでこうしていますが、さすがにそれほど長くは続けていられないので、問題ありません」

私もそのうち二次性徴《にじせいちょう》が出てしまうかもしれない。テルゼが言ったようにいい女になれるかどうかは別にして、どんなに痩《や》せていても女は女らしくなってしまうのだ。

「そうなったらどうするつもりだ？」

「もちろんギル達の前から姿を消します」

「そうなったら手が空くのか」

「ええ。フリーになったらそちらに力を貸してもいいですよ。人を襲う魔物が減るのなら、それに越したことはありません」

魔物が人間を簡単に襲わなくなれば、町の外に出た親が殺されてしまう孤児だって少なくなる。

「傀儡術《かいらいじゅつ》など、魔物にはないと聞きます。私も役に立たなくはないでしょう」

「ああ、そんな力がある奴はいないな」

傀儡術は、人間独特の魔術らしい。

「途中で投げ出さないと思って良いんだな」

「ええ。いくらでも力と知恵を出しましょう」

テルゼは腕を組んだ。

「ルーちゃんは、その男……ルーフェスって奴に惚れてるのか?」

唐突な質問に私の本体は抱《かか》えていた水筒を落としかけた。身体がびくりと震えたので、友人達には変に思われているかもしれない。

「……男の人って、なんでそんな風にしか考えられないんですか。くだらない」

「惚れてるってのはくだらなくないだろ」

確かに、くだらないことではない。誰かが誰かに惚れて、家庭は作られるのだ。温かい家庭はくだらなくない。しかし、ゲスの勘ぐりはくだらない。

「好みで言えば、ヘルちゃんみたいな子の方が良いですよ。可愛い」

「それはまた別の好みだろ。竜が好きとか、モグラが好きみたいな」

地下にいる奴の例えって……モグラはともかく、何故に竜？　ミミズとか言われたらもっと引くけどさ。

「その例えはともかく、ヘルちゃんにそんな汚らわしい想いを寄せることはできません」

天族《てんぞく》であるヘルちゃんをそんな目で見る人間は、同じ人間に殴られることだろう。

「人間って、本当にこれが特別に見えるんだな」

テルゼがため息をつく。捕まっていたところを助けたというのは本当なのだろう。空飛ぶ自然災害と呼ばれる天族の子供を、魔物がどうやって捕まえたかは知らないが。

「ルーちゃんが色恋沙汰に興味がないのはよく分かった」

「理解していただけて嬉しいです。けっこうこの術きついんで、話を手早く終わらせましょう」

「そういうことは先に言え」

私は本体の方で水を飲み、息をつく。ヘルちゃんを見るのは楽しいが、支配を強めたまま維持するのはかなり厳しい。慣らした期間が少ないし、何よりも地面越しというのがキツイ。

知るべきは、彼らの今後の動向だ。どうすれば彼らの望みを叶えてやれるか。

「まず、あなた方の言う商売について、もう少し詳しく聞いてもいいですか。秘密にした方が良いならギルには言いません」

「……俺はてっきり、ギルが雇い主なんだと思ってたよ」

「彼はあなた方の言った通り、身分を隠して潜入捜査をしている、いいところのお坊ちゃまです。私の命よりも彼の命の方が重いので守っていただけです。これからも表面上は彼の命が第一であることに変わりはありません」

するとテルゼが不服そうに顔を歪《ゆが》める。

「女の子の口からは聞きたくない言葉だな」

「自分を女と括《くく》られるのは嫌いです」

私は女だが、まっとうに女として生きられるとは思っていない。だったら女扱いなど受けない方が良い。もちろん褒められれば嬉しくないわけではないけど、女と侮《あなど》られるなら女扱いなどいらない。女の子らしくありたいという気持ちと、侮られてたまるかという気持ちが両立している。複雑な乙女心というものである。

「私が女であるなどとギルの前では言わないで下さい。あんな性格でも、女子供は守るものという常識はありますから」

バレたらどんな事情があっても追い出されるだろう。女と同じ部屋にいられる人ではない。

「色々言いたいことはあるが、よしておくよ。俺達はとにかく正式に地上と貿易を行いたい。これは一区王《いっくおう》……区っていうのは、国だと思ってくれれば良いが、地下は九つに分かれていて、一区王はその中でも皇帝みたいなもんだ。つまり地下で一番偉い女王様に任されてるんだよ」

「……こう言うのも何ですが、何故その方はこんな舐《な》められそうな連中に」

「俺の発案だからだよ。年配の奴は反対してるから、仲間はみんな若いんだ」

「ここは城のようですが……」

「四区王《しくおう》の城の一つだ。こいつは四区王の弟なんだ」

テルゼはローレンを指差して言う。

「王族？」

「ああ。でもこいつ闇族《あんぞく》にしては見た目が穏やかな雰囲気だろ。このぐらいだと、上手く変装すればこいつみたいに純血の闇族でも人間で通るんだ」

隠す所を隠せば、こんな風に人間に見える顔立ちの闇族がいるのか。ひょっとして、私も知らない間に、純血の闇族とすれ違っていることがあったのかもしれない。

しかし向こうでも王族が出てるのか。なかなか面白いことになってきた。

「であれば、ギルにはご自分の口からおっしゃった方が話が早いでしょうね」

「その根拠は？」

「こっちも王族だからですよ。王位には遠いですが」

テルゼがひゅうと口笛を吹いた。お互い実に運が良い。特に彼らは幸運だ。おそらく、ここらの土地では唯一地上と地下を繋げられる「ギルネスト」という道に辿り着いたのだから。

「ギルには下手に隠すよりも、思い切って打ち明けた方がよろしいかと。魔物だからと、話のできる相手を斬《き》るような方……だったとしても、ちゃんと止めますから。そのあたりの操縦は任せて下さい。半年かけてちゃんと躾《しつ》けましたから、むやみやたらと攻撃などしなくなりました」

心が狭い、横暴だ、野蛮だとぼそぼそ言い続けてきたので、ギルが部下に必要以上の体罰を与えることはなくなった。彼は剣より魔術の人だった、というのもある。接近戦や中距離戦では私に勝てないと知っていたのもある。他にも理由は色々あるのだろうが、ともかく暴力はなりを潜めている。

「ヘルちゃんのことはまだ伏せていて下さい。国王に対する切り札ですから。ルーフェス様のことがあるので、ギルにも知られたくありませんし」

「分かった」

「魔族《まぞく》だとばらすタイミングは……ああそういえば、この前言っていた襲撃の噂《うわさ》はどうなりました？」

「月末だな」

「噂じゃなく、確定ということですか？」

「本当に何か準備をしてるっぽい。コアトロは、今は派手に動きたくないだろうから、その下の者の独断だろうな。誰がどんな風に入れ知恵しているんだか……」

「コアトロ？」

「ここ四区《しく》のマフィアのボスだよ。昔は実質的な支配者だったが、ローレンの兄貴が王になってからは王家が巻き返してきてさ。だからあいつも今はこんなことで目立ちたくないはずだ」

　ふぅん。つまりバルデスが繋がっている魔物側のトップか。ノイリを誘拐したのはそいつら一味。トップのコアトロはともかく、その下にノイリを知る奴がいるかもしれない。

　ノイリの件は、王族の彼らには関係のないことだろう。ヘルちゃんは、助けてくれたテルゼに養われているだけのペット的な立ち位置みたいだし。私もこんなペットが欲しいもんである。

「しかし、どうしてわざわざ人里の襲撃など？」

金になりそうな村だとしても、その場合警備が厳しいから襲撃など難しいし、逆に警備が手薄な村では実入りが少なく、報復《ほうふく》されることを考えると割に合わない。人里を襲えば、さすがに国も本腰を入れる。

「この前まで、やっぱりしばらく大人しくするって話だったんだ。なのにいきなり派手に襲おうなんて真逆の方向に話が進んでいて、俺も驚いた」

私は顔をしかめる。

「で今の話を聞いて思ったんだけどさ、人間側が、調査されていることに気付いたんじゃないか？」

確かに、調査が入っているのに同じ手口を繰り返すのは危険だろう。

「それでいて何故派手に？　気付かれていたら、余計に危険なのでは？」

「下っ端《したっぱ》の魔物達が不満を持ったから、魔物側の独断で最後に派手にやって儲《もう》けたいとか。人間が誰かに罪を着せようとしている可能性もあるな。こっちも全力で探ってるが、はっきりとはしていない。誰か裏で操ってる奴を引っ張り出せれば理想だけど、最低限襲撃だけは阻止しねーとな。人里なんて襲われたら、とんでもない被害になって、商売どころじゃなくなる」

「そうですね」

私はため息をついた。頭の痛い問題だ。

「場所の特定は？」

「まだいくつか候補があるらしくて、絞《しぼ》れていないんだ。もう少し絞れたらマリーを飛ばす」

つまり直前になって場所の変更なんてことも有り得ると。じゃあ、どうしても人数が必要になるな。

「仲間が他にもいるので、できるだけ多くの人員を配置できるように手配します」

「そうだな。俺も仲間を集めるけど、俺達だけだと怪しいから、そうしてもらえるとありがたい」

「来るのは闇族《あんぞく》ですか？」

「ああ」

「だったら怪しいから一目《ひとめ》で分かりますね。その時、襲撃された場所で正体を明かすのが効果的でしょう。襲撃があるのが、私達のいるところであればいいんですが」

そうすれば戦いの場で王族同士が絆《きずな》を作ることができる。なかなかいい演出だ。

「確かにな。ローレン、あとでユリアに使える人材の手配をしてもらってくれ」

「ユリアって?」

知らない名前を聞いて、私は再び問う。

「ここの王様。四区王《しくおう》ユーリアス」

「……愛称を呼び捨てですか」

「んん……世話したからなぁ。弟みたいなもんだし」

魔族《まぞく》は数は少ないが各地にいる。居住区の穴を広げるのに、魔族の力を使っているらしい。しかし教養のある闇族《あんぞく》も魔術を得手《えて》とするため、闇族の多いこの地方には魔族があまり必要とされていないのである。それなのにこんな所をうろちょろしていて、王様のことを弟扱い。

「ああ、俺も王族なんだよ。姉貴が七区王《ななくおう》でさ。俺の店があるところの地下が七区。それから俺、人間としての戸籍もちゃんとあるぞ。夜逃げしようとしてた人間から店を買い取るついでに買ったやつだけどな」

王族って……私の知り合う王族達って、なんでこんなに行動力に溢《あふ》れているんだろうか。テルゼもちゃんと話し合えば、本気でうちの王子様と気が合いそうだ。

第四話　襲撃の夜

馬から降りて伸びをする。

襲撃が予想される第一候補地、ベンケル村は、どこにでもあるような長閑《のどか》な農村だった。ここへは本当は別の人達が来る予定だったが、私達が警備を務めることになった。

ラグロア騎士隊の警備の管轄《かんかつ》には、ラグロアだけでなく、周辺にある小規模の村も含まれている。その任務にあたっては、少規模ながら定期的に人員の異動が行われる。同じ騎士が長らく一カ所に留まると、馴れ合って戦意が低下するからだと言われている。ちょうど今がその異動の時期らしく、私達はこの第一候補地へと来ることができた。そうなるようにダールさん達と交渉をしたのはギルだ。どうやったのか、どう説得したのかは、私は知らない。彼がどんな嘘をついたとしても、私には関わりがない。

それにしても異動直後の今、襲撃とは。新しい場所に慣れるまでの一番無防備な期間であり、魔物にとっては都合が良すぎる。狙《ねら》っていると考えた方が自然だ。

「いい感じの所ですねぇ」

「騎士様みたいな若い人に気に入ってもらえて嬉しいですよ」

今回たまたま一緒に来た商人のおじさんは、日焼けした顔で満面の笑みを作る。彼はこの周辺で重点的に商売をして生計を立てているらしい。

「どうやら先客がいるようだな」

ギルが村人に囲まれた馬車を見て言う。新しく商人が来ると村人は仕事の手を止めて集まり始めるものだが、先客の商人はよほど珍しい物を売っているのか、大人の村人達はそちらに夢中で、こちらにやってくるのは子供達ばかりだった。

「おっちゃん、今日は護衛付きか。かっけぇ！」

「新しい騎士様すごいかっこいい！」

「王子様みたい！」

幼女に見抜かれてますよ王子様。さすがは美形王子。名乗らなくても見抜かれてしまうとは。

「馬に近付きすぎると危ないぞ」

ギルは馬から降りて子供達に笑みを向ける。子供達からの素直な賛辞に少し気を良くしたらしい。

「宿舎はどこにある？」

「あっち。見張り台のあるところ」

村の居住区は木の高い柵《さく》で囲われ、四方に見張り台がある。空を飛べる闇族《あんぞく》に対する効果は薄いが、獣族《じゅうぞく》や竜族《りゅうぞく》には効果的だ。それに、外の広い農地の様子を窺《うかが》えるよう少し隙間を開けるなどの工夫をしている。外の農地には、簡単な柵と鳴子《なるこ》を張り巡らして非常時に備えている。

一番立派な見張り台の手前に、赤っぽい屋根の屋敷がある。あれが私達の新しい住居のようだ。はっきり言って、ラグロアの砦《とりで》の数十倍住みやすそうである。

「今日の見張り番はお父ちゃんだから、あたしが案内してあげる」

「そうか、ありがとう」

ギルの笑みに頰を染める幼女。さすがは女殺しの色男、幼女ですら微笑み一つで陥落《かんらく》だ。

「じゃあ、俺達は引き継ぎに行くから、これで失礼するよ」

ネイドさんが商人に別れの言葉をかけ、私達は宿舎へと向かった。

幼い女の子はギルとゼクセンを見上げて嬉しそうに笑っている。私だって同じ立場なら、へらへらしてると思う。女はいくつであっても、顔のいい男が好きなのだ。見ているだけならタダだし、心の中で好きなだけ自分の物にできる。

「騎士様、あたしはレネットです。お母ちゃんは宿舎の管理と食事の用意をしているの」

「そうか。僕はギルだ。こっちはゼクセン、ルーフェス、ネイド」

彼女はゼクセンを見つめる。

「よろしくね、レネットちゃん」

ゼクセンが微笑むと、彼女はこくりと頷《うなず》いた。天然たらしの本領発揮である。この笑顔を見るために、わざわざ用を作って食堂に出入りする女性は少なくなかった。都でも、ラグロアでも。

ギルとゼクセンの二人がいる限り、私達への女性の好感度はかなり高い。で、凡人の私とネイドさんがふてくされている野郎どもの機嫌を取る。ネイドさんは女好きだけど、仕事のことではちゃんと空気を読む人だ。こんな農地ばかりの小さな村で、女の子に手を出すほど馬鹿ではないと信じている。もしも馬鹿だった場合、私が男としての息の根を止めてあげよう。私達が今なすべきは、和を乱さないことなのである。

「二人部屋って久しぶり」

私は部屋に案内されると荷物を置いて、ベッドに座る。部屋にいてこんなにリラックスできるのは久々だ。ゼクセンはともかく、どうにも男が他に二人もいると緊張して疲れる。

私とゼクセンが当然のように一緒の奥の部屋に入り、くつろごうとしたところ、ギルが部屋にノックもなしに入ってきた。

「待て待て、部屋割りを当たり前のように決めるな」

「どうしてですか？」

ゼクセンはきょとんとして首をかしげた。

「ネイドと二人きりになるよりは、お前達のどちらかの方がマシだ」

何を言ってるんだろうか。ギルがそう思うのなら、付き合いの短い私達にとっては苦痛でしかないじゃないか。

「ダメです。ネイドさんと私達が一緒になったらろくなことになりません。ゼクセンに変な下ネタ吹き込んだりしたらどうするんですか。私は妹にどう謝ればいいと言うんですか」

「じゃあ、お前がネイドの所に行け」

「いえ、同じ部屋に二人きりでいたら、人間関係が取り返しのつかないことになると思います。止めといた方がいいでしょう。というか、幼馴染みなんでしょう？　幼馴染み同士が同じ部屋になるのが一番じゃないですか」

「……そんなにネイドが嫌か？」

「だって、二人きりだと話題もないんですよ。趣味なんてかすりもしませんし。それにたまには先輩抜きで、気を抜きたいんです」

「そうだな……」

そんな私の説得で、ギルは諦めて割り当てられた隣の部屋に戻っていった。砦《とりで》ではカーテンで目隠しをして着替えをしていたが、ここではそんなこともしにくい。ゼクセン以外の男と二人きりなんて冗談ではない。

二人きりといえば、ようやくゼクセンと二人きりになったことだし、話をするか。

ドアの鍵を掛けると、ギル達の部屋ではない方の壁に寄り、毛布をかぶって手招きする。

「ゼクセン、内緒話いい？」

「ここまでするほど内緒の話？」

「いいことだから、絶対に声は出すな」

ゼクセンが頷《うなず》いて一緒に毛布に潜る。すぐ近くにある彼の頭を掴《つか》んで、私は言った。

「ルーフェス様が治療のために引っ越しをする」

「……………ち、ちっ……治療法が？」

ゼクセンの声と身体が震えた。それでも大声は上げない。私と違い、目の前のことが見えなくなるタイプではない。驚くし、騒ぎもするが、人並み程度に留めることができる。最近は肝《きも》も据わって、頼もしくなってきた。顔に出ることだけが問題である。

だが、これは伝えるべきだろう。今回のことの意味を彼に理解してほしい。

「天族《てんぞく》を一人見つけた。癒《いや》しは不得意らしいが、病人の自然治癒《ちゆ》力を高めることはできるらしい」

「てん……どこで」

「ヘルちゃんだ。彼らの言っていた通り、テルゼが助けて育てている」

ゼクセンはわずかに震えて、沈黙した。言葉が出てこないのだ。

「報告が遅れてごめん。ギルには絶対に聞かれたくなかったから」

「そ……そう、だね」

声も震えていた。もしも許されるのなら、跳び上がって喜びたいのだろう。

「私とテルゼは取引をしている。私は彼の望みを叶えるつもりだ。ルーフェス様がお決めになったことだ」

「そうだ、ね。迷わないのはルーフェスらしい。うん、ルーフェスらしい」

彼は強く頷いた。

「テルゼの望みは表だって商売をすることだ」

「そう言っていたね」

「テルゼもローレンも正真正銘、純血の魔物、それも王族だった。その魔物の王族が、人間と交易をしたがっている」

ゼクセンは言葉を発せず、先を促《うなが》した。

「ルーフェス様の治療のため、私はギルとテルゼの交渉を上手く行かせる必要がある。ゼクセンの実家も協力すると申し出てくれたらしい」

都で何度か会ったことがあるが、ゼクセンのお姉様もなかなか決断力がある人物だ。ゼクセンの実家のように大きな商会が真っ先に名乗りを上げれば、後に続く者はいくらでも出てくるだろう。誰も名乗りを上げずに計画が流れてしまうことが、最も避けたい最悪のパターン。王族を頷《うなず》かせることは、それこそ天族《てんぞく》の存在でどうにでもなるが、国民を動かすのは難しい。ヘルちゃんを連れて歩くわけにもいかないし。

「地下の資源は美味しい商売になる。条件だけ見ればそれほど難しくはない。問題は人間の、魔物に対する恐怖と嫌悪感だ。テルゼが言うには、地上に出た魔物をどうにかするには、人間側の協力がなくては不可能らしい。地上に出てきた奴らは、全て始末して構わないそうだ。奴らは犯罪者集団だから。つまり人間の言うところの盗賊狩りになる。テルゼ達にしてみれば、地上の物品を大量に仕入れられるなら、盗賊狩りをされて困ることもない」

そういう姿勢で交渉に臨めば、テルゼ達も、そこに住む者が自分達に協力どころか攻撃してくるような場所で、盗賊だけ狩るのは不可能だった、だから取り締まることができなかったのだ、と言い訳ができる。

「魔物が略奪《りゃくだつ》を働くのは、地上の物品が地下では高価だからだ。だが魔物達に地上の物を輸出してやれば、魔物達はもう地上で略奪する必要がなくなる」

そうして平和になれば、次は人間同士の戦争に走りそうな気もするが、まあそれはそれである。

「今回の襲撃、テルゼが応援部隊として連れてくるのは闇族《あんぞく》だ。私は彼らのフォローもするから、他にはあまり気を配れない。だからゼクセンはギルを見ていてほしい。彼が五体満足で生き残ることが前提だ。王族を死なせては、交渉も何もあったものじゃない」

「うん、わかった」

毛布を取り払うと、ゼクセンは背を向けて俯《うつむ》き、袖で目をこすった。

私は少し迷ったが、ゼクセンの涙に気付かないふりをして部屋から出た。人間、嬉しくても悲しくても、一人で泣きたい時があるから。

外に出ると、宿舎は小高い丘の上にあるので、村の中がよく見渡せた。近くの広場では、私達と一緒に来た商人が商売をしている。彼はいつもここに来ているから物珍しさはないけど、どんな品があるのか大体分かっている奥様方が集まっている様子だった。先に来ていた商人は、もう商売を終えたのか姿が見えない。どこにでもある普通の村の光景だ。

村を囲う背の高い柵《さく》と、その外に広がる農地。村を囲む柵に隙間があるのは、魔物が農地の地下からやってくるのを見逃さないためだ。魔術師が数年に一度は村の真下に結界を張りに来るのだが、その結界は村近くの農地全てで行えるほど、簡単なものではないらしい。だから外が見える必要がある。

「ルー、どこに行くんだ」

上から声がしたので見上げると、ギルが窓から顔を出していた。

「狭い村ですけど、昼間の内にちゃんと見ておきたいんです」

「僕も行く。ゼクセンは？」

「ちょっと気分が悪いようです。ネイドさんは？」

「夜の見張りに一人騎士が混じることになってるから寝た」

騎士が夜の見張り番に回される場合、地位や立場的に一番弱いネイドさんになるのは当然だろう。私達は一応貴族で、ネイドさんは平民みたいだし。

しばらく待つと、ギルが宿舎から出てきて、私達は並んで歩いた。

「長閑《のどか》な所ですね。私はこういう所の方が落ち着きます」

「お前の住んでいる所は、こんな小さな村じゃないだろう」

「でも、屋敷があるのは村の外れですよ。町にはほとんど出たことがありませんし」

ルーフェス様は町を見下ろす屋敷の部屋の中で過ごしていた。外に出るのは、私が幼い頃に育ったノイリの神殿を訪れる時だけだった。ルーフェス様はノイリの崇拝者《すうはい》の一人で、私達孤児の同志でもあった。

もしもあのままノイリが神殿にいたら、今頃どうしていただろう。幸せな、胸の躍る、あり得たかもしれない今を想像するのは、心地良い。しかし現実は、ノイリは聖女《せいじょ》としての輝かしい未来も知らぬまま……

「そういえば、お前と二人きりというのも珍しいな」

ギルにそう声をかけられ、私ははっとして彼を見た。

「そうですか？」

「いつもゼクセンがいるだろう。どちらかというと、お前達二人に僕が混じっているような感じだ」

「そうですすね。ゼクセンは友達以上、家族未満の親密さですから」

ギルの入る隙間などないのだ。そして可愛いゼクセンは可愛いエフィ様と、おとぎ話のように可愛くてメルヘンチックな結婚をするのである。エフィ様もそれをお望みなので、私は頑張《がんば》っている。

「……お前、体調は本当に大丈夫か？」

「ええ。ギルは心配性ですね」

「お前に対しては、心配しない方がどうかしている。僕はそれほど冷血じゃない」

人を道具と割り切れるほどの冷徹さは彼にはない。ギルもなんだかんだと言ってまだ十代なのだ。この若さでそんな割り切りを既に身につけていたら、この国の行く末が心配である。

「お前は女と間違えられるぐらい貧弱なんだ」

「放っといて下さい」

どうせ私は目の前で上着を脱いでも、女と気付かれないほどのつるぺただ。くそっ。これできゅるんとした美少女なら別の意味で需要もあったかもしれないが、私はボーイッシュにも程がある。可愛げが無くて悪かったな。

「生まれ変われるのなら、ニース様か姫様みたいになれることを切《せつ》に願いますよ」

「馬鹿なことを言うな。人は生き甲斐があれば病気でも意外と長生きするものだ」

ギルが怒った。私が縁起でもないことを言ったから。

「ギル、私のことが心配だったら、本当に事が起こったら大人しくしていて下さいね。私は戦闘中はあなたのことを心配したくないので」

「分かっている。僕は大人しく村の連中を守っているさ」

それならいいが。私はギルのことだけが心配なのだ。正直なところ、村人全員の命よりも、ギルの腕一本の方が大切だ。

「あー、新しい騎士様」

何かを手にした子供達がこちらに気付いてやってくる。私は笑みを浮かべて彼らを迎えた。

「騎士様、お出かけ？」

「村のことを知らないと、守れないからね」

「新しい騎士様は真面目だねっ！」

やらないのか、他の連中は。恐ろしい。

「みんな何か買ってもらったの？」

「うん。これ」

女の子が頭につけた、花の付いた髪留めを見せてくれた。

「すごく可愛いよ。ねぇ、ギル」

尋《たず》ねると彼は優しく微笑み肯定する。美形のギルに可愛いと認められ、女の子ははにかんで身をよじる。さすがは美形。

「お兄ちゃん達、案内してあげる」

「ダメ、私が案内するの」

さっきも案内してくれた近所の子がギルにしがみついた。

「みんなで案内してくれればいいだろ。村中に挨拶して回って顔を覚えてもらわないと」

「うん」

幼いながらも泥沼なやり取りは、ギルの一言で収まった。美形はこのような場面も慣れているに違いない。

「兄ちゃんはあんまり強そうじゃないね」

女の子達はギルに夢中なので、男の子が私の方に来た。

「私は魔術師だよ。でも接近戦で一番強いのは私だよ。身体能力を補える補助系魔術師だから」

「魔術師がこんな所に？」

「都会はさ、ストレスが溜まるんだよね。ほこりっぽいし。私は病弱だから、こういう落ち着いた所で仕事している方が性に合ってるんだ」

マジで都会よりも落ち着く。畑仕事を見るのとか、すごく懐かしい。

「兄ちゃん、ガリガリだもんな」

「いっぱい食べて、元気出せよ！　レネットの母ちゃんのメシは美味いんだぜ！」

彼らの素朴な感じが、孤児院の兄弟達を思い出させる。ギルは私のことを子供好きだと思っているようだが、私が好きなのは素直で可愛い子供だ。ただ子供を見ていると、つい構ってしまう習性があるだけだ。身体に染みついた子守衝動。なんて恐ろしいんだろう。

「ねぇねぇ、なんかあそこに知らない子がいる。誰だろう」

女の子の声につられてそちらを見ると、ツインテールの金髪が、首をきょろきょろさせるのに合わせて揺れていた。はて、どこかで……って、ヘルちゃんじゃないか。

「ヘルちゃん」

呼びかけて手を振ると、彼はようやくこちらに気付いた。地下で生きていると、夜目は利くが日中の視力はずいぶん低いらしく、遠くのものがよく見えない様子。彼はこちらに走ってきたが、何かに躓《つまず》いて転んでしまった。追ってきたテルゼに抱き起こされ、服についた土を払われる。

「か、可愛い……なんて可愛いんだっ」

「お前の金髪好きも病的だな」

「好きなのは可愛い子だけです」

私は子供達の輪を抜けて、ヘルちゃんのもとへと走った。

「ヘルちゃんっ」

ヘルちゃんは涙のにじむ目を、服の袖でごしごしと拭《ぬぐ》い出す。綺麗な顔をそんな風にしちゃうのが、いかにも男の子。

「ヘルちゃん、可愛いっ」

抱きしめて、抱き上げて頬ずりした。もう可愛い。なんでこれが男の子なんだろう。でも可愛い。

「ば、ばかっ、離せっ」

「私に会いに来てくれたんだね」

「ち、ちがっ」

そういう設定だっていうのに、あわあわと否定する。可愛い。

「可愛い」

頬にキスをすると、彼は顔を赤く染める。これだけ可愛いと、女の人が勝手にキスすることもありそうなのに、慣れてないなんて可愛い。

「ルーちゃん、相変わらずだな、くくっ」

テルゼがそう言って笑いを噛み殺す。

「ツインテールも可愛いっ」

「猛烈《もうれつ》な獣好きを見ている気分だよ」

獣族《じゅうぞく》の子供は抱きしめがいがありそうだが、魔物にもああいう毛玉好きなのがいるのだろうか。

「そういう子も好き」

「ああ、だったら今度見せてやるから、うちのヘルをそろそろ離してやってくれ。純情なんだ」

テルゼに言われて渋々解放すると、ヘルちゃんは真っ赤になっていた。私が女だと知ったから、本当に恥ずかしいのかもしれない。可愛いな。

「一緒にいるのは……ギルだけか」

「ゼクセンはあのことを話したので色々と考えているようです。ネイドさんは夜の見張りに備えて寝ています。ギルとは村の様子を見ていました。村の人に信用していただかないと」

「そか」

ゼクセンの部分だけ声を抑えて言った。するとテルゼは平凡な薄茶色の目を細めて笑った。本当にこの魔術はどうなっているんだろうか。魔族《まぞく》の魔術は、地味にすごいな。

「ルー、少しは紳士らしく振る舞え」

「はーい」

こちらに向かってくるギルに言われて、私は気のない返事をした。そしてヘルちゃんの前に片膝をついた。

「こんな所まで来てくれるなんて、嬉しいな。君の太陽のような笑顔が、今の私の支えだよ。来てくれてありがとう」

そう言って、紳士らしくその白い手の甲に口づける。細い指。きめ細やかな肌。嫉妬するのも馬鹿らしくなるほど、ヘルちゃんは完璧だった。完璧に私好みだった。これで、何故女の子でないんだろう。まあ、男の子でもいいけど。

「べつに、お前に会いに来たわけじゃっ」

「会いに来たんだろ」

テルゼはヘルちゃんの頭を小突《こづ》いて言う。

「待ってろって言ったのに、行商についてきたくせにさぁ」

どうやらテルゼが言うのは、ヘルちゃんをからかうためではなく事実のようだ。その証拠に、ちゃんと荷馬車がある。その頃には、ギルと彼を取り囲む子供達もこちらに到着した。

「よぉ、黒い兄ちゃん」

魔族なんて実物を見る機会は滅多にないし、テルゼも今は目が金色じゃないから、子供達は何の疑いも偏見も持たずに話しかけている。

「黒い黒い言うな。南のフォーラの国の人間はみんなこんな感じだぞ」

「もう商売終わり？　ラグロアにでも行くのか？」

「いや、この国での商売はもう終わったから、帰りにカテロアのお得意さんの所に行く予定だったけど、しばらくここで厄介《やっかい》になることになったんだ」

「なんで？」

テルゼは頭を掻いて、言いにくそうに口を開いた。

「ラグロアの隊商に交じって森の街道を通ろうと思ったら、大勢の魔物が出てきたらしくって、みんな動けなくってさ。青果とかの生ものを運ぶ連中は集まって出発したらしいけど、全滅したって」

「全滅っ⁉」

子供達が驚いて声を上げた。

「ウワサだけどな。だからちょっと帰るのを待つことにしたんだ」

ギルは顔をしかめた。テルゼがこんな所で嘘を言うはずがない。私達に聞かせるために、事実しか話していないはずだ。ただし、他の連中よりもはるかに情報が早いだろうけれど。

「テルゼ、本当か？」

「先へ進めないから、すぐに他の連中も来るだろうよ。ラグロアは宿代が高いけど、ここなら安くて規模の大きい宿泊施設があるらしいしさ」

大きな都市に近い村では、季節によっては大きな建物を宿として提供することも珍しくない。特にここはラグロアからそれほど離れていない。ラグロアの宿は高いため、こういった村に泊まり、ラグロアと往復して商売をする人も多い。そういえば騎士の宿舎とは別に、それっぽい大きな建物がある。今のこの場合のように危険だからという理由で商人が足止めを食って集まってくるのは、そう頻繁《ひんぱん》にあることではないが、それほど珍しいことでもない。

こんな村を襲って何になると思っていたのだが、こうやって荷が集まっていれば、略奪《りゃくだつ》のしがいがあると納得した。だから魔物達はしばらく人を襲うのをやめていいと踏んだのだろうか。何にしても、そんなことを考えて実行できる指導者だか黒幕だかがいということだ。

しかし何のためにここまで大規模な計画を？

費用もかかるし、見張りの数も増えるだろう。人間側にも魔物側にも双方に損害が出る。

ラグロアの領主は凡庸で欲に弱いらしいから、そういった不祥事を起こして、この地方の頭《かしら》である彼に罪をなすりつけ、切り捨てようとしているのだろうか。欲に弱いと操りやすいが、その分裏切ることも多いから。そう仮定すると、指導者だか黒幕だかと領主との間に何かごたごたがあったと考えられる。上手く魔物と領主との間を立ち回る闇族《あんぞく》混じりの人間が一人でも加わっていれば、この襲撃も真犯人の組織だった犯行ではなく、領主を含めた数人による犯行にされるかもしれない。そういう例なら今までにもあった。

予想だけなら、いくらでも湧き出てくる。でもそれは私の勝手な想像でしかないから、今は考えるだけ無駄だ。私は私のやるべきことをやるだけ。

ギルは怯《おび》えてひっつく子供を、鬱陶《うっとう》しそうに引っぺがして抱っこしている。

「お前達。ひょっとしたら魔物がここら辺にも出るかもしれない。商人達が集まるっていうのはそういうことだ。しかも緊急のことだから警備は手薄だ。魔物だって少し賢ければ、こういう村を狙《ねら》うだろう」

ギルはそう言って子供達を脅《おど》す。大人よりも先に子供に不安を与えて怯えさせれば、それを見た大人達がどうにかしなければと思うものだ。この王子様と私は、こういう時に最も気が合う気がする。

「ま、魔物なんて恐くないぞ。おれ、大きくなったら騎士になって、魔物退治して、母ちゃんに楽させてやるんだ」

子供の一人が拳《こぶし》を振り上げる。

「怖がれ。相手が人でも魔物でも、欲に目が眩《くら》んだ奴のことは怖がれ。それが普通の人間だ。実力の差があるのに恐いと思わないような人間は、特殊な訓練を受けて壊れた連中ばかりだ。お前達がそんな風になったら、親は悲しむぞ」

立場的に、ギルも色々見ているのだろう。一時はグレかけたけど、中途半端に善良な心が邪魔をしてこうなったという感じだ。その中途半端さが、彼らしい。

「でも、騎士がこんだけしかいないなら、おれ達も闘《たたか》わないと」

子供が健気《けなげ》なことを言う。自分も戦力になるつもりらしい。

「魔物が出たら、母親と一緒にあの宿舎に逃げてくると良い。村で一番丈夫な造りだ。騎士の本分は戦うことではなく、守ることだ。大切な人を守ってこそ一人前なんだ」

攻めることばかりの私にはギルの言葉はちょっと耳に痛い。敵をどんどん叩きのめしていかないと次が来る。いつもそんな場面に自分から足を踏み入れているから。でも守りを固めるのも、攻めの一つなのだろう。

「ギル、せっかくだから、避難訓練でもしましょうか。役に立つかもしれませんよ」

「そうだな。暇がある者だけでもやっておくか」

私の提案にギルが乗った。収穫の時期なら皆大忙しだが、今はそこまでの繁忙期ではない。だから子供達もこんな時間に遊んでいる。

「じゃあ、リンゼ先生に言っておくよ」

私達の話を聞き、子供の一人がそう言った。

「先生？」

「うん。他所《よそ》からお嫁に来て、未亡人になったから先生になった姉ちゃん」

女の人の個人情報を、そんな詳しく教えていただかなくてもいいよ。

「美人だからって、手を出すなよ。叩き出されるからな」

「大丈……ネイドさんは大丈夫ですか？」

思わずギルを見る。私達はともかく、ネイドさんは心配だ。彼は普通に男だ。下ネタ大好きな男だ。私達がいると遠慮しているが、暇があればいかがわしい店に行く。まあ平均的といえば平均的な男性である。

「後腐《あとくさ》れのある女には手を出さないから安心しろ」

なるほど、そういえばネイドさんは人なつっこそうに見えて、意外と人見知りをするタイプだと思う。いつも笑顔ではあるが、どこか冷めている。面倒な相手を口説《くど》くようなことはないと思って間違いないようだ。

ある意味、私と一番近いのはネイドさんなのである。しかし騎士になる前は何をしていたか知らないいし、知ろうとも思わない。深みにはまるだけだ。私の目的は、テルゼ寄りなのだし。

それからギルは子供達にせがまれて剣術を教え出した。だが、できる子以外を切り捨てるかのような、そのあんまりな内容に、私が代わりに教えることになった。ギルは意外に子供好きだが、遊び相手にも、教師にもあまり向いていない。ギルは天才肌なのだ。きっと丁寧に教えられなくとも何でもできてしまう子供だったのだろう。もちろん努力がなければここまで伸びなかっただろうけど。

私は集まった面々を見回し、腰に手を当てる。ぞろぞろと人が集まり、何故かこれが避難訓練だと思われているっぽいけど、まあいいか。子供達には悪いが、魔物対策の訓練にしてしまおう。

逃げる道と逃げ方と魔物の追い払い方を教えれば、被害はうんと減るはずだ。今回こうして、外部から情報が来たからこそ、魔物対策を教えることができる。そうでなければ、このような活動をいきなり始めても怪しまれたに違いない。テルゼもそのあたりのことを考えて来てくれたのだろう。

大げさな、と切り捨てるには難しい状況に追い込めば、人は不安になり、指示を出してくれる人に従うようになる。今が収穫期とか特別に忙しい時期でないことにも感謝しなければならない。これが来月の繁忙期だったら、誰も話を聞いている暇なんて無かっただろう。

数日後の夜中、結界に取り付けられた鳴子《なるこ》が一斉《いっせい》に音を立て、私は目を開いた。

この町に来て数日の猶予《ゆうよ》があったため、村の方に向かってくる場合は、どこをどのように通っても鳴子が反応するように私が細工し直しておいたのだ。この細工の技術は、私と同じ孤児院で育った人が畑を守るために開発したものだったから。

ゼクセンも飛び起きたので、私はマントを羽織《はお》って窓を開けた。同僚のみんなも、服を着たままいざという時にはすぐに装備を調《ととの》えられるようにして寝ていたはずだ。

「ゼクセン、ギルを頼む」

私は村人の護衛を担当するゼクセンに言った。

「そうそう。あ、もしもの時は魔術も使って下さいねぇ。命が一番ですから」

隣の部屋からそんなネイドさんの声が聞こえた。私とネイドさんは窓から互いの姿を確認する。

「ルーちゃん、こっちは勝手にやるから。誰かと馴れ合うやり方、あんまり得意じゃないんだ」

「私もです。気が合いますね」

お互い、一匹狼的な性格なようだ。だから、「お前ら、とっとと行け」というギルの言葉で、私達はそれぞれ好きな方へと向かう。私は傀儡術《かいらいじゅつ》で空を飛び、特に鳴子《なるこ》の音が大きかった方へ。ネイドさんは民家の方へ。残してきたギルとゼクセンのことが心配だけど、それは二人自身とテルゼ達を信じておく。

白い服とその下に仕込んだ武器をマントで隠し、私はまず最初の犠牲者の所にたどり着いた。

柵《さく》を跳び越えようとした闇族《あんぞく》に、私は目を伏せて魔術で作り出した強烈な光球を投げつける。それだけで闇族は地面に落ちてしまった。闇族は人間と大して変わらない身体だから、この高さから地面に落下すればただでは済まない。

私が柵を越えると、強い光が背を照らした。村人達が騎士団所有の照明を操って、上から来る闇族達を照らし、騎士や流れてきた傭兵《ようへい》達が矢を放って射落とすことになっている。村人達は、脅《おど》したかいあって決められた通りに自分の分担を守り、ちゃんと仕事をしてくれていた。気を抜かず、怯《おび》えたり逃げたりすることもなく。

数日前、簡単な魔物対策の訓練をしている最中、テルゼの言葉を証明するかのように次々と、動けなくなって困っていた人達が村にやってきた。商人や、それを護衛する傭兵、あるいは職にあぶれて流れてきた傭兵、旅芸人等々だった。その中に紛れて、ローレンが配下を連れて入ってきた。

すると村人達は、大げさではなく本当に危ないのだと危機感を持ったのだ。それからまだそれほど時間が経っていないから、みんなやる気は満々だ。これで時間が経っていたら気が抜けていただろう。

傭兵達にも、もしもの時の協力を頼んであった。傭兵達の雇い主の商人もそれなりに協力的だったし、雇い主がいない傭兵も、ここで力を見せれば雇ってもらえる可能性があったので、非協力的な態度は取らなかった。その異様な熱気が、村全体を私の思惑通りに動かしたのだ。

「魔物ども、引かないのなら皆殺しだ」

私は空に浮かんだまま魔術で声を響かせ、魔物達の意識をこちらに向けさせる。魔物どもが私を排除しようとするも良し、逃げようとするも良し、私を避けて村に入ろうとすれば、ネイドさんや、招き入れていたローレンの部下の闇族《あんぞく》達が始末してくれる手はずになっている。魔術を使える地下の軍人達は、地上に出てくるごろつきとは格が違う。負ける気がしない。

「殺す」

私はそう宣言して柵《さく》の外へ飛び出し、地面近くまで降下してナイフを投げると、近くにいた獣族《じゅうぞく》の額に突き刺さった。ナイフに結んだ糸を辿《たど》って傀儡術《かいらいじゅつ》で操り、私の手元に戻す。その途中、糸に誰か巻き込まれたので、魔力を強く込めて糸でそれを切断する。手元に戻った糸は濡れていたが、暗くて見えないので、気にせずもう一度投げる。

こうやって何かで繋がっていると、強力に、しかも楽に操れる。糸も含めて、全てが武器。これが私の傀儡術師としての、本当の戦い方だ。

ギルは糸やナイフの準備を始めた私を見て呆れていたけれど、多勢対一人の場合はこれが一番だ。ナイフに結んだ糸は私の腕輪に繋がっている。いつぞやの失敗を反省し、いつでも糸を切り離せるようにしてある。それでも間に合わない時は、腕を下に向ければすぽりと抜けるほどの大きな腕輪だから問題ない。両手の腕輪には、いくつものナイフが繋がっている。その内の一つを投げると、私の術の補助もあって、思いのままに弧を描いて飛び、竜族《りゅうぞく》の首の肉をえぐり、その先にいた闇族の翼を切り裂き、再び弧を描いて戻ってくる。糸の内側にいる魔物どもを真っ二つにして。

これが、私が一人で闘《たたか》うことを望んでいた理由だ。私一人が大勢と闘うと、どうしても一見、虐殺《ぎゃくさつ》に見えてしまうのだ。うっかり他人を巻き込んでしまうのも怖いが、「やり過ぎ」と言われるのも好きではない。だから私は一人を好んで狩りをしてきた。女が一人で闘うには、やり過ぎるぐらいでないと生き残れない。それを理解できない人が多いから、私は誰かとつるんで闘うのは嫌いだ。

糸が絡《から》まぬように気を付けながら、前へと進み、魔物の密集度が高い場所を狙《ねら》ってナイフを投げる。背後から奇襲してきた魔物に対しては、傀儡術で操ったナイフを放って額を穿《うが》つ。

「ひいっ」

この魔物達は軍人ではない。闘いの相手が得体の知れない力を使う強者だと分かったとたん、自分勝手に逃げ出すのは当たり前だ。気付けば、糸の届く範囲にはもう魔物はいなくなっていた。逃げ出した奴らも、その多くはローレンの部下に殺されるか捕らえられるかしているはずだ。村にいるローレンの部下の闇族達は皆、分かりやすいようにお揃いの格好をしているので、村人に敵と間違えられることはないだろう。

私の持ち場はあっけなく片付いたが、ここ以外の場所では魔物に突破されているようで、村の中が騒がしい。一カ所から入ると、村人達に逃げられてしまうので、魔物達は反対側からも侵入しているはずである。

柵を越えて村に戻ると、やはり魔物が入り込み、人々が逃げまどいながらも避難していた。傭兵《ようへい》やローレンの部下達は、そんな村人達を守りながら闘っている。なかなかいい感じだ。少しだけ力を抜いた時、不穏な気配を感じて私は身構えた。どさりと獣族の死骸が倒れ、かがり火の明かりが届く範囲に人が出てきた。

「お、ルーフェス」

ネイドさんだった。血まみれで、刃の大きなナイフを持っている。

「外はもう大丈夫でしょう。しかし、派手にやってますね」

「失敗したよ。こんなに汚しちまった。そっちはあんまり汚れてないな」

「中距離戦しかしていませんから。それよりも、村の中に入った魔物は？」

「こんな魔物の大群は初めて見るよ。俺は三匹ほど始末した。火事場泥棒をしようとしていた人間を含めると六匹になるか。けどどれだけ侵入したかよく分かんねぇ」

「そうですか。私はこちら側を通って宿舎に向かいます」

「んじゃ、俺は反対側から。間違って騎士《おナカマ》を殺すなよ」

「そちらこそ」

私達はすぐに二手に分かれる。

ローレンの部下がいるからかなり楽だった。魔物を逃しても必死に追う必要がないし、ひたすら目の前のことに専念して魔物の数を減らしていけばいい。魔物の隊長格はこんな襲撃の中心に突っ込んではこないだろうから、おそらく村の外にいる。もしそういうのに出くわしたら必ず生かしたまま捕らえるようにと頼んである。だから気兼ねなく狩ることができる。

町の中を走れば、何人もの味方の闇族《あんぞく》と目が合った。お年寄りを助けていたり、避難誘導をしたりと、ごく普通だ。闇族と気付かれてもいない。闇族特有の目つきの悪さもなく、人間っぽく見える好青年が多いからだろう。たぶん、地上の偵察《ていさつ》をさせるために、そういう闇族を今回の件以前に集めていたのだ。そうでなければ、こんな短期間で揃えられるとは思えない。

私はナイフを投げて、味方の闇族とおばあちゃんに襲いかかった闇族を殺す。糸の繋がっていないナイフだったので、後で回収できたらいいなぁと願うばかりである。ナイフは服にたくさん仕込んであるけど、使い捨てにできるほど裕福ではない。これはただの備えだ。

その時、傀儡術《かいらいじゅつ》を応用して作りあげた結界を突き抜け、何かが背後から迫ってきた。

「っ！」

咄嗟《とっさ》にマントを翻《ひるがえ》し、迫り来る物を絡《から》め落とす。魔力で防ぎ切れなかった時のための物理的手段として、マントを羽織《はお》っているのだ。私の結界は魔力の糸を網目状に展開したような形の、ザルなものだ。小さな物なら、隙間をすり抜けてしまうことが多々ある。

しかし、今のはすり抜けたというよりも突き抜けてきた。

「ちっ」

舌打ちが聞こえて振り返ったが、姿は見えない。やることが闇族っぽい気がする。

「そこか」

引きずり出そうとしたが、強い抵抗を感じた。魔力に対する抵抗力が強いのは獣族《じゅうぞく》と竜族《りゅうぞく》。では竜族か？

「珍妙《ちんみょう》な術を」

そう言いながら自ら出てきたそれを見て、私は目を見開いた。

「な、なんでこんな所に、こんなに可愛いウサギさんがっ!?」

つぶらな瞳が愛らしい、茶色いウサギさんを見て、危うくときめきそうになった。サイズは私の腰ぐらいまでしかない、とても小柄な獣族だ。服を着た野ウサギさんだ。服を着ているのは他の獣族も同じだけど、このウサギさんは可愛すぎる。

「たった一人に部下半分がやられたとあっちゃ、帰るに帰れない」

部下？　部下って、私が殺した魔物のこと？

「可愛いウサギさんのくせに部下がいるなんて……」

「ウサギさん言うなっ」

そう言って、彼は五寸釘《ごすんくぎ》のような物を構える。あれが結界を越えてきたのか。

「可愛いからといって、容赦《ようしゃ》はしないぞ」

「可愛い言うなっ！」

ウサギさんは五寸釘もどきを二本投げ放つ。それをマントで打ち払うと、さっきのと合わせて、たった三本弾いただけで、マントに穴が開いてしまった。よく見れば何か薬品が塗ってあったのか、マントが溶けている。人体に刺さったら死ぬだろう。

「見た目に反して凶悪な武器を……」

「見た目は関係ねぇよっ！」

くっ、なんか可愛い。こんな時でなければじっくりじわじわ追い詰めて、許して下さいごめんなさいと言わせて、丸洗いしてから嫌がるほど抱きしめて、ベッドに引きずり込んでいたところだ。

「ごめんね」

傀儡術《かいらいじゅつ》にも抵抗できる獣族《じゅうぞく》と正面からやり合ったら、さすがに苦戦しそうなので奥の手を放った。投げつけた玉を避けたウサギさんはにやりと笑ったが、その玉に傀儡術で干渉すればそれはポンとはぜる。中身をもろにかぶり、ウサギさんは昏倒《こんとう》した。暇な時、子供達と一緒に作った対獣族用の臭《にお》い玉である。ちょっと隙《すき》を作れればいいと思っていただけなのに、昏倒するほど嫌な臭いだったらしい。

私は持っていた糸でウサギさんをがんじがらめにすると、空の樽《たる》の中に突っ込み、背を向けて走り去った。馬鹿ではなさそうだから、後で何かの役に立つかもしれない。

宿舎付近に来ると、前から人が走ってきた。村人達や商人達が避難所にしていた宿舎から逃げ出しているのだ。

「どうしたっ」

私は商人を捕まえて問う。

「魔物が、床下からっ。早く加勢に行ってやってくれっ」

彼は宿舎の方を指差して言った。

そんな馬鹿な。この辺りは一番守りが堅いところだし、地面には結界が……結界？

もしも結界が張られていなかったら？

「くそっ」

結界の手直しを手配するのはその土地の領主ということになっている。もしも、わざと結界を張らせなかったり手抜きをさせていたら、結界は徐々に弱くなり、消えてしまう。それを知って、この村を選んだのではないか。立地だけではなかった。結界の手配をしなかったなど、絶対にあってはならないことだ。たとえ領主であっても、下手をすれば処刑という可能性すらある。つまり誰かが本気でここの領主を潰《つぶ》そうとしているのだろう。

「ギルっ」

呼びかけるが、悲鳴にかき消されて味方からは何の反応もない。

「くそっ」

私は見つけた魔物に、糸で繋がれていないナイフを投げ、一撃で殺していく。

再び空を飛ぶと、剣を構えて術を放っているテルゼを見つけた。ヘルちゃんも電撃を放って普通に闘《たたか》っている。近づく敵は皆感電。さすがは嵐を呼ぶことで有名な天族《てんぞく》だが、見境のある戦闘ができたとは意外である。天族は周囲の状況を無視した大規模攻撃しかできないと思っていた。

「テルゼ、ギルは!?」

ヘルちゃんへの驚きを表すのは後にして、上空から尋《たず》ねる。

「ルーちゃんか。たぶん中にいる。人の流れが多すぎて、俺じゃ入れない、行ってくれ！」

私は二階の窓から侵入し、階段を駆け下りる。そのまま避難所に利用していたホールに入り、そこにいた闇族《あんぞく》を斬《き》り殺す。灯りが消されたらしく、暗くて全体がよく見えない。

「死にたくなかったら武器を捨てろっ！」

そう言い放って光を放ち、現状を把握すべく、腰を低くしてホールを見回した。

「るーちゃんっ」

額から血を流したゼクセンが声をかけてくる。

先に魔物の始末をと思ったが、もう魔物の姿はない。魔物は仕事をしやすくするためにパニックを作り出そうと、避難所を襲って村人達が外に出るように仕向けただけなのかもしれない。それとも、みんなが持ち出した貴重品が目当てだったのか？

「ゼクセン、無事か。ギルは？」

「わ、分かんない。女の子を抱《かか》えるところは見たけど、火が消えて」

もう一度見回すが、村人達はあらかた逃げ終えて、転んだおばあちゃんとか子供とかそれを守っていた中年男が少しいるだけ。幸《さいわ》いにして、死体はない。が、

「ギルがいない」

私はもう一度周りをよく見る。すると、ホールの隅の床に穴があった。魔物はここか

ら侵入したのだろう。いや、穴を開けたらたまたまここに出てしまっただけで、上がどこなのか分かっていなかった可能性もある。

私はそこに寄り、穴を確認する。穴が開いた床板に、細い鎖が引っかかっていた。手に取ると、その先にギルの眼鏡があった。これを掛けると知的に見えると気に入っていたのに、レンズが割れてしまっている。

「なんで、ギルが」

子供を抱いていたという。こんな時に、子供を庇《かば》うような真似を。王族らしく傲慢《ごうまん》に、子供なんて見捨てておけば良かったのに。私はあの人の子供好きを軽く見ていた。

「様子を見てくる」

私は宣言して穴に飛び込んだ。浅い穴だったが、そこから斜めに、人が立って通れるほどの穴が開いている。その先に下へ続く道と、地上に向かうと思われる道があった。村の中に現れた魔物達はこの穴を使ったようだ。村の外で騒ぎを起こし、人々の注意がそちらに向いた隙《すき》に下から出てきて奇襲をかける。魔物らしくないやり方だ。

下へと向かっている穴を奥に進んでみたが、途中で塞がれていた。周りの土よりも硬いことから、魔術か何かで塞いだのだと思われる。私にはこれ以上進む手立てがない。

私の術は小石の一つで人を殺すことができるものだが、厚い土壁をぶっ飛ばすような破壊力はないのだ。

「くそっ！」

何たる失態。しかしここで悔やんでいる暇はない。テルゼに掛け合い、ギルの救出を要請する必要がある。まったく、誘拐されるのはお姫様の仕事であって、王子様の仕事ではない。無事に帰ってきたら、笑って「姫」と呼んで差し上げよう。

そう心に決めながら、私は混乱が収まりつつある地上に戻った。


「第四王子⁉　未来の軍事最高責任者⁉　マジでそんなに偉かったのかっ⁉　何を考えてこんな所に⁉　冗談だろっ」

テルゼが走る私についてきながら小声で怒鳴りつけてくる。幸《さいわ》い、周囲には一緒に追ってくる身内以外に人はいない。

「冗談だったら助かりますよ」

「何でそんなのが下《した》っ端《ぱ》のふりしてこんな所に⁉」

「それ、あなたにだけは言われたくないんですけど。理由は知りません」

実際、ギルは何を焦っているのか知らないが、身分によるところではない出世をしたがっている感じだった。

「ああ、さっき『自分は偉い』みたいなことを言ってるウサギさんを生け捕りにしたので、さっそく使います。小動物相手にちょっと過激かもしれませんが、目をつぶって下さい」

私は先ほどの樽《たる》のもとへ走りながら、説明する。そして見つけた樽からウサギさんを引きずり出し、頬を叩いて起こす。

「う……うおっ⁉」

驚いた顔も可愛らしいが、私は心を鬼にした。

「おい、ウサギ。今回の襲撃の目的は何だ」

「誰だおま……さっきの？」

「答えろ。答えなければ皮を剥《は》ぐぞ。生きたまま皮を剥ぎ、塩をすり込み、指先から叩き砕く」

「え、ちょ……何だと言われても」

ウサギさんはつぶらな瞳をぱちぱちさせる。

「誘拐が目当てか」

「は？　誘拐？　ち、違うぞ」

ウサギさんは首を横に振る。こんな時にも可愛い。可愛いって罪だ。

「では何故結界を張ってないと知っていた。誰がこの計画を立てた。助けを期待するだけ無駄だぞ」

私はナイフをウサギさんの腕に軽く突き立てる。血が溢《あふ》れ、薄汚れてごわごわした毛並みをさらに汚した。

「はっ。地面から出てきたのは、外で騒ぎを起こして、その間に馬車ごと盗むためだよ。だけどまさか仕掛ける前にこんなことになるなんてな。計画を立てたのは、少なくとも俺じゃないな」

ウサギさんは刺された痛みなどないかのように鼻で笑った。この強がりがいつまで続くか……

「では何故人間をさらっていった」

「知らないな。馬車を奪えなくて、何の獲物もないよりはって思ったんだろ。見栄えのいい若い人間だったら、下手な物よりも価値がある」

見栄えは良いだろうね。綺麗だよ、うちの王子様は。

「誰か誘拐されたのか。災難だったな」

「今すぐ塩漬けにされたいか」

「けっ。人間なんかに臆《おく》するかっての。それも俺の部下を殺した奴なんかに」

「襲撃した側の言うことじゃないな」

今まで黙っていたネイドさんがウサギさんの傍らに来て座る。

「計画したのがお前じゃないなら誰だ」

「知るか」

ネイドさんは笑みを浮かべて私を見る。

「知らないと言い張るなら、殺して下さいと懇願《こんがん》させる拷問《ごうもん》になるけど、ルーちゃんいいか？」

「何故私にわざわざ聞くんです？　構いませんよ。まあ、あの方に何かあったら、殺してくれと言われても殺しませんけど。私はネイドさんと違って執念深いタチなので」

「ルーちゃんちに、手足切って動けなくした竜族《りゅうぞく》がいるってのは本当なのか？」

「ギル様、幼馴染みとはいえそんなことを人に話すなんて……ちゃんと最低限の餌《えさ》はやってますよ？　たぶん、やり忘れてないと思います」

ウサギさんだけではなく、いつの間にか周りに集まっていた闇族《あんぞく》達も全員引いている。しかし事実は事実だ。ここには私をまっとうな騎士として見る人間達がいないから、どう思われようと関係ない。

「そ、そんな脅《おど》しには屈しねぇぞ」

ウサギさんのくせに気の強い奴だ。声がちょっぴり震えているけど。

「じゃあ、人気《ひとけ》のない所で」

「いや、待て待て。時間が惜しいから少し待て」

時間が惜しいから拷問《ごうもん》しようとしているのに、闇族《あんぞく》——いつの間にかいたローレンが私を止める。彼は私達などよりよほど穏やかな表情でウサギさんの傍らに膝をついた。

「おい、お前、僕を誰だと思っている」

ローレンはウサギさんの耳を引っ張り囁《ささや》く。

「僕は四区王《しくおう》ユーリアスが弟の、ローレン。貴様、王族に刃向かうか」

「……っ」

ウサギさんはさすがに絶句した。

「なんで、虐殺王《ぎゃくさつおう》の弟なんかが……」

ローレン、あんたの兄ちゃんは何をしてるんだ。この気の強いウサギさん、今一番怯《おび》えてるよ。

「僕には人間の友人もいる。さらわれたのは大切な友人だ。彼に万が一のことがあってみろ。取り返しがつかないぞ。兄も皆殺しは良くないと踏み留まってくれていたが、今回のことで、全てのスラム街は老若男女関係なく殺されるかもしれないな。あそこは勝手に作られた、犯罪者の巣窟《そうくつ》だ」

ウサギさんは真に受けて狼狽《ろうばい》した。この脅《おど》しをあっさり信じるなんて、ローレンの兄はどれだけ凶悪な独裁者なのだろう。

「そ、そんなっ！　待ってくれ！」

そうか。部下とか大切にするこの手のタイプには拷問よりもむしろ、人質を取っての脅迫《きょうはく》が有効なのだ。いいことを知った。

「あの人間さえ返せば、兄もそこまでは怒らないだろう。協力しろ。見たところ、お前は五区《ごく》の軍人か何かだったのだろう。特別に取り立ててやってもいいぞ」

このウサギさんのどこをどう見たら軍人に見えるというのだろう。こいつらの基準が私には理解できない。

「ふ、ふんっ。俺の忠義は、ヘイカー様だけにある」

「僕もヘイカー殿とは親しくしている。兄が五区王《ごくおう》のエンダー殿に政治を習っていることは周知の事実だ。だからその忠臣であるヘイカー殿もよく我が家にいらっしゃる。それにエンダー殿も僕らの計画に乗っているんだ。お前の妨害は、ヘイカー殿に対する妨害でもある。スラムの全滅に、ヘイカー殿に対する不忠義。お前は人間に対する意地を通してそれを望むのか。お前の部下が殺されたのも自業自得だ。殺さなければ人間達が殺されていたのだからな」

こうして、ローレンは説得に成功した。

無事、ギル様を取り戻せたら、さんざん心配させられた八つ当たりにこのウサギさんを苛《いじ》めまくってやる。

待っていて下さい、雄姫様《おひめさま》。

第五話　雄姫様《おひめさま》救出

私達と一緒に宿舎に来たウサギさんことラントちゃんは、小さなお手々で器用に地下の地図を描いてくれた。

「たぶん、そう離れた所じゃない。ここに見張りが立っていて、こっちの方に牢屋《ろうや》があるんだ。さらった人間はまずそこに入れられると思う。だが人間は裏の奴隷《どれい》市に出されるだろうから、早くしないと移動させられる。そうなったら、買った奴によっては命の保証はないな」

ラントちゃんは真剣な顔つきで説明しているが、椅子の上に立って一生懸命地図を描く姿は可愛い。いつぞや帰してしまった獣族《じゅうぞく》を思い出す。あの子は子供だったが、ラントちゃんは大人だろう。大人のくせに、獣族の中でも特に小さい。私が抱っこすれば、大きめのぬいぐるみとしか見られないだろう。

「それはここからどの方向？　どれぐらい離れている？」

「方向は森の方だが、深さや位置は地上からじゃ分からないな」

方向が分かればやりやすい。

私はそちらを向いて意識を伸ばし、ギルの気配を探る。まずはギルがどこにいるかを探さなければならない。私とギルがつけている例の指輪を通して傀儡術《かいらいじゅつ》を使えば、現地の様子が分かるだろう。だが位置が分からなければ助け出すことも誘導することもできない。指輪だけで位置を探ることはできないが、ペアの指輪同士という繋がりがあるので、追いやすい。なんとなくだが、魔力を伸ばすとしたらこちらかなという気がするのだ。

「どうした?」

「黙っていろ。邪魔をするな」

ネイドさんがラントちゃんを低い声で止めた。彼もかなり苛立《いらだ》っている。ギルのそばを離れるんじゃなかったと後悔しているのだろうが、今は後悔などしている場合ではないと、自分への怒りを抑え込んでいる。

「見つけたっ」

私は意識を集中させる。ギルの指輪を通して傀儡術を発動させ、ギルの近くにいる人間の中で最も抵抗力のない者の身体を奪い取る。

起き上がると、顔を土で汚して地面に転がっているギルが見えた。口元に手を当てて呼吸を確認しようとしたら、うっすら目を開けた。一安心したところで、周囲の様子を確認する。ここは予想通り牢屋のようだった。地盤は固く、掘って逃げるのは難しいだろう。短時間だけ入れておく牢屋としてはこれで申し分ない。

私は自分自身の目を開ける。

「ギルの無事を確認しました。無傷です。行きましょう」

私が外に出て馬に乗れば、ゼクセンが私の後ろに乗る。ネイドさんがラントちゃんを捕えたまま馬に乗り、テルゼはヘルちゃんを馬に乗せていた。その様子を横目に、私は再び目を閉じて意識を地下へと向けた。

「ギル」

ギルが首を振って身体を起こそうとしているところに声をかける。

「ご無事で何よりです」

「レネット？　ああ、……ルーか」

「はい。この子が眠っていたので、身体を借りています」

ギルは乱れた髪をかき上げながら、周囲を見回す。

「ここは？」

「地下の牢屋《ろうや》です」

牢屋であることは見ての通り。問題は、他に見知らぬ女性がいることだろう。私より

少し年下といった感じの綺麗な女の子が二人に、年頃の綺麗な女性が三人。その内の一人はレネットちゃんと一緒にいて捕まったのだろうリンゼ先生だ。知っているのは二人だけ。他の人はたぶん他所《よそ》からさらわれてきたんだ。

ギルを助けることが最優先なのだが、女性達を後回しにすると言ったらギルは納得しないだろう。仮にも騎士であるから、女子供を見捨てられない。しかしギルの足には重《おも》り、腕には鎖付きの手枷《てかせ》がはめられている。レネットちゃんは足枷《あしかせ》だけが付けられている。

「厄介《やっかい》なことになってくれましたね、我が姫」

「姫……？」

「誘拐されるのは姫君の仕事ですよ。本来ならあなたは助けに行く騎士様でしょう」

本当に、囚《とら》われの王子様なんて、ギルには似合わない。でも今のむっとした表情は、実に彼らしくてよく似合っている。これでいい。

「ですから立派に騎士の役目を果たしている私達が、今から麗しの姫君を助けに参ります」

「参りますって……ここがどこだか分かっているのか？」

「地下の奴隷《どれい》市で売られていく予定の方々の控え室だそうです」

それを聞いた女達の顔が歪《ゆが》む。

「おい。もう少しこう……」

「場所は把握しました。ただいまネイドさん達と向かっております」

「向かっているって、ずいぶん簡単に言うな」

「居心地は悪いでしょうが、しばらくお待ち下さい。あまり時間をかけると、競《せ》りに出すために移動させられてしまう………おや、遅かったかもしれません」

私は牢屋《ろうや》の外を見る。やってきたのは竜族《りゅうぞく》と獣族《じゅうぞく》だ。さて、どうするか。口先で騙《だま》して時間を稼ぐか、とりあえず様子を見るか……

「騒がしい。黙れ」

竜族が鉄格子《てつごうし》を蹴《け》り、連れの獣族が鍵束を取り出す。私は怯《おび》えたふりをしてギルにしがみついた。

「な、何？　何するの？」

「お前達を綺麗にするため、別の場所に移すんだよ」

それなら男女別れるか。先にとにかくギルを確保したい。女達はそれからでもいいし、この状況なら、そうしてもギルが文句を言える立場ではない。よし、それでいこう。

そう考えていた矢先、

「射《い》よ」

ギルが何か魔導具《まどうぐ》を使って竜族と獣族に攻撃を仕掛けた。

誘拐したなら、剣だけじゃなくてこういうのも取り上げなければ意味がない。魔導具を見分けられる奴がいなかったのだろう。アクセサリーの形をしているから、もし彼らが人間だったら真っ先に取り上げていただろうが、ここは地下、彼らは魔物。銀などの鉱物が地上ほど貴重ではないのが彼らにとって災難だった。しかも男が身につけているものだから、高価な品だと思わなかったのかもしれない。あるいは、単に気付かない間抜けであった可能性も高い。

それはさておき、これはまずい。私はギルを睨《にら》んだ。

「なんてことをするんですか姫。馬鹿ですか姫」

「その『姫』はやめろ。だいたい、お前、女達よりも先に僕を確保しようとしただろ。お前みたいなタイプのやることはよく分かってるんだよ。こういう時だけ、ネイドと同じような目をするな。しかもレネットの身体で」

まさかギルに心の内を見抜かれるとは思わなかった。そんなに私のことを理解して下さっているのはちょっと嬉しい気もするから、やっぱり『王子様』に戻してあげようか。

私は落ちた鍵で鉄格子を開けて魔物達の生死を確かめた。まだ生きていたので首に触れて骨を折る。

「こんなことしてどうするんですか。助けが来るまで待つこともできませんよ」

死体を隠しても、仲間がいつまでも戻ってこなければ誰かが様子を見にくるだろう。そうなると一斉《いっせい》に厳重な警戒態勢が敷かれて、逃げるチャンスはなくなる。

「待っている間にも、もう助けられない場所に移されそうだったからな。だが、こんな時のためにお前がいるんだろう」

信じてくれるのは嬉しいけど、信じすぎです。ああ、もう、この王子様はっ！

「っく、しゃあない。後で少しお体をお借りします。どう逃げればいいのかは分かっていますので」

みんなの手枷《てかせ》と足枷《あしかせ》の鍵を、傀儡術《かいらいじゅつ》で外しながら言う。

女達は逃げられると知って喜びを見せた。若干喜びが薄いのは私が不気味過ぎるからだろう。でも不気味だからこそ、期待もする。私は地上のみんなにこれからの予定を説明し、地図を確認した。そして再びレネットちゃんの身体を支配する。

ああ、そうそう。動く前に、釘を刺しておかないと。

「先にこれだけは言っておきます。ヒステリーを起こして騒いだら、女性であろうと容《よう》赦《しゃ》なく始末します。生存率を減らすような行為は慎《つつし》んで下さい」

「そ、そんな」

「一人が分別なく騒いだら、魔物が寄ってきて全員殺される。私には集まってくる魔物を全て打ち倒す力などありません。それよりは騒ごうとした一人を殺すことを選びます。人の命を預かるからには、非情な決断を下す必要があります。お嬢さん、君は私が言うことを理解できる？」

レネットちゃん以外では一番年少の、私よりも少し年下の女の子に尋《たず》ねると、青ざめながらも頷《うなず》く。一番泣き叫びそうな年頃だが、この子はあまり大きな声を出して騒ぐタイプではなさそうだ。これなら安心できる。

「良い子だね。私の言う通りにできるなら必ず地上に帰してあげる。怖いかもしれないけど、できる？」

女の子はもう一度頷いた。いい子だ。こういう子は好きだ。子供は我が儘《まま》になった大人よりも物分かりが良かったりする。

「こんな小さな子ができると言っているんだから、大人のあなた達にもできますね。残りたかったら残っても良いですが」

彼女達は首を横に振った。

「先生、レネットちゃんを背負ってあげて下さい。少し歩けば安全な場所に出られるそうです。ギル」

私はレネットちゃんの身体の支配を解き、ギルの目を借りた。本体の方にあるラントちゃんの地図とギルの視界、交互に意識を移しつつ、覚悟を決める。

『指示の通りに移動して下さい』

「分かった」

ギルは牢屋《ろうや》から出て、魔物の死体をあさって短剣二本を調達すると、近くにあった部屋に死体をぶち込んで、鍵をかける。準備を終えると、私はギルを中心に傀儡術《かいらいじゅつ》を網のように広げて辺りを探る。

『何かがこちらに来ます。身体を奪いたいので、気絶させましょう。お体を借ります』

ギルの身体を使って女達に待つように手で示し、短剣を抜いてそっと歩く。道は急カーブになっているので、距離が測りにくい。腰を屈《かが》めて歩き、敵が一人でこちらに歩いてくることを確認し、後退する。気の抜けた闇族《あんぞく》の姿を確認できた。闇族とは好都合だ。獣族《じゅうぞく》や竜族《りゅうぞく》と違って人間とほぼ同じ身体だから操りやすい。

私はこれ以上前に出たら見つかるという位置で飛び出て、短剣を投げた。闇族の目の前を短剣が通り過ぎ壁に突き刺さると、そいつは驚いて悲鳴すら出せずに硬直した。その一瞬に接近し腹に膝を入れれば、相手の身体は折れ、私はがら空きになった首筋に手刀《しゅとう》を振り下ろした。

めでたく闇族が気絶したので、ギルの支配を解き、傀儡術で闇族の身体を支配する。

女達をギルに誘導させると、彼女達は私の姿を見て一瞬戸惑いを見せたが、私は気にせずに先を歩く。私が身体を乗っ取ったこの闇族のように、うろちょろしてる連中が接近してきたら、この身体を使い、上手いことを言って引き返させる。ここは薄暗いので、少し俯《うつむ》いていれば目に力がないことは気付かれない。

『ルー、大丈夫か？』

闇族を歩かせている私に、ギルが口を開かずに念で呼びかけてくる。この手の声は、本人に呼びかけるつもりがないと相手に聞こえないので、独り言というわけではない。

『牢屋《ろうや》で待ってくれたら楽だったんですけどね、我が姫』

『こうなったのは僕が一方的に悪いが、「姫」をやめないとそろそろ怒るぞ？』

『ああ、こんな大人数を隠すのがどれだけ大変か、あなたは分かっていないんです。こうやって四方を探査し、その度に言い訳を考える。これがどれだけ大変か』

『分かったから』

ギルはやはり分かっていない。自分はやったことがないから、私が簡単にやっていると思ってる。

『過ぎたことは仕方がありません。これからは私の指示には絶対に従って下さいよ……

ギル様』

「ああ」

「姫様」をやめ、前のような「様」付けで名前を呼んでやると、彼は声に出して頷《うなず》き、そこからは黙って歩いた。歩きやすいとは言えない道だ。マリーちゃんの目を借りた時に見た道は、もっと綺麗な舗装道路《ほそうどうろ》だった。ここはろくでもない場所だから、舗装になど気を遣っていないのだ。

『止まって』

私はそれだけ頼むと、指輪経由で再び意識を集中させる。

『一匹なので始末します』

前後はしばらく一本道で、どうしても女達を隠す場所がない。相手が引き返さない限りは無理だ。魔物だって、用もなくこっちの方には来ないだろう。だから殺すしかないと早々に割り切り、接近した瞬間、やってきた獣族の喉《のど》にナイフを叩き込む。

『ギル様、火葬をお願いします。一瞬で燃やし尽くすやつ、使えますよね。あれなら地下で使っても危険はないでしょう』

「君達、しばらくここで待っていてくれ」

ギル様は死骸に近寄り一瞬で消し炭にする。地下で長々と燃やすとこちらの命に係わいるので、このような術が便利だ。私にはとても使えない。

　灰を足で崩し、それが何か分からないようにしてから、ギル様は再び女達を連れて歩き出した。私は自分の身体の目を開けて、地図と今まで通った道を見比べる。この調子でいけば、少なくとも人を売り飛ばそうなどという魔物がいない区域にもうすぐ出られる。人間の感覚で言えば、人里に到着するといったところだ。テルゼの命令でギル様達の保護に人員を割《さ》いていてくれるはずだから、そのうちこっちを見つけてくれるだろう。そうすればこのキツイ状況を脱することができる。

　そこまで私の目で確認できればいいのだが、合流できるところまでは、私の魔力が持たないだろう。しかし事を急《せ》いては全てが無駄になる。

「ほ、本当に大丈夫なの？」

　連れてきた女性が今更問う。さらわれるぐらいだから、美人だ。美人でなければ、魔物達も綺麗にして売ろうなどとは思わない。

「悪いが、黙ってついてくるか戻るかどちらかだ。世の中に絶対はない。少なくともそれに近づけるためには、こちらの指示に従ってくれ。小さなミスが命取りになるんだ」

　ギル様が女性には親切といっても、時と場合による。もしも相手が男なら、「黙れ」の一言で済ませただろう。私は闇族《あんぞく》の口を開く。

「迎えは来ています。それより闇族《あんぞく》は耳がいいから、見つからないよう静かにしていて下さい」

女はすぐに口を閉ざした。事前に脅《おど》したおかげか、ヒステリーになって騒ぐことはないが、黙っているのも不安で仕方がないのだろう。

『ギル様、後ろから来ている。少し走って下さい。敵も歩くのが速い。ひょっとしたら、私達がいないことに気付いたのかも』

「後ろから来ている。走るぞ」

その言葉で彼女達は顔色を変え、我先《われさき》にと走り出した。声を出さないよう、口を押さえて走る者もいる。レネットちゃんを背負った先生は大変そうだが、頑張《がんば》ってもらうしかない。

しばらく走ると私はギル様を止めた。

『ギル様、どうやら前後挟まれました』

「どうする」

『私が先に行って前の連中を始末します。ギル様は前進しながら、大人しくついてきて下さい。もしも追いつかれた時は後ろの連中をお願いします』

「分かった」

私は闇族の身体を走らせた。あまり綺麗な道ではなく、曲がりくねっているので、かなり近付いているはずだが相手の姿は見えない。こういう所は技術のない者が掘っているからこうなるらしいが、今の私にとっては好都合である。

前方に魔物達が見えた。闇族と、大型の獣族《じゅうぞく》の二匹。一匹でも逃したら終わりだ。

「ん、どうしたんだ、慌てて。トイレか？」

この先にトイレがあるらしい。

「ああ、もれそうだからすまない」

通り過ぎようとした瞬間、声をかけてきた闇族を斬《き》る。こういう場合、一番厄介《やっかい》なのは闇族だ。飛んで逃げられたらたまったものではない。

「お前、何をっ」

獣族が目を見開いて言う。有無を言わさず、喉《のど》にナイフを投げた。獣族を殺す時は、動物を虐待しているような気分になる。目を見開き、何故、とばかりに見ている。私が身体を借りている闇族とは知り合いだったのだろう。操っていた闇族の身体に血が付き、私は本体の方で舌打ちする。代わりの武器を、斬り倒した闇族の死体から剝《は》ぎ取った。先ほどよりも大きめの短剣だ。

まだ獣族が生きていたので、苦しまないように止《とど》めを刺す。そしてギル様に走れと合

図を出し、私は来た道を戻る。ギル様が走る私を見て足を止めようとしたので、

「私は後ろの連中を皆殺しに。あなた方は今のペースのまま進んで。道は右です」

それだけ言って先に行かせる。後ろから来る連中に近付くと、私は肩を押さえて、わざとよろけてみせた。

「おい、どうした。何があった⁉」

闇族が心配して声をかけてきた。一緒にいる竜族《りゅうぞく》は面倒くさそうに私を見ている。

「いいところに。喧嘩《けんか》だ。手を貸してくれ」

「おいおい、どんな喧嘩だよ」

馬鹿にするように竜族が鼻を鳴らした。彼らは私が来た方角に歩いていき、完全に背中を見せた。その瞬間、私は闇族を斬り捨てる。本当は闇族を生け捕りにしたかったけど、逃げられると厄介だ。竜族の方が支配しにくいけど、まあいいさ。身体の動かし方に癖《くせ》はあるが使えないことはない。

「お前、何しっ……」

私は竜族の顔を鷲掴《わしづか》みにする。肩を掴まれ、鋭い爪を突き立てられたが、痛みを堪《こら》え、足を振り上げて顎《あご》に膝を叩き込む。脳震盪《のうしんとう》を起こして肩を放されたところで、足を引っ掛けて転ばせ、頭を蹴《け》って気絶させた。

竜族といえども、気絶していれば操るのは難しくない。竜族の前にしゃがみ込むと、肩の痛みに襲われ、顔をしかめた。視界を得るために完全に身体を支配しているのだが、そうすると五感を共有することになり、苦痛まで感じてしまうのが難点だ。

痛みを堪えて、竜族に触れて身体を支配し、足で立たせた。今まで使っていた闇族には、口を封じるために竜族の持っていた剣を突き立てる。そのまま生かしておくメリットはない。

「ああ、キツイな」

私自身の魔力がすでに尽きかけてキツイ。

一人で愚痴りながら、私はギル様を追う。竜族の身体は動かし方が人間と少し違うが、それほど難しくはない。だが獣族だと、こんな風に使いこなすには慣れが必要だ。

みんなに追いつくと、ギル様は私の姿を見て一瞬警戒したが、私は手を振ってその警戒を解いた。

「ルーか」

「足を止めないで下さい。もうすぐです」

私の姿が見た目に恐ろしい竜族であるためか、女達はさっきよりもいっそう奇異《きい》な目で見ているが、気にせず追い立てる。この姿の怖さもあって彼女達の足が速まった。

「死体を隠せなかったのですぐに追っ手が来ますよ」

「分かっている」

「あと、そろそろ私の魔力も尽きかけて、身体が死にそうです」

「……」

「もう、身体の方は目も開けていられません。息も絶え絶えです」

冗談ではなく本当に危ない。魔力を使いすぎて、本体の身体の方が言うことを全く聞かない。

「ゼクセンが必死に呼びかけているのが何となく聞こえます」

水を飲ませようとしているらしいが、飲めずにいる。

「大丈夫なのか？」

「全く大丈夫じゃありません。長くいられません。なのでもっと必死に走って下さい。もう少し速く走らないと、別の道から来る見張りをかわすのに足を止めなければならなくなります。私がいいと言う場所まで、頑張《がんば》って走って下さい」

遠回しに、頑張らないと助からないのだと脅《おど》し、女達を走らせる。彼女達の息が上がる。

「ギル様、このまま行くと別れ道があります。そこを右に行くと、そっちから助けに来た集団が来ているので、保護してもらって下さい。闇族《あんぞく》ですけど味方です。反対側から来ているのは私が止めておきます」

「分かった」

「限界まで頑張りますけど、既に限界を感じてきました。魔力的に戦闘は無理なので、奴らを別な方向に誘導します。その間に、可能な限り逃げて下さい」

「すまない」

本当に反省してほしい。自分から危ない橋を渡ったんだ。それに付き合わされる身にもなれ。

「闇族に保護されたら、ネイドさん達とお迎えに上がります。お待ち下さい」

分かれ道が見えた所で足を止め、みんなを見送る。みんなの姿が見えなくなると、別の気配が近付いてきたので、そのままギル様達が入った道とは逆の道に入り、剣を逆手《さかて》に持ち、息を吐く。

「こういうのは、さすがに慣れないな」

力を込め、自らの首を切り裂いた。痛みよりも何よりも、気持ち悪い。

「おい、どうしたっ!?」

姿を現した竜族は、私の異常な姿を見て狼狽《うろた》えた。

「あっち……に」

私は自分達が来た道を指差した。転がる死体は、奥へと進んでいる誰かがやったものだと思ってくれるとありがたい。

「あっちに逃げたのか？　おい、しっかりしろっ、おいっ」

「駄目だ。助からない。この奥は倉庫か。俺達の倉庫から強奪《ごうだつ》しようなんて、一体どこのどいつだ」

そこまで聞くと、私はまさに闇に落ちるように意識を失った。

こんなに頑張《がんば》ったの、初めてだ。

第六話　事の真相と新しい疑惑

ルーが言った通り、本当にやってきた闇族《あんぞく》達に僕――ギルネストと女達は保護された。疲れ果てていたが、緊張しているのか目が冴《さ》えていた。今は何時頃か気になったが、空が見えないから昼か夜かも確認できない。僕らは応接室で待っていたのだが、身なりの整った闇族がやってきて、主が僕を待っていると告げた。

僕は一緒に逃げてきた女達を残して部屋を出た。女達も、魔物の主と対面するのは嫌だったらしく、ここで大人しく待つと言ってくれた。女達の相手をするのは、男でも撫でたくなるような、可愛らしい猫型の獣族《じゅうぞく》だから安心だ。彼女に慰められて、女達はずいぶんと落ち着きを取り戻している。しばらく眠っていた幼いレネットも目を覚まし、その獣族にあやされて笑っている。先生も一緒なので大丈夫だろう。

建物の内部は、綺麗な石壁の屋敷といった雰囲気だ。窓は一つもないのだが、とても地下とは思えない。見慣れない装飾が施《ほどこ》されていて、魔物が住んでいるような雰囲気は全くないのだ。人間に近い闇族の屋敷だからだろうか。

「お客様をお連れいたしました」

「入れ」

案内してくれた闇族《あんぞく》がドアを開き、僕が入ると外から扉を閉められた。

部屋の中には顔立ちの整った闇族の少年と、使用人らしき闇族が一人だけ。あとは、会議にでも使うような大きなテーブルが一つ。

「座ってくれ。飲み物は何がいい？　茶、酒、果汁。とにかく、人間の飲める物を用意させた」

「茶で」

「人間の茶と、地下の茶、どちらがいい？」

「……どちらでも」

「では、こちらの茶を。珍しいだろう」

少年が手で合図すると、使用人の闇族が茶の準備を始める。

僕は勧められた椅子に腰掛ける。軽金属にクッションをかぶせたような椅子だった。

地下では木材よりも金属の方が手に入りやすいのだから、椅子が金属でも不思議はない。

「はじめまして、あなたはギルでいいのかな」

「ギルネストです」

相手が誰だか分からないが、助けてもらったことに変わりはない。丁寧な対応をしておくに越したことはない。

「私はユーリアス。この四区《しく》の王だ」

「は？」

地下が九つの区に分かれていて、それぞれに王がいるのは知っていた。この大陸を九分割しているのだから、一つの区は僕の祖国ランネルよりも広い国土ということになる。地上には、もっと多くの国があるから。

「王……ですか」

「弟のローレンが世話になっているようだし、挨拶に来た。迷惑を掛けているのはテルゼだろうが」

その通りだ。ローレンは物静かで、テルゼとヘルドの陰に隠れるタイプである。

「ローレンに大きな後ろ盾があるとは聞いていましたが、まさか王とは」

「あまり驚いていないな。話が早くていい」

ルーは、知っていたな。テルゼ達に熱心に協力しているのは、ノイリの事件のことに加え、ゼクセンの実家が経営するゼルバ商会にも利がありそうな話だからだと思っていたが、全てを知っていたからなのだと考えた方が得心《とくしん》がいく。それに僕を助けるためとはいえ、やけに助けに来た魔物を信じるという決断が早かった。魔物達の背後にこの男がいると事前に知っていたと考えた方が自然だろう。魔物嫌いのくせに、魔物の王に協力しようなんて、何を考えているのやら。

その魔物の王、ユーリアスは見た目は闇族《あんぞく》らしい鋭い雰囲気だが、態度は穏やかで友好的だ。腹の内は分からないが。

「今回のことの責任者はテルゼだが、区王の内の半数が一枚噛《か》んでいる。どこと交渉すべきかと、テルゼにずっと調査をさせていた」

「今回のことというのは、襲撃のことではなく、テルゼの商売のことですか？」

「ああ」

九つの内の半数の王。四人か五人の王が関係しているのか。大陸で最大の国が動いていると考えれば、かなり大きな話である。あのテルゼがそんな話の責任者だったとは……まさか人間がそんな大役を任せられるはずもないから、テルゼは魔族《まぞく》混じり……向こうで言うところの人間混じりか。地下ではそれでも重役に登用されるらしい。

「それだけの数の王が関わって、一体何をしようというのですか」

「どうやら、あなたはまだテルゼから何も聞かされていないようだな。作戦が終わった後に話すつもりだったのだろう。それがこのようなことになってしまい、至らぬ部下を許していただきたい。人間は地面の下にも結界を張ると聞いていたから、そちらの監視まで手を回していなかった」

「それに関しては、油断していた自分の責任です」

まさか床下から魔物が来るとは思ってもいなかった。レネットと先生を庇《かば》って気を失ったのがそもそもまずかった。まさか男である自分まで誘拐されるとは思いもしなかった。男など連れ去って何になるというのだろう。

「あなたも身分の高い方だと聞いている。危険な目に遭《あ》わせてしまい、申し訳なかった」

ルーのやつ、そんなことまでテルゼにバラしてたのか、あの裏切り者。

ルーには説教と特別ボーナスをやらねばな。日頃から女子供を大切にするあいつに、あんな選択をさせてしまった。女達を見捨てる気はさらさら無かっただろうが、見捨てることになるかもしれない選択をしたのは、僕がいたからだ。

しかもあいつは自分のことは顧《かえり》みないから、もし一度見捨てたとしてもまた戻って、もっと無理をすることになっていただろう。特にレネットのような女の子を放り出して平気でいられる奴じゃない。正義感とかではなく、ノイリのことがあるからだ。

「失礼いたします。温かい内にどうぞ」

使用人が部屋の隅で淹《い》れたお茶は、妙に黒かった。

「闇族《あんぞく》は人間と味覚が近い。少し苦みがあるが、大した癖《くせ》もなく飲みやすいお茶だ。毒もないから安心してほしい。苦ければ蜜を」

「ではいただきます」

ここで戸惑っていても意味がない。後で腹を壊さないかどうか心配だが、口にしてしまえば彼の説明通りの味わいで驚いた。見た目のようなエグさは全くない。少し変わった風味のお茶だ。

「地下が不毛の地だから魔物は人間を襲うと思われているらしいが、地下でも農業は盛んだ。広い農地と光を作るのが少し難しいだけで、技術だけなら地上よりも上だろう。地上の方が出来のいい作物も多いが、地下だからこその物もある」

彼はお茶の入ったカップを眺め、独り言のように言う。

「人工太陽、大規模な水耕栽培、管理の行き届いた畜産。これらは人間にはない技術だ。必要こそが、技術の発展を生む」

それは言えている。火を使う魔物が少ないのは、本能的に火を恐れているのではなく、地下では安易に火を使えないから、使い方を知らないのだ。こんな換気の悪い所で皆が火を焚《た》いたら間違いなく死ぬ。だから火を使わなくても豊かに暮らすための技術が発達したのだろう。

「だからまず、話だけでも聞いてくれるとありがたい」

地上に出てこないような一般の……というのは王に対して何だが、普通の魔物とはこんな風に人間と変わらない生き物なのだろう。人間だって、魔物に襲われていなければ、もっと地下のことに興味を持っていたはずだ。実際こうして目の前にしてしまうと、襲われる側としては複雑な心境だが。

しかし魔物の王の口から語られる、人間では知りようのない魔物の生活を耳にするのはやはり新鮮だった。王が地上に出てくるような連中と明らかに異なるということは、話を聞くだけで理解できた。王は地下と地上との差を、双方の長所や短所を交えて話してくれるのだ。教養の重要さが身に染みる。騎士に筆記試験があって良かった。

闇族の町は人工太陽が暗く設定されているだけで、実は地上の昼間並の明るさを保つこともできることとか、それで植物を昼夜問わずに育てているということも聞いた。確かに、それらは人間にはない技術だ。人間は驚くかもしれないが、生物を殺すための技術は人間の方が上で、環境に適応するための技術は魔物の方が上だ。魔物よりも力のない人間が生き残るために武器が発達したのである。

「地上のことは、テルゼから話を聞いたのですか？」

「ああ、最近はテルゼからも話を聞く。彼には昔から世話になっている。しかし地下にも、地上で生きていた者は多くいる。人間が私の目に入ることはないが、ヘルドや、五《ご》区王《くおう》のところのノイリ……天族《てんぞく》などは、私も親しくしているからよく話す」

ユーリアスは何か続けて話しているが、頭の中が真っ白になって、声が遠く聞こえ、何も理解できなかった。

彼はノイリと言わなかったか？

ルーがよく口にする、天族の名。

しかも天族と彼は言ったような気がする。天族のノイリは、魔物に誘拐され……

「ノイリと、言いましたか⁉」

「え……ああ、ひょっとして、ノイリを育てていた国の方か？」

「いるのか、天族のノイリがっ」

思わず身を乗り出すと、彼は何度か瞬《まばた》きして頷《うなず》いた。

「そういえば、あなたの仲間がヘルドを気に入っていたと聞いたな。人間はやはり天族が好きなのか」

「違う。ノイリはルー……ヘルドを気に入っていた男の……治療をしていた天族だ」

「男？　治療？」

「あいつは身体が弱くて、ノイリの歌で生かされた……」

まさか、王族のもとにいたとは。

ならばルーが多少探したぐらいでは見つからないはずだ。ルーが魔物に協力的だったのは、このことを知って？　いや、それならもっと動揺しているはずだ。ノイリに関わることを知って冷静でいられるはずがない。すぐにでも飛び出しているか、様子がおかしくなるはずだ。おかしなことと言ったら、せいぜい女装しているヘルドを見かけては嬉しそうに構い倒すぐらいであった。

「ルーちゃんという女の子の話は聞いたが」

「いや、男です」

最近の魔物は、ルーを女扱いするのが多いな。

「そんなはずはない。テルゼが間違えるなんて。ヘルドの性別を間違えてから、無駄な特訓をしていたから」

「無駄な特訓？」

「特訓というか、そういう魔術を開発していたから、間違いはないはずだ」

ハーフだかなんだか知らないが、魔族《まぞく》っぽい男の魔術。

「しかし、あれは女子禁制の騎士団に半年いるのですが」

「テルゼのように幻術《げんじゅつ》でも何でも使えば誤魔化《ごまか》しようがあると思うが……ひょっとして、

私は言わなくていいことを言っているのか？」

ユーリアスは気まずそうに頬を掻く。

幻術……

特技が一つ増えたとしても、あのルーのことだからおかしくはない。あいつは常に幼馴染みのゼクセンと一緒にいるが、それ以外の友人とは常に一緒というわけでもなかった。

女？

確かに女顔と言えば女顔。背は高いし、痩《や》せすぎて女らしさとはほど遠いが、女の格好をさせたら違和感がなかった。あれはプロに仕立てさせたからだと思っていたが……共用のシャワーを使っていても、幻術があればバレることもない。自分が見た時も水を頭から浴びていたが、服を脱いではいなかった。そんなにまでして見せたくないほど身体が悪いのかと不安に思っていたのだが……

「………女？」

ルーが女で、ノイリがいて。しかし、ルーがノイリに対して抱《いだ》くあれほどの感情は……

「あまり悩まないでくれ。もうすぐ来るはずだから」

「あ、ああ」

悩むなと言われても、何がなんだか……

何故、と考えればきりがない。だから今は待つしかない。待つしかないが、手に上手く力が入らずカップを落とし、割ってしまった。

しかし困った。僕ですらこれほど動揺しているのに、もしあいつが聞いたら、どうなるんだ？　どう暴走するか考えるだけで恐ろしいのだが、僕はどう伝えたらいいんだろうか……

ルーは、ゼクセンに背負われて部屋に通された。体格のいいネイドやテルゼではなくゼクセンが背負っているから、何やら意味ありげに見えた。ローレンは帽子を外し、闇《あん》族《ぞく》であることを隠していない。テルゼの髪は黒いが、目は金色だった。……どうやら、僕はもう一つ騙《だま》されていたようだ。

一瞬気をとられたが僕は再びルーに目を向ける。気を失っていて、男っぽい女っぽいという以前に、顔色が尋常ではないほど真っ青だった。問い詰めてやろうという意気込みが霧散《むさん》する。

「おい、まさかっ」

頬に触れると、異様に冷たい。

「ギル様、るーちゃんの状態が分かるんですか?」

「魔力の使いすぎだ。問い詰めてやろうと思ったのに、まったく。ユーリアス殿、どこか横になれる場所を貸していただきたい」

「そうだな……ああ、こちらだ」

ユーリアスが立ち上がり、自ら案内する。腰が軽い王だ。

「ギル様、るーちゃんは大丈夫なんですか?」

「大丈夫じゃない。普通、ここまで魔力を使い続けるなどできることじゃない」

もう限界だと言っていたが、まさかここまで無理をしているとは思わなかった。これでは身体の方が動かないと言っていたのも、事実そのままだったのだ。

通された部屋は、意外に広く立派なので驚いた。地下なのに、これだけ立派な寝室。ベッドも広く普通に寝心地が良さそうだ。素材は何なのだろうか。

「ベッドはまだ誰も使っていないから清潔だ。罠《わな》など何も仕掛けられていないことは確認してある」

ユーリアスの言い方からすると、ここは彼のための寝室なのだろう。ゼクセンはベッドにルーを寝かせ、僕はその手を握った。

「ギル様、まさか回復魔法を?」

「それはまずいでしょう。一か八か過ぎます」

ゼクセンとネイドがまるで止めろとばかりに声をかけてくる。

「魔力を分けるだけだ。誰にでもできる」

その前に、僕は自分の指に歯を立てて、血を出す。

「何するんですか？」

「こいつは無意識に魔力を使うタイプだから、ついでに封じる」

僕はルーの額に血で印を書く。最も簡単な魔封じだ。術をかける者とかけられる者の魔力の差で封印の力は決まる。普段の僕とこいつの間ではほとんど役に立たないが、今のルーの状態なら容易に抑えられる。そしてルーの手に円を描き、反対の手にも描く。この円の印は、魔力を流し込むためのもので、基礎の基礎であるため誰もが初心者の時に習うが、ここまで魔力を使い切ることなど滅多に無いので、使う機会が無くて一生試すことなく終わる者の方が多い。

僕は靴を脱ぎ捨ててルーに馬乗りになり、手を重ね合わせ、指を絡《から》める。あまり考えたくない体勢だが、仕方がない。これが一番効率が良い。しばらくこうして魔力を流し込めば、そのうち少しは回復するはずだ。施術者が消費する魔力の割に、与えられる魔力は少ないから、本当に緊急用の手段でしかない。口の狭い壷《つぼ》に水を入れるのに、上でバケツをひっくり返すよりも効率が悪い。

「そのお嬢ちゃん、大丈夫なのかよ」

やけに可愛いウサギ獣族《じゅうぞく》がルーの顔を覗《のぞ》き込む。この魔物もルーのことを女と……ルーは小動物が好きだから、そこらで拾ってきたのだろうか。

「なぁ、歌った方が良いか？　弱ってるなら、回復するぞ」

ヘルドが青ざめて僕の肩を掴《つか》む。はっきり言って邪魔だ。

「って、お前も天族《てんぞく》か」

今までルーのことばかりで気が回らなかったが、よく見ればヘルドの背中に翼が生えている。ルーの背中にかけられていたマントは、彼の物だった気がする。ルーが彼らに協力的な理由はノイリではなくこいつのせいか。白い鳥も気に入っていたし、天族が相手なら、惑わされるのも仕方がない。

「身体が弱ってるんじゃない。魔力が空っぽに近いだけだから、歌いたいなら終わってからにしろ」

ヘルドはしゅんと肩を落とす。あれほどルーに構われることを嫌がっていた割には、懐いているらしい。

「ギル様、ヘルちゃんのこと、そんなに驚きませんね。すごくびっくりすると思ったのに」

ゼクセンが指をくわえて呟《つぶや》いた。驚いてほしかったのか。こいつも、意外と心の中で笑っていたのかもしれない。そう思うと、無性に腹が立った。

「ゼクセン、ルーは本当に男か？」

「うふぉっ⁉」

彼は突然挙動不審《きょどうふしん》になる。目が泳いでいるし、腹の前でやたらと指を組み替えたりして、怪しすぎる。まさか今まで、こういう怪しいそぶりは全てルーの魔力で封じられていたのか？　思えば、こいつが女と見まごうタイプだから、ルーを見てもあまり女顔とは感じなかったのだ。

「すまない。さっき話をしていて、ルーという女の子が男だと言うから、何故女の子と言えるのかを語ってしまった」

謝るユーリアスをテルゼが睨《にら》み付けた。その視線を受けて、ユーリアスは首を傾《かし》げた。

「何故内緒にしているんだ？　秘密が多いと、交渉は上手くいかないと思うんだが」

ユーリアスの言うことはもっともだ。この嘘つきどもめ。一番目つきの悪い悪人顔の男が一番実直とはどういうことだ。誰が言ったか知らないが、詐騎士《さぎし》とはよく言ったものだ。

「人間の騎士は、男しかなれないらしいから、仕方ないだろ」

テルゼの言葉にユーリアスはまた首を傾《かし》げた。

「何故だ？　彼女は優秀なんだろう？」

「人間の女は地下の女と違ってか弱いからだ。ちょっと腰を打っても子供が産めなくなったりするから、大切に大切に守られてるんだよ。騎士なんてものはごろつきと喧嘩《けんか》するのが仕事なんだぞ」

「そうか。確かにそれは危ないな」

頭の痛い会話の繰り広げられる横で、ゼクセンが呆《ほう》けていた。何も口を挟めないらしく、口を開けっぱなしにしている。

「殿下《でんか》、本気で気付いてなかったんですか？」

そう尋《たず》ねてきたのはネイドだった。

「し……知ってたのか？」

「知ってたって言うか、女の子みたいだと思ってました。どっちにしても殿下が何も言わないから、よほど手元に置いておきたくて連れてきたんだと……。能力的にも、そうしたいって気持ちになるのは分かりましたし」

それじゃ何か。気付いていなかったのは僕だけだと。いや、僕よりも親しくしていた同僚達もだが。

「いつ気付いたんだ？」

「だって、頑《かたく》なに肌を見せないし、病気で痩《や》せてるっていっても、骨格からして男にしては華奢《きゃしゃ》すぎたし」

それでは、騙《だま》され続けた僕がまるで馬鹿みたいではないか。怒りをぶつけようにも、本人は死にそうな顔をして寝ているし、その原因が僕とあっては、さすがに怒りをぶつけられるはずもない。

僕はルーにのしかかったままゼクセンを睨《にら》み付けた。こいつの方がルーよりは怒りをぶつけやすい。彼はため息をついて、助けを求めるようにテルゼを見た。

「さすがに、黙ってるのは可哀想《かわいそう》だと思うぞ？」

「そうだね。内緒にしててごめんなさい、ギル様」

テルゼに促《うなが》され、ゼクセンは素直に頭を下げた。この素直さは彼の美徳だ。何故か許してやろうという気になる。

「何で男のふりをしているんだ」

「るーちゃんは、ルーフェスじゃないんです」

「そりゃあそうだろうな」

長男も身体が強くないから、次男の自分が来たとこいつは言っていた。貴族は二人以上の男児がいれば、兵役《へいえき》の義務を負う。だから女をわざわざ男として届けるはずがない。

「たぶん、誰かの嫌がらせだと思うんです。だから最初はお金で解決しようとしたんですけど、それが何故かできなくて」

何か事情があるのなら、その損害を補うという意味で金銭を差し出し、兵役を免除してもらうというのは珍しくない。国としても認めている。本当に病で血を吐いたり倒れて働けなくなったりした者まで徴兵《ちょうへい》するほど国は困っていないからだ。健康でも本人が兵役を嫌がれば免除される家もある。

「ルーフェスが病気で家にこもっているのは、地元では大抵の人が知っています。ルーフェスのお兄さんもルーフェスほど身体は弱くないけど、すぐに寝込む人です」

ルーフェスの妹は健康的だった。男ばかりが病弱とは、皮肉な話だ。

「だからもしもお兄さんに何かあったら、オブゼーク家には女の子一人しかいなくなります。そうなると家督《かとく》を継ぐ僕との結婚話も流れて、えっちゃんの婿が跡取りになります」

「誰かが家を乗っ取ろうとしたのか」

「その可能性もある、ということです。でも、没落した家の要望なんて聞く必要もないって思われただけかもしれませんし、色々商売を広げているうちへの嫌がらせかもしれれません。何にしてもお兄さんは留学中だし、ルーフェスは日に日に弱るしで、他に良い手が無かったんです。ルーフェスが死にそうなのは本当ですから」

死にそうだから、好きにできる。余命一、二年というのはルー自身の余命ではなく、本物のルーフェスの方の余命だった。余命は余命に違いない。

「るーちゃんは、本当はルゼちゃんっていうんです。ルーフェスの双子の妹なんです」

「双子の妹？」

ゼクセンはこくりと頷《うなず》く。

思ってもみなかった展開に驚いた。男女の双子の片割れである僕の目の前に、都合よく男女の双子が現れるなんて……

「でも、るーちゃんはそのことを知らなくて」

「は？」

ゼクセンはたまに意味不明なことを言うが、説明が下手なのか、あるいは錯乱《さくらん》して一生懸命デタラメを並べているだけなのか。

「るーちゃんはルーフェスの双子の妹だけど、ルーフェスは身体が弱くて、それは双子だからじゃないかって」

男女の双子が生まれると、女が男を殺すだの不幸にするだのという不吉な迷信が存在するが、男女の双子の男である僕が、それを実感したことは一度もない。僕にとっては双子の妹よりもむしろ母の方が不吉で厄介《やっかい》だ。

「だから大きくなるまでは離ればなれにして、他人として育てようって。女の子は生まれても国に届け出る義務もないですし」

普通は女児でもその出生を国に報告するが、確かに義務づけられているのは男児が生まれた場合だけだ。女児の出生届けを出していないからと、咎《とが》めを受けることはない。特に不吉とされる男女の双子の場合は、ゼクセンが言ったように扱われることが珍しくない。

しかし、都合が良すぎる気がした。

「口から出任《でまか》せを言っていないか？」

「本当です。少なくとも、おじさん……ルーフェスの父君からの手紙に書いてあったんですから」

それが真実かどうか怪しいが、ゼクセンは知っていることを言っているだけだろう。ルーフェスの父親に何か思惑があって嘘で塗り固めているだけ、という可能性だってある。今までずっと騙《だま》されてきたのだ。ここで疑わずに信じる方がどうかしているだろう。

「だかるーちゃんはノイちゃんのいた孤児院で育ったんです。いつかノイちゃんのお側でお仕えするために。聖女《せいじょ》様にお仕えするのは、とても名誉なことですから」

それでルーは魔物に襲われて足を傷《いた》めたということか。かなり高等な教育も受けているのは聖女に仕えるためだろうし、色々と話の辻褄《つじつま》は合う。

「ノイリか……」

なんにせよ、ルーにとってノイリが世界の全てであることだけは本当だ。

「ノイリ？」

テルゼが僕の言葉に反応する。こいつもノイリのことを当然知っているんだろう。

「ノイリは彼らの国で育てられていたらしい」

「へぇ、だから天族《てんぞく》のことを知ってたのか」

ゼクセンはノイリのことを話し始めたユーリアスとテルゼを見つめて固まった。ノイリのことなど、限られた者しか知らないはずだから無理もない。

「喜べゼクセン、ノイリが見つかった」

「う……そ」

「本当だ」

ゼクセンは僕の目を見たまま固まっていたが、ノイリが見つかったというのが真実であると理解すると大粒の涙をこぼした。

「……よ、よかっ……よかっ……」

彼は喜びのあまり、しゃくりあげて泣くので言葉も続かない。あまりに嬉しそうに泣くので、殴るのがためらわれた。

「隠し事はもうないな？」

しばらくしてから声をかけると、彼は現実に戻り、落ち着きなく頭を抱《かか》えてきょろきょろする。

「えと……んと……」

嘘はもう、とりあえず無さそうだ。ルーのいないゼクセンなど、ただの純朴な少年である。

「本当は殴ってやろうと思ってたが、やめた。ルーに感謝でもしておけ」

ルーは女だから、殴れない。今のルーを放ってゼクセンを殴りに行くこともできない。

この手を通じて僕の魔力を受け取るルーの顔色は、心なしか良くなっている。

しかし女か……

僕がルーを見ていると、ゼクセンは身を乗り出して僕に問う。

「ギル様、るーちゃんのこと、どうするつもりですか？」

「どうって……」

「るーちゃんがテルゼに協力していたのは、ヘルちゃんがルーフェスの治療をすることを条件にしていたからです」

もしやルーはルーフェスを双子の兄とは知らずに、好意でも持っているのか？

「ああ、治療ならノイリの方が得意だぞ。ヘルドの治療は効いているのかいないのか分からない程度だからな。ノイリはずっと生き別れた人間のことを気にしていたから、五《ご》区王《くおう》のエンダーさんに事情を説明すれば許可してくれるだろうし」

テルゼの言葉で、僕は安堵《あんど》した。ルーフェスのことは知らないが、少なくともノイリは悪い奴に捕らえられているわけではないようだ。もしもひどい扱いを受けていたなら、ルーや火矢《ひや》の会の連中が暗殺計画でも立てることになっただろう。

「良かった。ルーフェス、きっと喜ぶ……」

友人に希望が見えたことにゼクセンも喜び、安堵の色を見せた。やはりこれも女顔だ。何度考えても、こいつのせいでルーが女だと気付かなかったとしか思えない。睨《にら》み付けていると、ゼクセンは僕に視線を向けた。

「で、結局るーちゃんのこと、どうするつもりですか？」

「ルーのことといきなり言われても……」

男だと思っていたのが女だっただけでなく、他にも色々と厄介《やっかい》なことが絡《から》みまくっているから、本人に話を聞かずに決められるはずがない。

「るーちゃんは、もしも女だとバレたら、騎士団を追い出されるだろうなって」

「そりゃあ、男と同じ部屋は……」

というか、こいつら男女で同じ部屋で、本当に何もなかったのか？　ルーが義理の姉になるにしても、年頃の男が女と同じ部屋で熟睡……してたな、こいつは。それはもうよく寝ていた。夢の中で恋人の名を呼び、だらしなく笑っているのをルーが笑いながら眺めていた。

「ギル様は、るーちゃんともう会えなくてもいいんですか？」

「何故そこまで話が飛ぶ？」

「るーちゃんは、ルーフェスと見間違うほどそっくりというわけではないんです。性格は似てるけど」

外見よりも性格の方が似てるのか……

今までのルーに対するイメージをそっくりそのまま本物のルーフェスの方に持っていく。

「るーちゃん、自分の生まれのことを知らなかったから、ルーフェスが死んだらお役御《やくご》免《めん》で心残りがなくなるし、そうしたらどうしてもノイちゃんに会いたいって前に言ってました。どうせ女の子に戻っても、『ルーフェス』として動いていた顔では国にいられないからって。あと、ルーフェスが助かるかもしれないって聞いて、ますますこの国と……人間との関わりを断ち切ろうとしていました」

確かに、僕がルーの立場でもそうするだろう。ルーと、これが兄と慕うホーンを見ていれば、ルーが何故そうしたいと思ったのか動機も想像がつく。こいつは、タダ働きは嫌だと言って人から巻き上げた金も、全額寄付していたぐらいだ。しかも、巻き上げた相手である僕の名義で。

「ルーちゃんは騎士をやめたらうちに来るって言ってたから、会えなくなるわけじゃねぇよ」

テルゼがあっけらかんと言う。

その言い方に腹が立った。こいつ、ルーをどうするつもりだ？　ルーの性格はアレだが、基本的に生真面目な奴だ。いかにも遊び人であるテルゼだけには渡してはならない気がした。もちろんルーはテルゼなどに騙《だま》されるような可愛げのある女ではないだろうが、世の中に絶対はない。

「睨《にら》むなよ。決めるのはルーちゃん……ルゼちゃんなんだ」

それは、そうだ。僕がどう手を打つにしても、最終的に決めるのはこいつだ。こいつは頑固だから、多少脅《おど》したぐらいじゃ引かない。

「ギル様、どうしますか？」

「どうって……だからいきなり言われても困る。ただ、騎士としてでなくても、使える奴は手放したくない」

どうするにしても、最終的に手放したくない、というのが本音だ。こいつは嘘つきだが、信頼はできる。

「おじさんは、るーちゃんが国を出ていかないよう、誰かと結婚させるかって言ってるそうです。ルーフェスが助かっても、それは変わらないと思います」

「……結婚？　こいつが？」

下手すると男嫌い、それどころか女が好きなのかもしれない勢いでノイリが好きなこいつが、結婚？

だが考えてみれば実の子でなくとも、使える赤の他人を庶子《しょし》として自分の身内に取り込むことはよくある。今のこいつは取り込んでおいて損はない。そして結婚は、ルーを逃がさないようにするにはかなり効果的だろう。

「結婚相手の候補はまだ見つかってないですけど」

だろうな。こいつを御《ぎょ》せる男は、探そうと思ってもなかなかいない。絶世の美女ならともかく、まあこうして見るとそこそこ可愛いが、性格にも能力にも問題がありすぎる奴だ。秘密など持てないし、並の覚悟では嫁にできない。

「だから、ギル様、どうですか？」

「は？」

突然のゼクセンの言葉に、僕は目を丸くした。

「ギル様がるーちゃんをお嫁にもらえば、全て解決しますよ！」

並の覚悟では嫁にできない女、と思った矢先の押し付けだ。何故僕がそんないらん苦労をしなければならない。

「だって、ギル様、るーちゃんみたいな子、好みでしょう。るーちゃん本当は女の子だし、家位《かい》的にも無茶ではないと思うんです」

これがゼクセンではなく他の誰かなら、王族との血縁関係を持ちたい下心からの言葉と切り捨てるところだが、たぶんこいつは自分の義姉を僕が嫁にもらうということの意味を忘れている。

「るーちゃんも、『王子様』好きだし、ギル様のことも結構好きだと思うし」

僕と『王子』は別物か。『王子』だから好きと言われるよりは良いが。

「さすがのるーちゃんも、王子様にプロポーズされたら心が揺れると思うんです」

「いや、引くと思うぞ。賭《か》けてもいい。『正気ですか』に近い言葉を真っ先に口にするだろう」

短い付き合いだが、こいつは間違いなくそういう奴だ。

「僕も一番最初はそう言うと思いますけど」

友人であるゼクセンにも分かっていることなのに、何故一か八かで僕が求婚しなければならない。僕だって冗談でも何でも、告白してその反応は嫌だ。

「でも、るーちゃんも女の子です。ちやほやされるのは好きです。ああ見えて、けっこう乙女チックなんですよ」

『王子様』、『お姫様』という言葉で喜ぶところが、ガキっぽいのは確かだ。

「それともギル様、るーちゃんのこと、嫌いですか？」

女のようなことを聞いてくる。好きか嫌いかという二者択一《にしゃたくいつ》など、意地が悪いにも程がある。

「好き嫌いの問題じゃない」

「ご両親に反対されますか？」

「こいつでなくても、僕の母はふくよかで扱いやすそうなタイプの女性しか認めないから、僕の好みの女は間違いなく全て却下《きゃっか》される」

母は自分よりも全てが下で、なおかつ僕の隣に置いて恥ずかしくない程度の女が良いのだ。しかも嫁イジメは確実にする。子供でもできたら、嫁など用無し扱いするだろう。基本的に家庭内のことに関して、父は母の言いなりだから、僕自身が地位を持ち、母が口を挟めないようにしないとどうしようもない。僕は母に妻をぶつけていくようなことはしたくない。僕の道を阻《はば》むあの母を黙らせるのは容易ではないが、できないわけではない。だからこんな所にまで来ている。僕が母から逃れる道は、これしかないのだ。

「お前はどうしてそこまでルーを国に留《とど》めたがるんだ？」

「だって……るーちゃんがそこまでこのことで縛られたら、ルーフェスが可哀想《かわいそう》で。それにるーちゃんはノイちゃんが大好きすぎて、自分の一生をノイちゃんに捧げかねないし」

それはあるな。ノイリを神の使いとして崇《あが》める宗教を作るのが夢だったとか言う奴だ。冗談っぽく言っていたが、こいつならやることができるだろう。

「えー、だったら俺の嫁にすればいいのに」

「テルゼさんは寿命が違いすぎるし浮気しそうだから絶対にダメ。るーちゃんには人並みの幸せを手に入れてほしいの！」

テルゼに関しては同意だ。それ以前にルーの方が断るだろうが。

「俺は？」

「ヘルちゃんも人間より寿命長いんだよね？」

却下されてしゅんとして、うつむくヘルド。ルーなら喜んで嫁にもらいそうだが、周りは反対するだろう。

「るーちゃんがノイちゃんの所に住み着いたら、絶対にろくなことにはならないと思うんです。るーちゃんの少食って、ノイちゃんに食べる量を合わせたからなんですよ。少しでもノイちゃんに害がありそうだと、相手が誰でも叩きのめすだろうし、暗殺ぐらいしちゃうと思うんですよ」

確かに、本人だけは幸せなんだろうが、周りは……きっと反発するだろう。

「だから、ギル様みたいな人に口説《くど》かれたら、きっとみんなが幸せになるんじゃないかなぁって思うんです」

まあ、ルーを野放しにすると危険なことは分かっているが、僕の意思はどうなる。

「あの……」

下から声がかかる。下を向くと、ルーの鳶《とび》色の瞳が僕を見ていた。

「どうして私はギル様にこんな体勢で口説かれることに？」

ノイちゃん云々《うんぬん》や、ゼクセンの馬鹿な提案は聞いていなかったようだ。聞かれなくて良かった。

第七話　目覚めたら人生の転機

　自分の上にはギル……いや、ギル様がいた。

　手を繋いでいるし、魔力を分けてくれているのだろう。ホーンに一回やってもらったことがある。この体勢に多少の疑問も感じるが、一番楽で、魔力を注ぎ込みやすい体勢なのだろう。

　そう納得して、私はゼクセンを見る。

「な、何でもないよ」

「何でもないよで済ますな」

　誤魔化《ごまか》すゼクセンをギル様が叱《しか》った。私がちょっと寝ている間に一体何が？

「現状を聞きたいか？」

「はい」

　ギル様の顔が近い。こんなニヤニヤ笑いの嗜虐心《しぎゃくしん》丸出しのギル様、久しぶりに見る気がする。最近は私に向けてなかっただけで、久しぶりと言うほどでもないかもしれないが。

「お前は女だそうだな」

……ゼクセンがヘマをしたのか？　では何故ゼクセンは何でもないなどと？

「は？　何でそんな馬鹿なことを？」

とりあえず誤魔化《ごまか》す。人は分かりきっていることでも、平然としらを切られると少し不安になるものだ。

「お前らしいな。じゃあ、そうだな。脱がせるぞ？」

ギル様が私の手から手を離し、肘《ひじ》で腕を押さえつけながら私の喉元《のど》に触れた。ネイドさんが指笛をふいてはやし立てる。

「だ、だめだっ」

そんなギル様を、ヘルちゃんがしがみついて妨害する。

「脱がすなんて、ダメだっ！」

「テルゼ、邪魔だ」

テルゼは、はいはいと言いながら、ヘルちゃんを引き離す。なんていうか、責めるに責められない可愛らしさだ。

「脱げばいいんですか？」

とりあえず、脱いでもシャツまでなら、私の貧乳さで誤魔化せるだろう。

「本当に脱がすぞ?」

「どうぞ」

ギル様は動かない。私は呆れ顔で見つめ返すだけ。きっとだんだん不安になっていることだろう。それが人間の心理である。

「ルーちゃん、すまん。なんかローレンの兄貴がバラしたみたいでさ」

テルゼが謝った。ローレンの兄、四区王《しくおう》ユーリアス……だったか? 今すまないと頭を下げてくれた、ローレンを少し成長させた感じの格好いい闇族《あんぞく》の男の子のことだろう。

完全にバレたということか。

「ルー、お前、交渉が終わったらどうするつもりだったんだ?」

「えと……」

「ルゼ、と呼んだ方が良いか?」

くそ、名前までバラしやがって。っていうか、待てよ。

「それが何か? というか、そこまで分かっていて、何を口説《くど》こうって言うんです?」

「ゼクセンはお前に姿を消してほしくないそうだ」

「それで手元に置いておくための交渉をしてほしいと頼まれたんですか?」

「まあ、そんなところだ」

ギル様はそこだけ歯切れ悪く言って目を逸《そ》らす。しばらく目を逸らしていたギル様は、何か自分に都合が良いことでも思いついたのか、とびきり色っぽい笑みを浮かべた。

「ルー、餌《えさ》をやろう。僕の言うことを聞くなら、会わせてやる」

餌とはなんだろう。ろくでもない笑い方だ。女心をこんなに揺さぶっておきながら、卑怯な男である。

「誰と会わせてくれるんです？」

「お前がこの世で最も大切に思っている、天族《てんぞく》の女の子だ」


……………


「ルー、おい、こら、いきなり寝るなっ」

ギル様に怒鳴られ頬を叩かれるまで、しばらく気を失っていた。

目を覚ますと、私を組み伏せているギル様がまたそこにいた。

さっき、この男、天族の女の子と言わなかったか？　言ったような気がする。

ギル様はまた私の手を強く握り、押さえつけた。彼は私をしっかり押さえ込んでから、妙に優しい笑みを浮かべた。

「お前の大好きなノイリと、会いたくないか？」

心臓が跳ね上がった。

ノイリ……？

ノイリ。ノイリ。ノイリが。

「ノイリ！」

血が激しく流れ、身の内の力が溢《あふ》れそうになる。しかしいつもならそのせいで物が浮いたり、何かが倒れたりするのにそれがない。力が外に出ていきそうで出ていかず、気持ちが悪い。

「落ち着け。落ち着いたら、手を離してやる。少しは死にかけた自覚をしろ。暴走したらまた気絶するぞ」

ギル様が私の力を押さえ込んでいるようだ。わざわざこの体勢を維持するということは、触れていなければ押さえ込めないのかもしれない。私の力を知っているから、こうやって備えていたのか。

いや、そんなことよりも。

「ほんとう…………に？」

ノイリが、あのノイリがいるのか。

「こんなタチの悪い嘘は言わない」

「う、うそ」

「間違いなくノイリだ」

「うそっ……え……あぁ……」

言葉が出てこない。

「いい子にしてたら会わせてやる」

手を離され、顔に触れられた。ギル様の綺麗な顔が、非現実的だ。私はまだ夢を見ているのではないか。だって、ギル様が何か急に優しくなった。

「どっ、どっ、どこっ……に？」

「まだ言えない。少し我慢しろ。ちゃんと幸せにしているらしいから、泣くな」

ギル様が指で目に触れてくる。

「お前、本当にノイリのこととなると素顔を見せるな」

「だ、だって……」

ノイリは私の世界の全てだ。ノイリが無事なら、他のことなんてどうでもいいぐらいに。ノイリが生きて、幸せにしているなんて、もう死んでもいい。死んだら会えないから死なないけど。

ああ、ノイリに会える。これが夢でないなら、ノイリに会える。

「僕の言うことを聞くと約束できるか？」

「は、はいっ」

「言うことを聞けないなら、会わせないぞ」

「はいっ」

「こうも素直だと不気味だな」

「失礼な」

私は素直でいい子とご近所でも評判の猫かぶりである。

「落ち着いたか？」

「まあ」

動悸《どうき》がするし、視界は歪《ゆが》んでいるし、まだふわふわした感じが抜けないが、なんとか落ち着いた。

「僕に自分の口から全て話し、離れても暴走しないと約束できるなら、自由にしてやる」

うーん。それは何とも。

「るーちゃん、ルーフェスのことも話したから」

「いや、そのことじゃなくて、暴走しないかどうかは、魔力が少ないと不安定になって」

バレたことをルーフェス様に報告したくてもできない。まあ、ここまで来たら、もう隠さなきゃならないこともないけど。ルーフェス様も、ギル様のことは信用していたし。

「とりあえず、水を下さい」

「分かった」

ギル様がようやく上からどいて、ヘルちゃんが水をくれた。起き上がると目が回りくらくらしたから、コップを受け取る前に頭を振って、頬を両手で挟むようにぱちんと叩いた。

「先に聞きたいんですが、ノイリは、今、どうしてるんですか？　本当に幸せにしていますか？」

幸せにしているならいい。それでもどうしているのか、気になって気になって仕方がない。

「ああ、結婚して、ガキが腹にいる。幸せの絶頂期って奴だな」

テルゼの爆弾発言に、部屋中の物が一瞬浮いて、私は再び昏倒《こんとう》した。

「このノイリ馬鹿を前に、そんなことを言ったらどうなるか分かるだろっ。男の方を暗殺されてもこちらは責任なんて持てないぞっ」

「いや、女の子同士だぞ。なんでそんなことに」

「ノイリが聖女《せいじょ》として育てられて、こいつがそれを崇拝《すうはい》してるって、意味が分からないか？」

「何か悪いのか？」

「聖女と考えず、王女と考えたら分かるだろ。崇拝《すうはい》による感情論の前には、今が幸せとかそういうのは関係ない。敵の男に妊娠させられたようなものなんだ」

「なるほど」

意識が戻ると、ギル様が再び私の上で手を押さえていて、そのままテルゼと言い争っていた。

「いや、暗殺なんてしないし」

暗殺すると決めつけられているのに腹が立った。

「ん、気付いたか。本当に暗殺しないのか？」

心底疑っている様子のギル様。失礼な。私は本能のまま暴れる狂人か。

「……ノイリが喜ぶならするけど」

「喜ばないから、喜ばないから！」

テルゼが首を振って否定する。

そっか、喜ばないんだ……

「ギル様、いつまでこの体勢ですか？」

「せっかく力を封印して魔力を分けてやったのに、封印を破って魔力を使い切ったお前が悪い」

ギル様がすごく怒っている。どうしよう。

「えと……水、飲みたいです」

私の水好きを知っているギル様は、舌打ちする。

「……まあいい。手は繋いでおくが」

というわけで、起き上がってベッドの上で座り、仲睦《なかむつ》まじく手を繋ぐ二人の図ができる。私はどう見ても男だから、さぞ気持ちの悪い図だろう。

「はい、水だぞ。ルーちゃん、もう大丈夫か？」

ヘルちゃんが心配そうに水を口の前まで運んでくれた。それを手で受け取り、笑みを向ける。

「ありがとう、ヘルちゃん」

「俺、ノイリほど得意じゃないけど、少しなら癒《いや》しの力も使えるぞ」

「いや、別に大丈夫だから。でも今度、寝込んだ時にお願いするよ。ありがとう、ヘルちゃん」

ヘルちゃんが可愛く笑みを向けてくれる。ノイリみたいで可愛い。

でも、もうすぐノイリに会えるのだ。子持ちになってても、ノイリはノイリ。ノイリなのだ。ノイリ。そう、ノイリ。生きていて、幸せな家庭を作っていた。だから、大丈夫だ。幸せならばそれでいい。相手の男は殺したいほど憎いが、ノイリを泣かせては意味がない。

「生皮剥《なまがわは》がすって脅《おど》していた奴とは、まるで別人だな」

ラントちゃんが舌打ちして言う。何が気にくわないのだろう。ああ、全てか。無理矢理連れてきたんだもんね。

「そういえばさっきからいるが、何なんだ、そのやたらとファンシーな獣族《じゅうぞく》は」

「毒使いのラントちゃんです」

「なんだ、その、ファンシーさに似つかわしくない毒使いというのは」

「私、生まれて初めて魔物相手に苦戦しましたよ」

「見た目が可愛いから殴れなかったのか？」

「私の結界も突き抜ける釘に毒を塗って飛ばしてきました。普段傀儡術《かいらいじゅつ》で楽してるから、術が通用しないと不安になるものです。いい経験でした」

これからは戦闘中結界に頼りきらないことにする。

「なんでそんなのを連れてきたんだ」

「地図を書いて道案内してくれたんです。ローレンがこのウサギさんの部下を盾《たて》にとって脅したら、快く協力してくれました」

ギル様がため息をつく。ラントちゃんは変わらず堂々としている。見た目にそぐわぬこの剛胆《ごうたん》さは、けっこう気に入っている。見た目が可愛いし。

「こんな……苛《いじ》めたらどこかから訴えられそうな見た目の生き物を、どうするつもりだ」

「とりあえず、こいつが逃げたりしたら、スラムにいるこの子の身内はローレンのお兄さんが皆殺しにすることになってますから大丈夫です」

ユーリアスがきょとんとして自分を指差した。

「私がか？　まあ、そうする必要があるなら構わないが」

「か、構って下さいっ」

あっさりと引き受けるユーリアスに、さすがのラントちゃんも狼狽《ろうばい》する。ふと私は思いついて聞いてみる。

「スラムにはラントちゃんの何がいるの？　親兄弟とか、恋人とか？」

「そんなんじゃねぇよ。あそこの連中は、行き場のないガキと年寄りばっかだよ。ただ、俺を受け入れてくれた。それだけだ」

つまり、理由は分からないが挫折《ざせつ》して、流れ着いた先で他人の温かさに触れた、と。ぶっきらぼうに言うが、恩を仇《あだ》で返すタイプではないらしい。

「ラントちゃんの住んでいる所って、どこら辺にあるの？」

「なんでだよ」

「いいよ、答えなくても。調べれば分かることだから。乱暴になるかもしれないけど」

「……この近くだよ。地上への出口は森の中だけど、スラムは森から、ちょっと外れた所の下だ。さっきの地上の村よりもっと北にある」

「ふぅん」

じゃあ、間違いなくランネル王国内だ。都合のいいことに、うちの領地の方だな。

「テルゼ、交易をするのはいいけど、今の地下の拠点は人間の住むところと近いの？」

「近くはないなぁ」

「なるほど。じゃあ、近い所に新しく作らないの？」

テルゼはユーリアスを見る。彼は悲しげに首を横に振り、テルゼは分かっているとばかりに頷《うなず》く。

「地上にとって便利な所に穴を掘って拠点を作っても、それを知らない人間に穴を塞がれるからなぁ。それにここら辺は勝手に作られた穴が多くって、調査にかなり時間がかかると思う。穴を掘るにも色々決まりがあるんだよ。正規に穴を掘ってから、真下に違法な穴があって崩れましたって馬鹿みたいだろ。調査するにもそれ用の穴を掘らないといけないし、崩れるかもしれない、治安も悪いじゃ、リスクが高すぎて専門家が嫌がるんだよなぁ」

なるほど。新しく穴を開けるのは難しいと。

「じゃあ、ラントちゃん、そのスラムの代表として地上に来ない？」

「は？」

これは全員の声が同時だった。私は周りの連中を見回した。そんなに意外か？

「つまり、今ある便利な場所を拠点に作り替えればいいんですよ。あんまり人里に近くても人間が怯《おび》えますし、うちの方面にある森の中なら、けっこう都合がいいんです」

「あ、そっか」

テルゼが理解してくれた。

「確かに状況の分からない所に新しく穴を掘るより、今ある物を利用した方が手っ取り早いな。でも治安が……いや、どのみち解決しないと……」

テルゼがぶつぶつと呟《つぶや》き、口元に手を当てる。

「そして交易が目的なら、まずは住人と住人が交流する必要があります。ラントちゃんみたいに抱きしめたいほど可愛い子に『ぼく、ラントちゃん、よろしくね☆』みたいなこと言わせれば、女性受けは抜群《ばつぐん》かと」

「言えるかっ」

ラントちゃんが嫌がる。嫌がる様子まで可愛らしくて、身体がうずうずしてしまう。なんて乙女心をくすぐる子なんだろうか。

「一番大変なのは、人間に納得させることです。私なら納得しませんね。育ての親、兄弟、全員を殺されたか、連れていかれたんです。そういう人間は珍しくもない。今私のいる孤児院にも、魔物に親を殺された子供は少なくありません。兄弟子のホーンもその一人です」

いきなり納得しろと言うのが無理なのだ。

「だから、地上に出てくるのがいかにならず者であるか、本当の地下の住人は人間と変わらない、いかに善良で知性のある存在かって、理解してもらわなきゃいけないんですよ。ラントちゃんが言うように年寄りと子供が多いなら、交流してもそれほど脅威はないでしょう。現地の子供達にも職を与えられます」

誰しも改善された環境に一度馴染《なじ》んでしまうと、元の生活に戻りたがらない。生活が安定していて、得る物よりも失う物の方が大きいと知れば、そう易々《やすやす》と犯罪には手を染めなくなるだろう。引き込むなら、まず単純なところから攻めて引き込んでしまえばいい。

「綺麗どころに貢ぎ物。どこの国でも、これらが関係を円滑にするでしょう。いきなり美女はなんですから、こういう可愛い子が有効です。ラントちゃんなら、人質もいますし」

人質と聞いて、ラントちゃんがびくんと震える。

「スラムの住人に十分な食料と仕事があれば、ラントちゃんは彼らのまっとうな生活を奪うような恩知らずなことはできないし、単に恥ずかしいぐらいの理由で逆らったりしないでしょう？」

「う……」

そこまでして逆らうほど、大人げないウサギには見えない。

「確かに女受けってのは世を動かす大きな要因ではあるけど、この口の悪さは……」

テルゼが腕を組んで難しそうな顔をする。

「別に他の子でもいいけど。これだけ可愛くて度胸もあって身を守れて、裏切れない理由のある草食動物がいるなら」

私から見れば、欲しい条件が全部揃っているのだ。何より私が心揺れ動くほど可愛いのだ。

「それに、言葉遣いなんて洗脳しちゃえば、ちょちょいのちょい」

ラントちゃんが後ずさりする。

「冗談冗談。ちゃんと身体に叩き込んであげるよ。物分かりの悪い子も、私にかかれば一日で従順な犬になるから」

「それはそれで怖いだろうがっ」

「そんなことないよ。可愛い子にはうんと優しくするよ」

私も女の子だ。巨大ぬいぐるみもどきは素直に可愛いと思う。

「ルゼちゃんが気に入ったんなら仕方ないな。恩人達を皆殺しにされたくなかったら、ルゼちゃんによく仕えるんだぞ」

テルゼが笑みを浮かべてラントちゃんの肩に手を置くと、ラントちゃんはさらに動揺する。

「そんなに脅《おど》したら可哀想《かわいそう》だよ。普通に説得すればいいのに」

ゼクセンが動物虐待を見て、慈悲深い言葉をかけた。

「しゃあない。じゃあ、お前、ヘイカーさんに憧れているんだろう。彼女についていれば会えるぞ。ヘイカーさんはノイリが誰かと会う時は、絶対についているからな」

「へ、ヘイカー様には憧れてるけどな、俺みたいなはぐれ者が会ってどうするんだよ」

「お前らが住んでるのは、だいたい四区《しく》と五区《ごく》の境目だろ。俺達が人間と商売するようになったら、地上付近に町がいるんだよ。四区は金がないから、金を出せ整備しろっていうのはキツイけど、五区なら出せるんだ」

ローレン兄はお金がないのか。だからあんな悲しげに首を振ったのか。美少年な王様だけど、金はない。これで金持ちだったら、ギル様並の嫌味《いやみ》な男になってしまうので、それでいい気がした。

「ヘイカーさんが仕える五区王《ごくおう》のエンダーさんは区王の中でも一、二を争う金持ちだ。そしてエンダーさんはノイリに激甘だ。んでもって、ノイリはお前みたいな可愛い獣族《じゅうぞく》が大好きだ。お前は獣族の中でも特に可愛い。お前ならイケる！　誘惑しろ」

「俺は間男《まおとこ》か」

「マルタを超えるには、それぐらいの気持ちじゃないと無理だ」

「誰だよそれは」

「可愛いネズミのメイドおばさんだ」

何それ。想像してみたらめちゃくちゃ可愛いんだけど。ノイリが気に入るぐらいだから、私の想像とそれほどかけ離れていないだろう。

「それは大変ですね。こうなったら、可愛いお洋服を作って、耳にリボンして」

「待て。なんで男の俺がリボン!?」

「やっぱりフリルは必要ですよね。ノイリ、そういうの好きそうですから」

「俺は男だっ」

「言葉遣いと仕草は私の操り人形にすれば完璧だからいいとして」

「くそ、ひとを何だと思ってやがる」

楽しみだなぁ。じたばた動くのが可愛いなぁ。

「お前、騒げば騒ぐほどこいつは喜ぶぞ。男が嫌がることをするのが趣味だからな」

ギル様が、ラントちゃんに人聞きの悪いことを吹き込んだ。

「そんな、ギル様じゃあるまいし。私は可愛い動物を苛《いじ》めて楽しむ趣味などありません。可愛がっているんです」

可愛いから着飾ってもらいたい。少し困った顔も、何もかも、このウサギさんは全てが可愛い。

「お前はついさっきまで死にそうにしてたくせに、ずいぶんと元気だな」

両手を繋ぎ続けてくれているギル様が胡散臭《うさんくさ》そうに言う。それでも手は離さない。よっぽど信用がないらしい。

「魔力が空じゃなければ元気ですから」

「お前は、身体が弱いわけじゃないのか?」

ギル様は私をまじまじと見て言う。

「丈夫な方ではないですが、まだ余命宣告はされたことがありません」

あまり長生きできないとは思う。身体も強くないし、無茶な力の使い方もしてる。でも二十歳前に死ぬようなことはない。そう思っていると、ギル様が片手を離して私の頬をつねり上げる。

「お前はっ」

「痛い。女の子に乱暴するなんてひどいっ」

冗談で言ったのに、ギル様はあわてて手を離す。前ならもっと引っ張ってきたのに……

「後は、首謀者の割り出しだな」

ネイドさんの言葉が、少し落ち込んでいた私の思考を遮《さえぎ》った。

「そうだな。ラント、お前は知らないのか」

「俺達に命令する奴なら知ってるけど、それも下《した》っ端《ぱ》だ。上の方なんて、突き詰めていけばコアトロだろ。んなことは誰だって知ってる。でも証拠がないからあんたらも放っておいているんだろ」

テルゼが頭を掻く。どこも似たようなものである。が、それでは困るのがギル様だ。

火矢《ひや》の会の目的を達することができない。

「少なくとも、地上の奴とつるんでた奴のところまでは何としてでも調べてほしい。そうしないと僕達も身動きがとれない。魔物が人間によって手引きされていた、というのがこちらの前提だ。その証拠を入手できないなら、父の説得は不可能だ」

「分かってるよ。それだけは何とかするように手配している。逃げた奴もほとんど捕えた。ああいう奴らは、普通に拷問《ごうもん》して脅《おど》せば吐いてくれる」

テルゼはちらりとラントちゃんを見て言う。

ああ、そういえば、ノイリが見つかったんなら、うちの地下にいるあの竜族《りゅうぞく》どうしよう。残飯食べさせてるから、お金はかかっていないけど、残飯だって肥料にすることができるから、タダというわけではない。

「ああ、でも、今の私は大概のことが許せてしまいそうです」

ノイリが生きているなら、あんな竜族どうでもいいし、何を言われても大丈夫。ノイリが生きて、幸せなんだから。

「現金な奴だな」

「順風満帆ですから」

「馬鹿か。これからが大変なんだろう」

「そうですね」

ギル様は大変だろう。犯人見つけて、処分しても、一番大変な交渉と宣伝が待っている。

「ギル様とラントちゃんってあんまり似合わないところが困りものですね。ギル様ってマスコット連れてるキャラじゃないし」

「何故僕がそれに似合わなければならない。お前が抱いてればいいだろ。僕よりは違和感がない。お前は女のあしらい方も上手いしな」

私の頬が引きつる。

「ゼクセンじゃなくて私ですか？　てっきり騎士はクビかと思ってましたけど」

「当たり前だ。女を男の中に置いておけるか」

じゃあどうするつもりだ、この人。この言い方だと、女として連れていくつもりに聞こえる。女としてついてったら、いくら何でも怪しまれる。それに、私にできるのは騎士以外ではせいぜい裏方である。邪魔な奴を暗殺しろと言うならしてやるし、むしろ私の方こそ、バルデスを暗殺したいと思っていたのに、何故女としてついていかねばならない。理解できない。

「るーちゃん、これ。近い内に渡さなきゃって思ってたんだけど、いつ渡していいのか悩んでて、少し遅くなったけど……」

ゼクセンが私に手紙を手渡した。差出人は、アーレル・デュサ・オブゼーク。つまり領主様からゼクセンに当てられた手紙らしい。私は几帳面《きちょうめん》な字で書かれた、読みやすい手紙を斜め読みして……

「はぁっ!?」

私がルーフェス様の双子の妹とか大嘘が書いてある。

「領主様は何を考えてこんな無茶なデタラメを」

「そんな、嘘と決めつけちゃダメだよ！」

「じゃあ何か。初めてノイリに会った時、いくつか聞かれて『三つぅ』とか言えて褒められたという美しい思い出を否定するのか？」

いくら何でもそこまで記憶が曖昧《あいまい》なはずないだろ。

「いや、ほら、それぐらいの年頃は、記憶力にも個人差があるし。何歳の時でも、美しい思い出は美しい思い出だよ！」

確かに誰に何と言われようが、私の美しい思い出が汚されることはない。が、そういう問題ではない。

「双子ってことにすれば私の存在は世間的に認められるかもしれないけど、でも、私が双子として近くにいたら私の顔をみんなに忘れてもらえないから、ルーフェス様は治っても表に出てこられないじゃないか。ゼクセンはその意味が分かってるの？」

私さえ姿を消せば、少なくとも十年後ルーフェス様を見て、騎士をしていた『ルーフェス』ではないと言い切れる人はいないだろう。だが、私がそばにいれば、見比べられて私こそがあの『ルーフェス』だとバレるかもしれない。

「問題ない」

私の心配をあっさり否定してくれたのはギル様だった。

「女はあまりでかくもごつくもならないから、意外と子供の頃の面影を残して成長するが、男は変わる」

「十八になってまだうり二つの双子の妹を持つ人が言っても説得力ありません。あ、もう十九歳でしたっけ？」

その瞬間、テルゼが身を乗り出した。

「うり二つの双子!?　マジでっ!?」

「顔半分は火傷《やけど》の痕《あと》で、見られたものではない女だ」

「なっ!?　もったいない！　なんてもったいないことをっ！　人間は火傷の治療ができないのか!?」

「できてもしないんだよ。あいつは自分の顔が嫌いだからな」

「んんー、でもやっぱ、顔半分だけでも楽しみだなぁ。この顔で女なんて」

テルゼもやっぱり美人の方がいいんだ。私なんて珍しいだけだもんね。美人じゃないし、巨乳《きょにゅう》でもないし。

「そんなことよりも、ルー、将来どうこうというのは気にするな。お前にはいてもらわなきゃ困る。交渉の件も火矢《ひや》の会の件もここまで話がでかくなった以上、お前みたいに事情を知っていて使える奴がいないとな。それには貴族の娘という方が都合がいい」

「でも……」

「何より、うちの妹を悲しませておいて、そのまま逃げる気か？　あいつが僕に寄こした手紙には、お前の安否を尋《たず》ねる内容しかなかったぐらいだぞ」

「うう……それを言われると心苦しいです」

本当に心苦しい。あの人にだけは心から悪いと思ってる。

「グラにだけは謝れ。あとは傀儡術《かいらいじゅつ》のことは伏せて、ラントを抱いて天然のふりでもしてろ。聖女《せいじょ》の付き人として育てられて、俗世を知らないとでもしておけば皆油断する。顔の印象は化粧と言動でどうにか誤魔化《ごまか》せばいい」

うう、四六時中そういうのって、疲れそうなんだけど。でもそうまでして使ってもらえるのは、少し嬉しい。

「その前に、お前の父親に会いに行かなければな」

「父親って……ギル様的には身元を偽るのはアリなんですか？」

「女に男と偽られるよりはアリだ。だいたいお前、双子だということを少しは信じたりしないのか？　文書にして出すなんて、よっぽどの覚悟だぞ」

私は首をひねる。ここは素直に言っておいた方が、後々もっと大切な秘密を持った時に、騙《だま》しやすそうだ。

「だって、年齢が違うんですもん」

「年齢？」

「私ぐらいの年齢で二つも三つも歳を誤魔化すって無理ですよ。他人はともかく、私自身の記憶は誤魔化せません」

「お前、やっぱり年齢までデタラメか。こんなにできる十六歳なんて」

「違います。十三です」

「は？」

「十六歳なんて、そんな年齢で、男で通るはずないじゃないですか。そうだったら私は泣きます。私はこれから成長するんです」

そう、これから成長するのだ。だからルーフェス様の双子の妹だったらすごく困るのだ。

なのにギル様はショックを受けたような顔をして、つないでいた手を完全に離した。

「ほんっと失礼ですね。ただ、ちょっと同年代の子よりも縦に伸びてるだけじゃないですか」

「じゃあ何か、ゼクセンは年下の女に身長で負けていると」

それは禁句です。

案の定、ゼクセンの表情が強張《こわば》った。ついでにヘルちゃんも。だから訴えてやった。

「ギル様ひどいっ！　女の子の方が成長が早いだけで、男はここからが勝負なんですっ！　ゼクセンだって、ずいぶんと背が伸びて身長差が縮まってるんですよ」

「そ、そうだぞ。これからだ！」

ゼクセンのことを言っているのに、ヘルちゃんが拳《こぶし》を握り締めて主張した。二人ともこんなに可愛いのに、やっぱり身長は気になるのか。私的には一生そのぐらいでいいと思うけど、本人達にとっては重大な悩みらしい。

「お前、女として成長してたらどうするつもりだったんだ？」

「だから食べないようにしてたんです。元々食が細いのは本当ですけど。それに、最長でも二年の予定だったから」

予想外に早く終わってしまったけど。けっこう楽しかったのに、それだけは残念。

夜が明けるというので、女達を連れて地上に出た。

魔物達に親切にされた彼女達は、魔物に対する偏見も少しは薄れただろう。魔物達は彼女らの相手をしながら、魔物というのは悪い連中ばかりではないことを説明してくれたらしい。そのあたりは、抜かりない人選だったようだ。彼女達は後々、大切な証人ともなる。

「盗賊がしたこととはいえ、恐ろしい目に遭《あ》わせてすまない。だが、地下に誘拐されたことはともかくとして、私達のことは話さない方がいい。今回のことを手引きしたのは人間だ。もしも余計なことを知っていると知られたら、狙《ねら》われるかもしれない」

ユーリアスは人間の女達に謝罪し、口止めをしている。目つきは悪くて怖いが、顔立ちは美少年だ。美少年王に謝罪されて、悪い気はしないだろう。

「それまで、その人間達に守ってもらうといい。私の配下の者もしばらく地上にいる予定だ」

「はい。本当にお世話になりました」

リンゼ先生は頭を下げると、獣族《じゅうぞく》との別れを惜しむレネットちゃんの頭を撫でた。その様子を見て、小型の獣族は子供心をガッチリと掴《つか》むことができると改めて確信を持てた。

「もう会えないのかな?」

「地上でも地下でも、悪い奴がいなくなれば、また会えるようになるよ。地下でも、悪い奴をやっつけるのは難しいことだけれどね。でもきっと、君が大人になる頃には、会えるようになるんじゃないかな」

そう言って、可愛い三毛猫さんは手を振る。

この子も可愛い。連れ帰りたい。お持ち帰りして猫じゃらしで構い倒したい。

「ルー、お前が物欲しそうに見てどうする」

「だってぇ、ラントちゃんもまだお持ち帰りできないじゃないですか」

私は少なくとも、今回のことが終わるまでは騎士としてギル様のもとに残ることになった。ギル様は一旦実家に戻っていろと言うが、万が一のことがあったら困る。私に万が一のことがあったらどうすると言われたが、今までどうも無かったので説得力がない。ゼクセンやネイドさんが私に何かするわけもないし、反対しているのはギル様一人なので、問題なく話は進んだ。なので私がラントちゃんを抱きかかえる日は、まだ少しだけ先である。

「ラントちゃんをお持ち帰りするの、楽しみだなぁ。ラントちゃんを実家のチビ達に見せたら、絶対に今日の夕飯かって聞きますよ」

ラントちゃんがびくりと震える。可愛いなぁ。

「さて、帰りますか」

そう声をかけるとギル様は深いため息をつき、そしてユーリアスに頭を下げる。

「ユーリアス殿、あとは頼みます」

「そちらもテルゼと弟を頼む。こちらも証拠を掴《つか》んだらすぐに知らせる。上手くいくよう祈っている」

後は運次第。捕まえた連中が吐いた情報次第なのだ。私達にできるのは待つことだけ。

女達にはギル様の身分までは明かしていないが、さる高貴なお方で、魔物達の不審な動きを察知して調べに来たのだと説明した。ところが魔物側も似たような調査をしていたため、偶然出会い、偶然協力し合うに至ったと。嘘偽りはない。出会ったのも偶然、協力することになったのも偶然だ。ただ、襲われると確信していたことは内緒。魔物の動きと、商人の動きと、立地的に何かある可能性が高いから、という理由から双方があそこに集まっただけ、ということにしている。

人間なんてものは『身分が高そうな美男子が、不正を暴くために暗躍していた』なんて非日常が大好きだ。大好物だ。だからしばらくの間は口を閉じているだろうが、身の安全が確保されれば、その口を止めることは難しい。事が終われば、尾ヒレ背ビレつけてしゃべりまくってくれるだろう。

この地から、少しでも魔物に対する偏見が薄れるのなら、私もいくらでも噂《うわさ》をばらまこう。噂とは、地味だがとても強い力を持つものである。

ベンケル村に帰ってきた時、口裏合わせをした通りに、誘拐されたけど地下の入り口近くにいたから助け出された、と周りに説明した。

私が村の外で殺した魔物達は、闇族《あんぞく》が片付けてくれたらしくて、血の跡とかはあるけれど、死骸は見あたらなかった。村の周りの農地には魔物の血とか染みこんでしまっているので、あんまりいい気分はしないだろうが、我慢してもらうしかない。

レネットちゃんは心配のあまり憔悴《しょうすい》した両親に抱きしめられ、目を白黒させている。彼女に誘拐された自覚がないのが幸《さいわ》いだ。

私はほとんど寝ていたので身体の方はそんなに疲れていない。今は私よりもギル様とゼクセンの方が目に見えて疲労がひどいので、先に風呂に入らせた。ギル様が女である私を後に入らせることに反対したが、ネイドさんが、私の使ったお湯に入りたいのかこのむっつりスケベ、と茶化《ちゃか》したので、先に入ってくれた。

私はギル様が寝たのを確認すると、風呂に入ってから、怪我人の治療に回った。けっこう休んだし、水も飲んだし、まあ何とかなった。魔力を使い果たして気絶したのも、地下で一度も接触したことのない魔物を操っていたからだ。自分の身体ならあそこまでなるほど魔力を使うようなことはない。

それに治療といっても、魔術を使うばかりではない。応急手当にしても手が足りていないから、都にいた頃に救護係をしていた私は、魔術を使うまでもなく役に立った。

「ルーフェス様は若くてお強いのに、治療までできるなんて、本当にすごいエリートなんですね」

「エリートだなんて。私はまだ見習いですよ。騎士になって一年未満ですから」

治療を手伝ってくれているリンゼ先生は、何か大きな勘違いをして私を感心したように見ている。ギル様が身分の高い方だと知ったから、余計に誤解が大きくなっている。

「一人であれだけの魔物を相手にするなんて、こんな将来有望な騎士様がいてくれてラッキーだったな」

怪我をしたおっちゃんがガハガハ笑って言った。魔物から商品を守らんと立ち向かって、腕を傷つけられたのだ。私がいたからいいものの、いなかったら腕が動かなくなってもおかしくないほどの大怪我だった。

村の被害は普通に考えると驚異的に少なかったが、それでも傭兵《ようへい》が二人死に、怪我人も多数出ているので笑い事ではない。幸いにも魔物達は逃げる人間を無闇に殺すようなことはせず、向かっていった人間を蹴飛《けと》ばすぐらいだったらしい。装備を調《ととの》えたまま寝ていた戦闘員が予想に反して多くいたため、彼らから身を守る盾《たて》にするつもりだったのかもしれないが、それにしても非戦闘員である村人に死者が出なかったのは良かった。

「右手の出血は仮止めをしただけですから、絶対安静です。可能な限り、少なくとも一週間は食事も左手でして下さい。重い物を持ったりしたら、腕が動かなくなるかもしれませんよ。分かったらさっさと帰って休んで下さい」

包帯をぐるぐる巻きにして、自分が怪我人であるという意識を植え付けたので、たぶん無茶はしないだろう。おっちゃんはちょっとビビリつつ、仮の診療室を出ていく。

「ルーフェス様、大丈夫ですか？　顔色が悪いわ。もう命に関わるような怪我人はいませんから、どうか休んで下さい」

先生が心配して、水の入ったグラスを差し出した。それを受け取って飲み干すと、さすがの私も疲労を自覚して目を伏せる。

「んー、そうさせてもらおうかな」

やっぱり疲れているようだ。また倒れたらギル様に怒られそうだから、そろそろ休まないとまずい。

「他の女の人達は？」

「休んでもらっています。太陽の下に出て気が抜けたようで、よく眠っていましたよ」

「それは良かった。本当はラグロアで一度ちゃんとした医者に診《み》てもらいたいけど、今はあっちの方が危ないから」

「それは彼女達も分かっていると思います。それにしてもまさか、わざと結界を張らせないなんて……」

「それに気付かなかったのは私達の落ち度です。そこまで深く考えていませんでした」

「そんな。ルーフェス様は悪くありません。それに、そのおかげで先に捕まって牢屋《ろうや》に入っていた子達が助かったんです。私達が捕まらなければ、あの子達はそのまま奴隷《どれい》になっていたでしょうから、良いことがなかったわけではありません」

先生は、本当にいい先生だな。私があの時ギル様を最優先にしていたことを知っているのに。

私は外に出て、自分の部屋に向かう。途中、テルゼが親しくなった商人達と話をしているのを見かけた。自分が見込んだ何人かを情報収集のために引き込むと言っていたが、行動が早い。

「お、ルーちゃん終わったのか？　顔色悪いぞ。ギルに気付かれる前に休めよ」

「はい。今から休もうかなと」

テルゼが苦笑いして商人と一緒に私を見る。何を話していたんだろう。

「しかし、鬼神のごとき強さとは、あなたのことを言うのでしょうな。それが厳《いか》つい大男ではなく、このように線の細い少年とは。さすがは……」

商人は言葉を切った。テルゼはどんな説明の仕方をしたのだか。

「ルーちゃん、お休み」

「お休みなさい」

私は手を振って、再び部屋に向かって歩き出す。

ギル様はまたゼクセンと一緒の部屋であることにも文句を言ったが、半年以上何もない二人なので、今更すぎると私が却下《きゃっか》した。ラグロアに戻ったら、今度は四人部屋になる。その時、ギル様がまたどんな文句を言うかと考えると、少し憂鬱《ゆううつ》だ。

こんなガキを女扱いして、ギル様は大げさなのだ。

第八話　我が家（仮）への帰宅

地下に行ってから一週間。

別の言い方をすると、ギル様の誘拐事件から一週間、ノイリの生存と妊娠発覚から一週間。

そして一日に数度、やり場のない殺意が湧き上がってくるようになってから一週間。

私達は無事、地下と地上の内通者を捕縛《ほばく》し、そこから芋づる式にラグロア騎士隊の副隊長が黒幕であることを突き止めた。そこからさらに幹部である紫杯《しはい》の騎士団の偉い人が捕まる予定。マリーちゃんを苛《いじ》めてくれた魔術師も一味だったらしく、捕まるらしい。

悪事に無関係で、出世を狙《ねら》っていた騎士達にとっては、上の地位が空きまくるのできっと拍手喝采《はくしゅかっさい》だろうと、ギル様が笑っていた。ちなみに、バルデスについてはやはり今回のことからは突くことはできなかった。孤児院に手引きした過去があるから、表向きは騎士団とは関わらないようにしていたのだろう。

地下の方は地上以上に複雑らしく、一番の黒幕までは引っ張り出せなかったらしい。

せいぜいコアトロの配下らしき魔物が、ギル様の捕まっていたあの界隈に出入りしていた時期があったのが分かっただけで、とても証拠にはならず残念だと、ローレンが言っていた。

そこからさらに一週間が過ぎ、ようやく動くための準備が整った。

今日のギル様は、ここ最近慣れ親しんでしまった下っ端《したっぱ》の出で立ちではなく、本来の制服と階級章をつけて、ダールさんや他の協力者と共に、副騎士隊長の執務室へと押し入った。

ギル様の階級章は他の人のと違って、優秀な魔術騎士であることを表す月があしらわれている。そのため、この階級章を持つ白鎧《はくがい》の騎士は、白月《しらつき》の騎士と呼ばれる。白月の騎士は、多くの物語の中でも活躍し、乙女の憧れの的である。ギル様の場合はあの顔と若さもあるから、インパクトはさらに大きい。

しかもギル様は、久々に眼鏡を外しオールバックもやめた、サディスティック王子様バージョンなので、生き生きとしている。ギル様の目は、まさしく獲物を追い詰めた肉食獣の目だ。

「ギルネスト殿下《でんか》、ご立派です」

火矢《ひや》の会のメンバーの一人が、彼の後ろ姿を見てほろほろと泣き、ダールさんにハンカチを差し出されていた。ここまで感動するのは大げさだと思うが、彼にとっては大事なのだろう。ギル様が少し後ろを気にしたが、何とか堪《こら》えて前髪をかき上げる。格好付けているというより、最近は前髪を上げていたから、いざ復活すると気になるようになったのだと思う。

「罪状《ざいじょう》は読んでの通り。神妙《しんみょう》に縛《ばく》につけ。この件で国王陛下は大変お怒りだ」

罪人達を見下ろし、色気のにじむ綺麗な顔でニヤニヤと笑う。さすがギル様。これぞギル様。

副隊長はギル様が突きつけた逮捕状を見てわなわなと震えた。国王陛下の印があるから、問答無用の逮捕である。陛下がどこまで理解してるか知らないけど、そっちの説得は先に帰した火矢の会のメンバーが、ニース様と姫様にお願いしたらしい。

「抵抗してくれたら面白いのにねぇ」

「るーちゃん……お芝居じゃないんだから。それに、るーちゃんはなんか鬼神とかって有名になっちゃったから、怖くてうかつに抵抗できないよ」

そう。何故かこのか弱い私が鬼神とか呼ばれるようになっていた。あの場にいた商人達からの噂《うわさ》みたいだけど、都会の噂って広がるのが早い！　やっぱり胴体切断は良くないらしい。反省。

「ああ、私のせいで抵抗してくれないなんて、つまんない」

「お前ら、黙ってろ」

振り返ったギル様に睨《にら》まれてしまった。

あれからしばらくは私を女扱いして優しかったが、呆れさせるようなことばかりしたらまた元に戻った。その間はすごく気持ちが悪かった。やっぱりギル様には、変に優しくされるより、罵《ののし》られるぐらいの方が落ち着く。

追い詰められた副騎士団長は、結局無抵抗のまま連れていかれた。

「さて、ここでの仕事は終わったな。ネイド、後は任せたぞ。一番状況を理解しているのはお前だ。頼りにしている」

「はいはい。殿下はこれからしばらくお休みと」

ネイドさんの言葉に私は驚いた。そんなの私は聞いていない。

これから一週間は、私が実家に帰ったり、ノイリと再会する予定の期間じゃないか。しかも、『ルーフェス』としての私は実家に帰ったら病状がさらに悪化したので戻ってこない予定になっている。もちろんギル様と一緒に相談して決めたことである。なのにギル様も休みをとることを教えてくれなかったのは、私がギル様に内緒でテルゼ達と手を組んでいたことに対する報復《ほうふく》だろうか？

「お休みをとって、私についてくるんですか？」

「お前の所に一度は行っておかないと後々ややこしくなるし、体調の悪い友人を一人で帰すほど冷酷ではないぞ」

私はまず実家に帰り、ルーフェス様を地下にお連れする予定なのだ。そしてルーフェス様と一緒に、ノイリと感動の再会を果たすはずだった。

「それに、お前についていけば、必然的にエンダー殿にお会いできる」

「まず先に私が様子見をして、安全を確かめてから来てもらうつもりだったのですが」

「それで相手に僕のことを信用してもらえるか？」

確かに信頼を得たいなら、最初からギル様も一緒に来るのが理想だ。相手にとっても、その方がこちらの心意気が分かりやすいだろう。危ないからダメだと言うほど危険な状況だとは、私自身が思っていない。だから拒否《きょひ》しにくい。

「でもぉ、移動に結構時間かかりませんか？　ギル様が都にいないと陛下との話が進まないんじゃ？」

「移動の時間短縮のためにテルゼが竜を用意してくれている。それに話を進めやすくするためにも、必要なんだ」

地下では騎乗用の竜の繁殖に成功しているらしい。地下なのに飛竜もいるのだ。

地上では竜騎士《りゅうきし》といったら、白月《しらつき》以上に頻繁《ひんぱん》に物語に登場するし、乙女の憧れ。その竜騎士が乗る竜に、王子様で白月の騎士でもあるギル様が乗るのだ。不平等すぎる。少しは下々《しもじも》にも一つぐらい分け与えろ。乙女の憧れを一手に背負っているくせに、なんでそんな性格なんだ。

「というわけで、僕は忙しいからもう行くぞ」

「あとは適当にやっておきますんで、頑張《がんば》って下さいねぇ。応援してますんで」

ネイドさんが楽しげに手を振った。

「別に、僕がそこまで頑張るようなことはないだろう」

「え、愛《いと》しのルゼちゃんを僕に下さいって土下座《どげざ》しに行くんでしょう？」

「そこに何故土下座が出てくる？」

「いくら相手が王族でも、可愛い娘をほいほいくれる親ばかりとは限りませんよ。心底惚れ込んだ相手なんだから誠意を見せないと、誠意を」

ネイドさんは悪のりしてギル様をからかう。ギル様が惚れ込んでいるのは、私の魔術の腕なんだが。

「殿下《でんか》、そのような重要なことを、何故私に隠されていたのですかっ!?　襲撃の件でも詳しいことを私達に内緒で進められ……私達はそれほど頼りになりませんかっ!?」

泣いて感動していたおじさんが一転、血相を変えてギル様に詰め寄った。っていうか、みんなにちゃんと説明してなかったのか、この人。

「うるさいぞ、ボーテン。何を勘違いしているか知らないが、ルーの体調が悪いから、代わりにこいつの妹を借りに行くだけだ。それにこの周辺の村のどこかで襲撃があるというのは教えてやっただろう」

でも襲撃の場所がほぼ確定していることは言わなかったようだ。道理で危険な場所に私達だけ配属されたわけである。きっとこのおじさん達は、関係のない所で警戒していたのだろう。可哀想《かわいそう》に。

「えー、しないんですか、プロポーズ」

「ゼクセン、お前もしつこい」

ネイドさんはともかく、ゼクセンまでギル様をからかうなんて珍しい。そんなに私がプロポーズされるというのが面白いのか。

「ああ、しかし、できることなら自分もついていきたいぐらいですよ」

ダールさんが心底残念そうに言う。ボーテンさんも、他の人達も頷《うなず》いた。

「それはできないが、他の連中にも灯火《ともしび》が見つかったと知らせてやれ」

「灯火？」

「ノイリのことだ。火矢《ひや》の会は、元々ノイリが誘拐されたことがきっかけで作られた同志の会だからな。僕らの灯火を発見したのだから、皆に知らせるのは当然だ」

火矢の会にはおそらく、ノイリの護衛をしていた聖騎士《せいきし》とかが混じってるのだろう。ひょっとしたら、私と会ったことがある人もここに混じってたりするのかな。全然覚えてないや。もうギル様には私が女だとバレてるからいいけど、先にその人達に気付かれていたらアウトだった。

そんな私の様子を見て、ネイドさんがケラケラと笑って言う。

「まあ、何にしてもここが正念場《しょうねんば》です。頑張って口説《くど》いてきて下さい。俺もこっちで頑張ってますから、ゆっくり口説いて下さい」

「下らんことを。ルー、ゼクセン、行くぞ」

「はぁい」

もちろんゼクセンも行く。地下に行ったら、簡単にはルーフェス様と会えなくなるから。最後の別れではない。遠方に行き、また会うための別れをしに行くのだ。

竜の背中に乗るのが、こんなに爽快なことであるとは思わなかった。

自分でいつも飛んでいるけど、竜の羽ばたきの逞《たくま》しさには、ときめきすら感じる。風を切る清々《すがすが》しさを強く感じるし、この不安定さも逆に楽しい。しかも私が乗っている竜は真っ白。おそらく私の趣味に合わせて、テルゼが用意してくれたのだろう。

「地下で飛竜なんて意味があるの？」

「地下は広すぎるから歩いてたら大変だぞ。地下には大きな通路があるから飛べるんだ。それに急ぎの時は地上を飛ぶこともある。テルゼの国なんて大陸の反対側だからな」

とヘルちゃんが私を振り返って言う。私の乗っている竜の手綱《たづな》を握っているのはヘルちゃんだったりする。後ろからぎゅって抱きしめたら悲鳴を上げて可愛かった。そして私の背後にはゼクセンがいる。前後に花である。普通は二人乗りらしいからやや狭いが、乙女的にはおいしい位置だ。ギル様とテルゼは、男二人で狭苦しそうに乗竜《じょうりゅう》しているから、比べてみればまさに天国と地獄。

「最近思うんだけど、地下って私好みの物が多い気がする」

「でも、ラントみたいなのは少ないし、一面のお花畑とかはないぞ。空気こもってるし」

まあねぇ。あんな可愛い子ばかりなら、今のような魔物が人を襲う世の中にはなってなかっただろうし。

「確かに、空気が悪いのはちょっとね……」

換気孔《かんきこう》が必要な環境だ。砦《とりで》で空気を入れ換えた時の苦労を思い出すと、地下の住人の気持ちが少しだけ分かった気がした。

「あ、あそこの町か？」

ヘルちゃんに言われて下を見ると、もうオブゼーク家の屋敷が見えてきた。久しぶりだ。うちの孤児院も見える。その向こう側には花が咲き乱れている。ノイリへの土産《みやげ》に摘んでいこう。

「あのお屋敷だよ」

私はカツラが飛ばないように気を付けながらヘルちゃんに指示を出し、これから相手をしなければならない連中のことを考えた。今日は領主様の娘として帰るので、長い髪のカツラを被っている。このカツラは自分の髪で作ったのだと言うと、これだけ長い髪を切ったのかとギル様が頭を抱《かか》えた。

竜に乗るので服装は今までの『ルーフェス』としての私服を着ている。ギル様には女物を着ろとか言われたけど、昔からこんな感じだと言うとまた変な顔をされた。私に女らしさを期待する方が間違っている。そんな私に貴族の女を演じさせようとは、みんな無謀にも程がある。

お屋敷の庭に着地すると、使用人達が驚いてわらわらと出てきた。

「ラント、起きろ」

テルゼがラントちゃんの入った袋を蹴《け》った。ラントちゃんは荷物扱いされて、袋に詰められていたのだ。まあラントちゃんなのだから別にいいだろう。

「お帰りなさいませ。長旅、ご苦労様でした。お荷物を」

使用人の男に荷物を渡し、手ぶらになる。ひどい扱いを受けたせいか、ぼーっと立っていたラントちゃんは、ぬいぐるみと勘違いされて持ち上げられそうになった。ようやく意識をはっきり取り戻し抵抗すると、使用人が驚いて謝罪する。

屋敷内は新緑を思わせるほのかな香りに満ちている。廊下を歩いているだけで清々《すがすが》しい気分だ。地下では空間に匂いをつける習慣がないらしく、ラントちゃんは鼻をひくひくさせて珍しがった。

「お嬢様はどうぞこちらへ」

執事さんが足を止めて、部屋を示す。

はて、お嬢様？

「……あれ、私のこと？」

「もちろんでございます、お嬢様」

領主様は使用人にどこまで話をしたんだろうか。私が「お嬢様」とは、茶番《ちゃばん》もいいところだ。

「最近、自分が女だってこと、つい忘れちゃうんですよねぇ」

「それは忘れるなっ」

ギル様に叱《しか》られ後ろ頭を掻いていると、目の前にある部屋のドアが開き、メイドさんが頭を下げる。手を引かれて中に入ると、他のみんなが入っていないのにドアが閉められて驚いた。

部屋にはメイドさん三人と、並べられた女物の服。

「あの？」

「お帰りなさいませ、お嬢様。お召し物をご用意しております」

「まあ、どうしましょう。お嬢様、出ていかれる前よりも背が高くなられていますわ。このドレスで丈《たけ》が合うかしら？」

「大きめの物も用意されているはずよ。お嬢様、こちらなどいかがでしょう」

私は困惑したまま、手を引かれ、鏡の前に立たされた。

『ルーフェス』としての私服だから、別に汚い格好じゃないのに、何故女装させられるんだろう。貴族の考えることってよく分からない。同じくらい、服のこともよく分からない。私が貴族らしいドレスを着たのは、ギル様に連れていかれた夜会で女装した時のあの一回だけ。あの時のドレスに比べればはるかに大人しいデザインのワンピースだが、素材はシルクだ。

「お、お任せします」

変な風にはされないだろうけど、こういうのって真剣になってやられるの、苦手かもしれない。

夏なので、爽《さわ》やかなすみれ色の五分袖のワンピース。スカート部分は薄布を重ねたようになっていて、とても贅沢で可愛らしい。カツラもしっかりと付け直され、それから髪を結ってもらった。背が高くてもおかしくない、私のために用意された装いだ。

支度ができると、メイドさんに案内されて、完全お嬢様装備の私はしずしずと歩く。こういう立ち振る舞いだけは、それっぽく演じられる。お人形遊びにしても、歩き方は基本だ。まさか人形遊びが人生においてこんなに役に立つとは思わなかった。幼い頃は人形の身体を完璧に動かすことにのみ固執《こしつ》していたし。

「旦那様、お嬢様をお連れいたしました」

「入れ」

ドアが開けられ、私は部屋の中に足を踏み入れる。室内には私の友人達と、オブゼーク家の人々がそろっている。

見られている。こんな仮装をマジでしているなんて恥ずかしい。前回は一度きりのことだと思っていたし、遊び半分だったから平気だったけど、これからはこれがずっと続くのか？　浮き足立つ気持ちよりも、不安の方が大きい。

「久しいな、私の可愛いルゼ。しばらく見ぬ間にずいぶんと綺麗になったね」

領主様であり、私の父でもあるというアーレル・デュサ・オブゼークに微笑みを向けられた。この人が、私を『娘』にした張本人。まるで本物の娘に向けるかのような笑みに、さすがは腹黒と感心させられてしまう。ルーフェス様は父親似だ。たぶん性格も。私も彼らと身体的特徴が近いので、一緒にいればお父様にそっくりね、と言われそうだ。私とルーフェス様の性格が似ているなら、私とこの『父』の性格も似てるだろう。

「るーちゃん、すごく似合ってる」

真っ先に褒めてくれたのはゼクセンだった。彼の隣には、ゼクセンを大人の女性にした感じのものすごい美女が座って頷《うなず》いている。ゼクセンの姉であるエノーラさんだ。ルーフェス様の妹、エフィ様と『母』――オブゼーク夫人もいる。

「さあ、ルゼ、ルーフェスの隣に座りなさい」

「は……はい」

領主様に言われて、ルーフェス様を見る。領主様を父親だと思うのは無理だ。人前で

父と呼ぶのは構わないが、心の中ではいつまでも領主様でしかない。

それにしても、視界を借りることはあっても、ルーフェス様の姿を見るのは久しぶり。予想はしていたが、また痩《や》せられた。私が出ていく前はほとんど自分の足で歩いていたけど、今は距離があれば車椅子を使うらしい。兄妹として通るほど、私達は髪や瞳の色が似ている。顔の形もそう遠くない。遠くないが、やはり双子とは言い張れても、同じ顔には見えない。先のこととはいえ、入れ替わりは本当に上手くいくだろうか？

「お帰り、ルゼ。大変だったね」

ルーフェス様が笑みを浮かべる。見送ってくれた時よりも弱っているが、明るくなったように見える。私にとってノイリは崇拝《すうはい》と憧憬《どうけい》の対象だが、彼にとってはそれに『命』が付け加えられる。だからノイリが無事に生きていると知った今、明るくなって当然。明るくなってくれて良かった。

「ただいま戻りました」

「座って」

「はい」

私はルーフェス様の隣に腰掛ける。

いつも傀儡術《かいらいじゅつ》を通して会話をしているから、特に懐かしいとは感じない。今朝も今から帰りますと報告を入れたし、ついさっきも「もうすぐ到着します」と伝えた。遠いようでいて一番近い存在なのだ。『兄』というのがこの人でなければ、こんな茶番《ちゃばん》、私は暴れていたかもしれない。

私は次に、領主様に近い席に座るギル様に笑みを向けた。彼はじっと私を見つめてくる。女装した『ルーフェス』ではなく、女としてここにいる私を、不思議そうな目で見ているのだ。

「あの……その……」

私は戸惑い、アーレル・オブゼークをちらりと見た。ギル様に私のことを何も話していないわけがない。私が娘というのは嘘か誠か。

しかしギル様はこう言った。

「お前が何と思おうと、お前はオブゼーク家の娘だ。僕はこれ以上この真偽を追求するつもりはないし、今更その狸《たぬき》の腹を暴くつもりもない。だから安心してルゼ・オブゼークになれば良い。娘だと言い切ればそれが真実になる。貴族にはよくあることだ」

「さすがは殿下《でんか》、ご聡明《そうめい》でいらっしゃる。娘も殿下のような素晴らしい方と出会えて幸せでしょう」

ギル様に賛同する、腹黒い『父』を見て、私はため息をついた。どうやら覚悟を決めなくてはいけないようだ。

私は立ち上がって、スカートの裾をつまみ、片足を曲げてお辞儀する。

「こう言うのも何ですが……初めまして、ルゼ・オブゼークと申します」

私の仕草のモデルは、以前一度だけこの町に来た歌手だ。彼女は美しく、華やかで、しかも自分の容姿以上の魅力を仕草や表情で引き出していた。それをモデルにしているのだから私の仕草は決して見苦しくはないはずだ。

「…………そうしてると、本当に女の子だな」

ギル様の視線が、私の頭から足先までを往復した。気恥ずかしくて、顔を逸《そ》らして腰掛けながら言う。

「ええ、もう頭が重くって！」

「元は地毛だったんだろう」

「一年近くなかったので、今は重く感じます」

髪には飾りが色々刺さってるし、実際に重くなっているはず。

「ギル様、それだけですか？」

苦笑いしているギル様に、隣にいたゼクセンが食い付いた。

「るーちゃん……ルゼちゃんが、ギル様のためにこんな綺麗に着飾ってきたのに」

「何故僕のためなんだ」

　ギル様はゼクセンの頬をつねって引っ張る。ギル様の気持ちはよく分かるので、もっとやれと応援した。

「何をおっしゃるんですか。ルゼを着替えさせたのはギル様のためです」

　ささやかな暴行を続けるギル様に、ルーフェス様が口を挟んだ。

「身内と会うだけなら着替える必要などありません。うちの妹は可愛い女の子だと、ご覧に入れたい気持ちからです」

　ルーフェス様はそれはもう、いい笑みを浮かべた。ギル様は鼻白《はなじら》み、ゼクセンの頬を解放する。

「ルゼちゃん、本当にすごく似合ってるよ。ギル様だってそう思ってるよ、きっと」

　力説するゼクセンに隣のエフィ様が続く。

「私のお姉様ですもの、当然よ。それにドレスはエノーラお義姉《ねえ》様が用意して下さったものですもの。似合わないはずがないわ」

　彼女は、ラントちゃんを膝に乗せて抱《かか》えている。可愛いゼクセンに、可愛いエフィ様に、可愛いラントちゃん。その他大勢がいなければ、私はここが夢の世界だと勘違いするところだった。

我に返り、目の前の現実にため息をつく私の手を、ルーフェス様が優しく握った。

「ルゼ、ごめんね、いきなりこんなことになって。驚いただろ?」

驚く以上に呆れています。私を身内にするなんて、誰が考えたのやら。

「でもね、家族の全員一致で、こうすることに決めたんだよ」

「全員で……」

きっと家族会議があったんだと思う。

「ルゼは突然家族だなんて言われても戸惑うだろうけど」

「少し……」

本当は少しどころではない戸惑いだ。私を身内にしておく利点は理解できる。ルーフェス様と一緒に地下に行くよりも、有意義に動けるようになるのは確かだ。ギル様がここまでついてくるぐらいなのだから間違いない。

でも、この私が貴族だなんて……

貴族だ。支配者階級。特権階級。ドレスなんて着せられて、縮こまって大人しくなっている。

ああ、こんな私の何と滑稽なことか。ああ、似合わない。これっぽっちも似合わない。

しかし似合わないから嫌だと言える雰囲気ではない。

「ルゼが着替えている間に、君のことを色々と伺《うかが》っていたんだよ。ルゼ本人から報告を聞くと、君自身によって君が過小評価されるからね。直接ギル様とお話ができて良かったよ」

ルーフェス様は笑みを浮かべ、突然こほこほと咳《せ》き込んだ。あまり体調がよろしくないらしい。

「ルーフェス様、横になられていた方が」

私はルーフェス様の背をさすりながら言う。

「いいんだ。少しぐらい無理をしてでも、ここにいたいんだ」

これから地下に行くのだから、その気持ちは理解できる。最悪の場合、家族一緒にいられるのもこれが最後になるかもしれない。家族にとっても、最期《さいご》を看取ることができないかもしれない。これは大きな賭《かけ》なのだ。

「それよりもルゼ、僕のことを兄とは呼んでもらえないのかな？」

「る、ルーフェス様までっ」

さすがはさらっと性格の悪いルーフェス様。悪のりしていらっしゃる。

「冗談で言っているわけじゃないよ。自分に向けられる好意を、気恥ずかしさから別の物にすり替えるところが、君の悪い癖《くせ》だ。それとも、君は僕のことは好きじゃない？」

嫌いだったら、こんなことまでしない。もっと手抜きをしている。

「僕は君のことが好きだよ。そうだね、例えるなら、君がノイリを好きなぐらい、僕は君が好きだよ」

ルーフェス様が笑みを浮かべて私の髪に触れる。

「そんな重々しいほどに……」

ギル様、それはどういう意味ですか。ただすごく好きってことでしょう。失礼です。

「でも、るーちゃんはルーフェスにとって、外の世界を見せてくれた人だし、女神のように感じていても仕方がないんじゃないかと」

「ギル、ルゼちゃんを泣かせるなよ。こんなに愛されてる子をもらうんだから、幸せにしてやるんだぞ」

テルゼが調子に乗ってゼクセンに続く。

「その言い方だと、まるで僕がこいつを嫁にでももらうように聞こえるからやめろ」

「もらえばいいだろ。俺にはくれないくせに、飼い殺しにするなんて」

「飼い殺しになんかするか。嫌と言うほどこき使うぞ」

テルゼがいらないことを言うから、ギル様が意地になって怖いことを言っている。

「ギル様、またうちの妹が過労で倒れるようなことだけは、やめて下さいね？」

私の味方はルーフェス様だけか。領主様ご夫妻……『父』と『母』は、ただにこにこ笑って見守っている。全てルーフェス様に任せるつもりなのだろう。

「ルゼは女の子なんだから、これからは肉体労働は他の人に任せておけばいいんだよ。元々、君は後ろに控えていて人を操る方が向いているからね。本当は強いということは隠しておいていいぐらいだ。爪は隠さなきゃ」

まったくもってその通り。今までは戦力になろうと力を存分に見せていたが、本来なら隠しておいた方が有利なのだ。私の傀儡術《かいらいじゅつ》も、糸を使った戦法も、敵が対策を取れば意外と防げてしまう。逆を言えば、対策をしていない相手なら簡単に全滅させられるのだけど。

「でも何よりも、君は君らしく、君の好きなように生きればいい。僕は君の生き方がとても好きだから。でも、もしひどいことをされたら、家のことは気にせずに戻っておいで。みんな君の味方だよ」

「はい」

ルーフェス様の生き方、というのも変だけど、私も彼のあり方がとても好きだ。目を逸《そ》らさずに死を見つめて、よく考えて、心を強く持って生きている。

「そうだルゼ。リゼンダ院長に挨拶に行きたいんだけれど、連れていってくれるかな?」

「おばあちゃんの所に？　分かりました」

「僕がここまで生きていられたのも、彼女の術のおかげだからね」

確かに、私だっておばあちゃん経由でこの仕事をもらったんだった。おばあちゃんは色んな人を、損得抜きで救っている。私にはそこまでできそうにない。だから私は彼女を尊敬している。

「僕も行こう」

「ギル様も？　ボロくて汚い所ですよ？」

「一度見てみたかったんだ」

そっか。みんな大騒ぎするだろうな。

「では私も挨拶に……」

「父さんはいいよ。みんなが無駄に緊張しちゃうから」

ルーフェス様はさらりとひどいことを言う。まあ、領主様が来たら孤児院のみんなは緊張してしまって、私との再会を喜ぼうにも喜べないだろう。

「では殿下《でんか》、馬車を用意させますので少々お待ち下さい」

「ああ」

部屋の片隅に置かれた、ルーフェス様の車椅子をちらりと見て、ギル様は頷《うなず》いた。

馬車から降りた私が使用人達と共にルーフェス様を車椅子に移している間、先に降りた男達は孤児院を見上げていた。

「ほう、ここがこの女を作った魔窟《まくつ》か」

「意外に普通だな。もっと殺伐《さつばつ》として、おどろおどろした雰囲気を想像してたのに」

ギル様とテルゼが勝手なことを言っている。どこの世に、殺伐としておどろおどろした孤児院に喜んで帰ってくる奴がいるんだ。

「何を馬鹿なことを。ここはごく普通の孤児院ですよ。ただ、半分ぐらいの子が何らかの魔術を使えるところがちょっと特殊なだけで」

「それだけでもう異常だ」

ギル様が呆れ半分に言う。まあ、異常なのは確かだ。魔術は金持ちか、魔術師に引き取られるほどの才能がある者でなければ習えない技術だ。こんな孤児院に使い手がごろごろしているのはおかしいと世間は見ている。

「魔術が裕福層だけの技術になっているのは、非効率的な教え方をしているからですよ。必須の教本も高いし、図書館にあっても下手すると閲覧許可が必要だったりするし、見ても初心者には分かりにくいし。でも、世間の人の半分ぐらいは、魔術師になれる程度の魔力があるんですから、魔術ってのは意外と特殊なものじゃないんですよ。教えてくれる人がいないだけです」

どんなに貧しく卑《いや》しい生まれでも、裕福で高貴な連中が血反吐《ちへど》を吐くような努力をしたって届かないほどに頭のいい人もいる。ただ、貧しさが能力の開花に蓋《ふた》をしているだけだ。せめて都会の中流以上の家庭に生まれていればと思わせる、惜しい人材はとても多い。

「院長はたった一人で全ての教育を？」

「まさか。初心者は教え上手の年長者が担当するんです。世の中、学がないといい仕事には就けませんから、読み書き計算も全員できますよ」

「子供同士が教え合うのか。それなら院長一人の負担にはならんな」

私は子供の頃を思い出しながら、ルーフェス様の後ろに回って、車椅子を押そうとした。

「ゼクセン、お姉様に肉体労働をさせてどうするの」

「うん。ルゼちゃん、車椅子は僕が押すよ」

エフィ様に言われて、ゼクセンが車椅子の後ろに回り込んだ。恋人がそばにいて浮かれている彼は、そりゃあもうニコニコとだらしのない笑みを浮かべている。

「ありがとう、ゼクセン」

私はその様子に少しばかり不安を抱《いだ》きながら、ルーフェス様をゼクセンに任せて孤児院を見回す。

古いがしっかりした造りの孤児院に、柵《さく》の向こうに見える花畑。何もかもが懐かしい。

ラントちゃんが花のいい匂いを嗅《か》いで、ちょっとうっとりしている。

「あ、お屋敷の馬車だ。エフィ様がいらっしゃったぞ、ラフラに伝えてこい」

誰かが私達の馬車に気付いて騒ぎ出す。見つかってしまった。面倒くさい。

「いや、なんか知らない人もたくさんいるから、ちょっと待て……ルゼ!?」

遅めの昼食を食べていたみんなが、私達に気付いてわらわらと出てきた。

「あれ……知らない子がたくさんいるような？　あれ、私こんなに顔忘れてた？」

「お姉様、知らない子ばかりで当然ですわ。最近、別の孤児院が閉鎖になったので、引き取ったそうですの。それで手狭になってしまったので、今新しい孤児院を建てようと計画しておりますの」

戸惑う私に、エフィ様が教えてくれた。

知らなかった。たぶん、私が忙しそうだからと遠慮して教えてくれなかったんだろう。あと、ホーンにも教えてないと思う。彼はただでさえ仕送りしすぎているのに、このことを知ったらまた無理して仕送り額を増やすだろうと思われているのだ。

「ルー、どうしたの、綺麗な格好して」

「誰、誰？　この人達誰？」

「うさちゃん！　お土産《みやげ》？　動くよこれ」

子供達は美男子どもやラントちゃんを見てはしゃいでいる。特に騎士二人はいつもよりも華やかな白鎧《はくがい》の正装姿だ。

「エフィ……の婚約者のゼクセンと、王子様のギルネスト殿下《でんか》と獣族《じゅうぞく》のラントちゃんと魔族《まぞく》のテルゼとヘルド」

エフィ様を様付けしそうになった。だめだな、私は。演じるとなったからには、演じきらないと。

「は？　お？」

「王子様のギル様」

「えと……王子様っぽい人？」

「王子様」

「……」

「本物の王子様」

狭《せば》まっていた人の輪が、じりじりと広がっていった。さすがにみんな分別があるらしい。

「あんた、人の心は支配できないって嘘だったの⁉」

「失礼にも程があるな」

どういう意味だ。私ぐらい優秀な人間なら、心を操らずに王族と知り合ってもそこまでおかしくないだろ。

「ど、どうやってたぶらかしたの、色気ゼロのくせにっ」

「人と知り合うのに色気は関係ないでしょ。私はおばあちゃんに用があるの。なんかお話を聞きたいらしいから、誰か私がキレる前に呼んできて。暇な奴はさっさと仕事に戻って。あと、誰か道具屋のミラーじいちゃんも呼んできて。分かったらさっさと行動！」

昔のように命令すると、蜘蛛《くも》の子を散らすようにみんな綺麗さっぱりいなくなる。みんなとのこういうやり取りも懐かしい。ラントちゃんが危うく誘拐されそうになったが、本人が抵抗したので持ち帰られなかった。たぶん、こうして追い払ってもみんな遠くから王子様とラントちゃんを眺めてるんだろうけど。

「道具屋？」

「前に会いたがっていたじゃないですか。これの製作者」

私は身につけている魔導具《まどうぐ》を見せる。

「老人なのだろう。わざわざ呼びつけなくとも」

「ギル様、お年寄りにも親切なんですね。王族はどこの誰でも呼びつけて当たり前だと思ってるって、今この瞬間まで偏見がありました。ごめんなさい」

「まあ……その認識は間違っていない。ただ、僕は他の連中と違って、肉体労働派だからな」

確かに、王族が騎士になることは珍しくないが、ギル様のようにちゃんと騎士として働くのは珍しいだろう。ギル様は同僚になるとちょっと怖いけど、民から見れば立派な騎士様だ。

「ま、あの人のことは気にしなくていいんですよ。家にこもっていないで、たまには外に出て歩かせないと」

放っとくと、どこまでも職人として仕事にのめり込むから、タチが悪い。長生きしてもらうためにも、何かと理由をつけて呼びつけないといけない人なのだ。

おばあちゃんはギル様を見ると腰を深く曲げた。

白髪の方が多くなってしまったクセのある髪を肩のあたりで切りそろえ、粗末《そまつ》な服を着ている。身にまとっている物で彼女に相応《ふさわ》しいのは、初めて見た時から付けている眼鏡だけ。このおばあちゃんがものすごい腕の魔術師だとは、誰も思うまい。

「お初にお目にかかります、殿下《でんか》。院長のリゼンダと申します。ろくなおもてなしもできませんが、ご容赦《ようしゃ》下さいませ」

「ギルネストだ。勝手に邪魔をしたのはこちらだ。楽にしてくれ」

「ありがとうございます。どうぞお掛け下さい」

ギル様は、この施設の中で一番立派な応接室のソファに座る。捨てる予定だったソファをよそからいただいて、それを直して使っているのだ。ツギハギだけど、カバーで誤《ご》魔化《まか》しているような代物《しろもの》である。こんなことで文句を言うほど世間知らずの王子様でないからいいけれど。

おばあちゃんは部屋の隅でお茶を淹《い》れて、ギル様の前に出した。

「殿下はハーブティはお好みですか？」

おばあちゃんが問うと、ギル様は香りを嗅《か》いだ。

「いつもルーが飲んでいるやつか。いい香りだ」

「ここで作ってるんですよ。さっき見えた花畑を、小さな子達が管理してるんです」

私が説明する最中、ラントちゃんがくんくんと鼻を鳴らし、うっとりする。

「ルゼと同じ匂いだ」

「そりゃ、私の香水も同じ花を使ってるから」

彼は草花が好きなようだ。ウサギだし、完全に草食のようである。

「おや、可愛いウサギさんだねぇ」

おばあちゃんは眼鏡をかけ直してまじまじとラントちゃんを見る。

「か、可愛い言うなっ」

「ちょうど乾かそうと思っていたハーブがあるから食べるかい？」

おばあちゃんは立ち上がり廊下に出ると、カゴに入れたハーブ類を持ってきた。

「い、いいよ。そんな高そうな物」

ラントちゃんは首を横に振りつつも、目はしっかりとハーブを見ていた。悪いが、猛《もう》烈《れつ》に可愛い。

「ラント、生産者がくれるって言うんだから、もらっておけよ。数少ない役得《やくとく》だぞ」

テルゼのすすめで、ラントちゃんはふらふらと手を伸ばしたが、私がその手を握って引っ込めさせた。すると彼は、裏切られたような目で私を見る。可愛いウサギさんと呼ぶなと言う割には、食べる物がウサギさんすぎて可愛い。

「ああ、そうか。子供達の楽しみを奪っちゃいけないねぇ。ごめんね、ウサギさん。子供達があげたがってると思うから、少し待っててちょうだい」

ラントちゃんは引っ込められるハーブから目を逸《そ》らしてしょんぼりする。可愛すぎる。

可愛すぎるからエフィ様が走り寄ってぎゅっと抱きしめた。エフィ様がラントちゃんばかり構うので、ゼクセンが少し可哀想《かわいそう》。

ルーフェス様はそれを見て楽しそうに笑い、それからおばあちゃんに顔を向けた。

「リゼンダ、世話になったね。いよいよ本当に出発することになったよ」

私を通して話の展開を見ていたため、ルーフェス様も現実味を感じていなかったのだろう。でも今は、とても落ち着いて現実を受け入れている。私もおばあちゃんを見て落ち着いた。長いようで短かったと、騎士としての生活の終わりをようやく実感する。

「お供することができず申し訳ありません」

「あなたにはこんなにも多くの子供達がいるのだから、そこまでしてもらうわけにはいかないよ」

「私の代わりに、ラフラをやりましょう。あの子ならルーフェス様のお世話ができます」

私はおばあちゃんの申し出に目を丸くした。

「そんなっ」

「お姉様、ラフラは納得しています」

立ち上がった私にエフィ様が言う。二人が仲良くなったのは知っていたが、そのような相談までしていたなんて。

「でもっ」

あの気の小さなラフラが、ルーフェス様と一緒とはいえ、知らない土地に行くなんて信じられない。

「ルー、確かに気の小さそうな子供だったが、何か他に問題でもあるのか？」

「ありますよ。あの子はっ……」

ドアがノックされたので、私は口を閉じた。キィと音を立ててドアが開く。

「おばあちゃん、エフィ様が……」

ラフラだった。そういえばエフィ様が来たと誰かが彼女を呼んでいた。彼女は上着を羽織《はお》るにはもう暑いからか、黒い翼をそのまま出している。そしてギル様を見た途端、悲鳴を上げてドアを閉めた。

「ラフラ、待って」

私は慌てて追いかける。ドアを開けると、幸《さいわ》いにも逃げずにその場にいてくれた。

「ラフラ、中に」

「で、でも、お出かけ用のマントは洗ってしまって」

人前にマントなしでは出られないラフラは、半泣きになって私を見上げる。彼女にとって、翼は他人には絶対に見せてはいけない物だ。

「ルゼちゃん、大丈夫？」

テルゼが心配して顔を出した。

「ああ、大丈夫」

テルゼはラフラを見た。ラフラはテルゼを見上げる。

「この黒い人誰？　セクさんの親戚？」

「ううん。魔族《まぞく》のテルゼ」

ラフラは私の背後に隠れ、上目づかいにテルゼの様子を窺《うかが》っている。

こういう仕草が可愛いのだ。私にはできない。背の高いテルゼ相手ならまだできるけど、並の男だとこんな風に可愛く見上げるのは難しい。そもそも私がやっても可愛くない。

「か……可愛いね」

テルゼがそう呟《つぶや》き、それはもう、とびっきり甘い笑みを浮かべた。

考えてみれば彼は、目つきがきつくない色白の女の子が好きで、でもそういうのは地下にはいないから、地上にまで来てナンパしているのだ。ラフラは闇族《あんぞく》の翼はあるが、顔立ちは柔らかくて甘い。痩《や》せているけれど、私よりよほど女の子らしい体つき。女の子らしくて、守ってあげたくなるタイプ。

私は全力でラフラを守ることに決めた。

「ルゼちゃん、何もそんなに睨《にら》まなくっても。俺、そんなに信用ない？」

「ラフラ、あれは救いようのない女ったらしだから、声をかけられても絶対に耳を貸しちゃダメだよ。絶対に。いいね？」

「いや、ルゼちゃん、俺を何だと思ってるんだよ。俺が無差別に手を出すような男だと思ってるのか？」

「こいつは私ですら口説《くど》いてきた男だからね。見栄えがちょっといいからって騙《だま》されちゃダメ」

「ルゼちゃん、人の恋心の芽を一瞬で摘むような真似を」

「男なんてケダモノだよ」

ラフラがうんうんと頷《うなず》いてくれた。可愛いラフラがテルゼなんかの餌食《えじき》になるやも知れぬと思うと、私は心配で居ても立ってもいられなくなる。様子を見に来たギル様は、ラフラにちらっと目を向けて、仕方がないとばかりにテルゼの肩に手を置いた。さすがギル様。女性の味方。

「大丈夫だ、ルーちゃん。その子が地下に行っても、テルゼは俺が見張ってるから！五区《ごく》なら、テルゼ以外は危なくないし」

「ありがとう、ヘルちゃん」

ノイリがいるのは、地下の中でも治安の良い所らしい。逆にユーリアス様の所は治安が悪い。特にあの地下の牢屋《ろうや》があるのは国境——区の境目で、手が行き届かないのだと聞いた。

「でもラフラ、本当にルーフェス様についていくの？」

「だって、定期的に治癒術《ちゆじゅつ》をかけなければ苦しいでしょ。それにずっと地下にいるわけじゃないよ。薬とか地上にしかない物が多いし、誰か知識のある人がついていないと。だったら他の子よりも私の方がいいと思うし。だからルーは気にしなくていいよ。今までルーばかり頑張《がんば》ってたから、私も頑張る」

珍しく彼女が強く言い切った。ちょっと見ないうちに、ずいぶん強くなって……嬉しくもあるけど、寂しいような、複雑な心境だ。

「ルゼ、お前は過保護なんだよ。相手は小さな子供じゃないんだから」

私の様子に呆れて、おばあちゃんが口を挟んだ。

「ラフラは能力が高いんだから、自立させておやり。あと、ここのことを心配しすぎるのもおやめ。私がいなくなった後のことは、ちゃんと考えてあるから」

その通りだ。だが、心配するなという方が無理だ。私がちょっと留守にしている間に、子供の人数がぐんと増えていたのだから。

「そんなに心配なら、お前の王子様にお願いすればいいでしょう。今は補助金が少なくて食べていけずに、子供に無体《むたい》なことをする孤児院も多いんだよ。小さな子供も朝から晩まで働かせるのは当たり前、無学なのも当たり前、売られてしまうのも当たり前。そんな所がたくさんあるんだからね」

ギル様は気まずそうに顔を伏せた。

「今の僕には、それを改善できるほどの発言力はない」

「先でいいのです。そこまでのことを、まだ若いあなた様に求めるのは、持たざる者の我が儘《まま》というもの。何年先でも、あなた様ができる力を持った時に覚えておいていただければ良いのです」

「そうだな。覚えておこう。機会があれば必ず」

この人、子供好きだから、きっとできるだけのことをしてくれるだろう。

「ルゼ」

ルーフェス様が私を呼んだ。

「僕はもう少し話をしたいから、君は子供達に顔を見せてくるといい」

「私は邪魔ですか？」

彼は苦笑いして首を横に振る。

「邪魔というわけではないけど、君は過保護だからね。下手に聞かせたらどんな干渉をしてくるか」

「分別ぐらいあります」

「僕は君が心配なんだ。君は自分ができることなら、無理をしてでもやってしまうから。そんなことばかりしていては身が持たないよ。君は何も考えずに遊んでおいで」

「……分かりました」

私はため息をついて立ち上がる。私には聞かせたくないことがあるのも、仕方がない。

「ラントちゃん、行こうか」

「俺まで⁉」

「ハーブとか欲しいんでしょ？　あんたはマスコットとして、まずは子供の相手から練習。子供に媚《こ》びを売れれば合格。デザートに甘い果物を付けてあげる。でもできなかったら夕飯は藁《わら》だけ。野菜は無し」

「ううう」

彼は屋敷で食べた、地上の日光をたくさん浴びた甘い果物がよっぽど気に入ったのか、唸《うな》りながらもついてきた。

「ラントちゃん、パンをどうぞ」

「あ、ありがとう」

泥団子を渡された彼は、たまに顔を引きつらせながら、それでも女の子の相手をしていた。男よりも女の子の方が強いため、ラントちゃんはおままごとに参加させられている。それが男の子達には少し不満のようだ。

「ルゼ、すぐに出ていくって本当か？　本当に王子様の嫁になるのか？」

私の一つ上の兄が、誰に吹きこまれたのか変なことを聞いてきた。孤児院の子はみんな兄弟として育つから遠慮がない。

「出ていくのは本当だけど、嫁にはならないから」

「あ、やっぱり。んなわけないよな。あの王子様なら、日替わりで美人とデートできそうだもんな。お前みたいな極悪おん……ぐぉっ」

失礼な兄を殴り倒したが、それを見ていた他の子達は何事もなかったかのように遊びを続けた。

「じゃあ、ルーフェス様の妹っていうのは本当？」

「まあ、そういうことになったみたいだね。生まれた頃のことなんて記憶にないから、本当かどうかは知らない。私はまた都に戻るから関係ないし」

とりあえずそう言っておく。本当はルーフェス様についていきたかったけどさ。

「じゃあ、あのケダモノはどうするんだ？　うちに置いておくのか？」

ラントちゃんを指差して言う。置いていったら、ラントちゃんはどんな目に遭《あ》うんだろうか。ひょっとすると、私についていった方がまだマシと思うような目に遭うかもしれない。

「私と一緒に行くよ」

「魔物と一緒にいるのか？　危ないぜ」

「人質がいるから大丈夫だよ。それに、女の寝込みを襲う卑怯者《ひきょうもの》でもないし。ねぇ、ラントちゃん」

ラントちゃんは不機嫌そうに振り返った。

「俺は魔族《まぞく》型の女には興味ねぇよ」

「へ？」

何それ。魔族型って。

「へ……って、ああ、寝首を掻くって意味か。やらねぇよ。そんなことして俺に何の得があるんだ」

ラントちゃんは丁寧に泥団子を置いてから手を払って悪態をつく。

「もうそろそろいいだろ。なんで俺がこんなこと」

とか言いながら、泥団子を壊さないように、丁寧に葉っぱのお皿に戻しているくせに。

「試してるんだよ。がさつな態度でも許してるのは、お試しだから。チビ達、ラントちゃんは可愛い？」

女の子達は一斉《いっせい》に頷《うなず》いた。

「怖くない？」

「お姉ちゃんが連れてきた子だから平気」

確かに、私が危ない獣族《じゅうぞく》と遊ばせるはずがない。

「でも、そこら辺に一人でいたら怖い？」

「それは……ちょっと怖い。近くに大きな獣族がいるかもしれないし。ラントちゃんだけなら、まだ小さいから平気だけど」

「小さくても、私のお母さんは獣族に食べられちゃったよ」

「でもラントちゃんはウサギだよ。犬じゃないから肉は食べないんだよね？」

問われたラントちゃんは引きつり顔で頷いた。

「獣族といっても、肉ばかり食う奴の方が少ない。植物よりも肉の方が好きな獣族は多いけど、俺は肉は食わねぇよ」

ラントちゃんを選んだのも、それが大きい。ウサギさんは草食。肉を食べないイメージがある。事実、彼は野菜好きだ。これがあるから、犬猫なんかよりもずっと信頼されやすい。可愛いし。

「それに、同じ言葉を話す奴を食う奴なんて、魔物にもそんなにいねぇよ。お前達は言葉を話す魔物を食おうと思うか？」

子供達は首を傾《かし》げた。

「でも、ラントは美味そうだな。パイにしたらみんな喜ぶぜ」

「毛皮あったかそう」

「子供用のコートなら作れそうだよね」

予想外の反応にラントちゃんは狼狽《ろうばい》した。お鼻をひくひくさせて、きょろきょろする仕草がウサギさんそのもの。ちなみに、我が家ではウサギは鳥の次によく食べられる肉だ。

「冗談だって。いざ料理されて出されたら、気持ち悪くて食えねぇって」

「うん、気持ち悪い」

子供達は否定してくれたのに、ラントちゃんはちょっと複雑そうな顔をする。

「人間のガキってのは、みんなこうなのか？」

彼を見ているだけで楽しい。和む。癒《いや》し系だ。再び女の子達に構われてラントちゃんが呻《うめ》く。可愛い。

「なぁルゼ。ところでさ、ティタンが騎士になったって知ってる？」

「へ？」

兄の言葉に私は驚く。

「お前の後を追って騎士になったんだよ」

私が騎士になったことを知っているのは、身内でもごく一部だけだ。騎士ではなく魔術師、つまりホーンの同僚になったのだと思っている子もいるだろう。

「聞いてない」

「やっぱりか。あいつ、お前が出ていってから落ち込んでさ。で、騎士になる試験を受けたら成績が良かったから都勤めになれてさぁ。ルゼと一緒で良かったなって言ってたら、そのお前がこっちに帰ってきたんだ。あいつって、ほんと間が悪いよな」

ティタンことティタニスは私より少し上の兄だ。身体強化などの補助や増幅術《ぞうふくじゅつ》の類《たぐい》だけは上手い肉弾戦魔術師で、うちの孤児院でもかなり優秀な人だ。ルーフェス様の身代わりの有力候補の一人だったけど、見た目がとても健康的だったから、却下《きゃっか》されたらしい。彼は接近戦しかできず私の糸に巻き込まれてしまうため、一緒に魔物退治をしたりはしなかったが、いつも私のことを心配してくれていた。しかし、まさか追いかけてくれるとは思ってもいなかった。おばあちゃんが彼に私の異動を知らせてあげなかったのは、せっかくの都勤めの機会に水を差すべきではないと思ったからだろう。

「春の入隊は平民が多いから、たぶん上手くやってるよ。あいつは人に嫌われるタイプでもないし。でも戻ったら様子を見てきてあげるよ。みんな心配してるでしょ」

平民にとっては秋に入るよりも、春に入る方が易しい。貴族達は秋に入隊することが多いし、春の方が取る人数が多いのだ。ほとんどの騎士は仕込むのに一年かかる。一人前になった頃に魔物達が活発化する春夏がやってくるから、春の入隊は貴族達に避けられて、今の形ができ上がった。都から来た新人を、生意気《なまいき》だからといきなり現場に派遣するラグロアのやり方が異常なだけで、たいていはもっとゆっくりと教育される。

「ああ、うん。向こうに行ったらティタンのことを気にしてやってよ。色々と可哀想《かわいそう》だから」

昔からこんな扱いを受ける男だ。いい奴なのだが何かと不憫《ふびん》で、私も少し心配になってきた。

「ニース様あたりに苛《いじ》められてないか心配になってきた」

あいつはそういう損をする性質なのだ。もしくは便利にこき使われているか……

「なぁ、この女、鈍いのか？」

「そう、ニブニブなの」

ラントちゃんがチビと勝手なことを話している。こんなに兄のことを心配してやっているのに、私のどこが鈍いというのだ。理解できない。

第九話 再会と決闘

実家でゆっくり過ごした翌日、私達は地下へとやってきた。ギル様とゼクセンは騎士としての正装をして、私は動きやすいように『ルーフェス』として過ごしていた頃の私服を着ている。なので二人に比べると、実に地味である。

ここは五区《ごく》の中央都インカータにある、蟻塚《ありづか》のような城の中。都の住人達の多くは獣族《じゅうぞく》と竜族《りゅうぞく》で、可愛らしい小型の獣族が比較的多いのが特徴だ。ごく普通にラントちゃんぐらい小さな猫の女の子と、大きな竜族の女の人が談笑していたりして、人間から見たらとても奇妙な光景があちこちで繰り広げられている。

そして城の中の一室で、笑顔のテルゼがある物体を紹介した。

「この人が五区王《ごくおう》、エンダーさんだ」

五区王——ノイリを買い取った竜族の王。

私はもっと格好良くて強そうな竜族を予想していた。実際に城の警備には、地上に出てくるチンピラとは違って立派に見える竜族がたくさんいたのだ。

しかし目の前にいるのは、人間よりもデカイ、醜《みにく》く太り過ぎた巨大なカエルだった。

私の意識は遠のいた。

「ルゼ、気持ちは分かるが、いくら何でも気絶するのは失礼だろ」

「ルー、どうしたの？　カエルあんなに好きだったのに」

ギル様に支えられ、ラフラに手を引っ張られる。

カエルなんて好きじゃない。タダだから食べていただけだ。

「の、ノイリはなんでこれとっ」

どう見ても、カエルの化け物だ。竜族に見えない。もっと低級な種族に見える。悪趣味にも程がある。ノイリは無理矢理、嫁にさせられたんじゃないのか!?　せめて、もうちょっとまともな竜族と結婚してほしかった！

「違うって。ノイリの旦那はこの人じゃないから、安心しろよルゼちゃん」

「ほ、本当、テルゼ!?」

「泣いて喜ぶなよ」

だって、精一杯妥協した想像をはるかに超えていたのだ。逞《たくま》しい竜族ならばいい。しかし出てきたのは、悪徳商人って言われた方が納得できるような奴だったのだ。こんなのを見てしまうと、今まで殺しまくってきた竜族達ですら、めちゃくちゃ男前に思えてくる。はっきり言って、竜族でこんなに太ったのは初めて見る。

「出会い頭《がしら》に失礼な小僧だな」

「でも、この件に関してはエンダーさんが悪いんですよ」

憤慨《ふんがい》するエンダーさんを、テルゼが睨《にら》み付けて言う。

「竜族《りゅうぞく》に慣れている人間が、覚悟していてさえショックで倒れるほどなんですからね。そろそろ本気でダイエットしましょうよ。昔は格好良かったのに」

格好良かったのか、これが。このウシガエルがっ！

「テルゼや、お前まで女達のようなことを」

テルゼはそれを無視して私に、彼の姿をよく見ておくようにと言う。たぶん、これを見た後なら、どんな男でも良く見えると言いたいのだろう。何げにテルゼが一番失礼じゃないか。

「で、エンダーさん、ノイリは？」

「女は支度に時間がかかる。ちょっと待ってやってくれんか」

私は直立すると、エンダーさんの隣に控える、竜族にしては小柄なエリマキトカゲを見た。この城には、初めて見るタイプの竜族が多い。地上に出てくるのは、平凡な雑種なんだろう。

「竜族にも色々いるんですね」

「いやいや、エンダーさんは、ちょっとゴツイだけで普通の竜族だったんだって。ヘイカーさんは少数部族だけど」

ヘイカーという名に聞き覚えがあったので、ラントちゃんを見る。目が爛々《らんらん》として、いつもより毛も逆立っている。ぶわっとしてて何だか可愛い。

「この方がラントちゃんの尊敬しているヘイカーさん？」

「そうだ。見た目は温厚そうだが、竜族の中では最強クラスの戦士だ。技巧派なんだよ」

むぅぅ。魔物の世界は奥深い。私は表面しか見ていなかったと、つくづく思い知った。

「こんなイロモノ揃いは、ここだけだ。他の区ではもっと想像通りだから。うちはいかにもな女王様だし」

テルゼが強くそう断言した。

テルゼの国では、男がいても女が跡を継ぐようだ。それは素直に感心できる。前から女が護衛の仕事につけないことに疑問を持っていたし、身分のある女性は家の中のことを仕切るのが仕事で、外ではなかなか働けないという伝統も不思議でならなかったのだ。

「立ち話も何だ。座ってくれ」

エンダーさんに勧められて、硬い金属製の椅子に腰掛けた。本当は今にもノイリの所に突撃したい気持ちでいっぱいなのだが、他のことを考えて気持ちを落ち着かせる。

私は出された普通の色のお茶を飲む。どこなく高級感があるが、普通のお茶。奇抜《きばつ》とはいかないまでも、普通ではないお茶を期待していたのに、ちょっとがっかり。

「それ、俺の実家の方で、地上から仕入れてるお茶なんだ。こっちではけっこう高級品だ」

私が普通のお茶にがっかりしていると気付いたテルゼがそう教えてくれた。

「そうか。道理で味に覚えがあると思った」

と簡単に納得してしまうギル様は、日頃から高い物しか飲まない環境にいる人だ。この間の潜入捜査中の生活は別だけれど、普段は高級品に囲まれたお方。高級な味に覚えがあって当然である。

「物の良し悪しが分かるように訓練すべきですかね、私。こういうのあまり知らないいんです」

「都で女達の輪に入っていれば、話を合わせられるようになるさ。本当に見分けがつくかどうかは別にして」

そうか、何もギル様みたいにならなくても、知ったかぶり程度でいいんだ。店のステイタスを信じて知ったかぶりをする奴も多いだろうし。それでダメなら天然で行こう。よくわかんない～って風に、天然で。

そんなことを考えていると、足音が聞こえて——目の前のカップがぱりんと割れた。

はて、こんなことをするつもりはなかったのに、何故だろうか。

「ノイリ、ちょっとストップ。今は来るなっ」

テルゼが慌ててノイリを止めに行き、ギル様が私の腕を取って羽交《はが》い締めにする。

「ルゼ、落ち着け。息を吸え。いや、水を飲め。ゼクセン、水筒！」

「はいっ」

ギル様は慌てているし、ゼクセンもびっくりして荷物をあさっている。

なんて大げさな。ちょっと失敗しちゃっただけなのに、なんて失礼な連中だろうか。

結局、ノイリを待たせている間に私はギル様に色々と魔導具《まどうぐ》を付けられた。魔術を使う囚人《しゅうじん》に取り付けるものだという。ギル様が前回のことで反省し、私に対する奥の手として用意しておいたそうだ。なんてひどい扱いなのだろう。これではろくに歩くこともできない。

仕方がないから、荷物の中から折りたたみの杖を取り出した。

「ノイリ、もういいぞ。入ってこい」

テルゼの許可が出ると、ゆっくりとドアが開いて、ネズミさんが顔を出す。きょろきょろして、もう可愛い！　ラントちゃん並に可愛いっ！　そのネズミさんはまず室内を確認してから、全身を見せた。ネズミのメイドさん。ふりふりの頭巾《ずきん》とエプロンが可愛すぎる。

その後ろから、私が思い描いていたよりも若干幼く見える、昔のノイリをそのまま少し大きくしたような美少女が現れた。金色の髪は綺麗にとかれ、白いドレスに白い翼がよく似合っている。肌の色は前よりも白く、その顔は化粧によっていっそう美しくなっていた。

「ノイリ……」

私は杖をついて立ち上がる。何故かギル様の前のカップが割れて、みんながぎょっとする。

「う、嘘だろ？」

「ルゼちゃん、どこまでノイリを愛してるんだ」

「わ、こっちも」

男達の言葉は無視して、駆け寄ってくるノイリに私は向かう。

「ルゼちゃん？」

ノイリだ。間違いなく、ノイリだ。夢にまで見たノイリだ。

「ノイリっ」

私より背は小さいが、大きく成長したノイリを抱きしめる。

意外と巨乳《きょにゅう》さんに育ったのか、胸の感触が羨《うらや》ましい。何よりも、綺麗だ。何て綺麗なんだろう。夢に見たノイリそのままだ。夢に描くイメージは美化されるものだし、美化されすぎと言っても過言ではないくらい美化していたけど、その姿に優《まさ》るとも劣らない、完璧な美女に成長していた。

「ルゼちゃん、大きくなったね。びっくりした」

「ノイリは綺麗になったね。元気そうで嬉しいよ」

言いたいことは山ほどあったが、出てくるのはなんとも無難な言葉ばかり。だけど私は素直に想いをぶつけた。

「ずっと、会いたかったんだ。ずっと探してた。ずっと……ずっと」

ああ、私は今、幸せだ。言葉では言い表せないほど幸せだ。

ノイリが私の腕の中にいる。今なら、誰に何を言われても許せるだろう。

背後でまた何か物音がしたが、そんなことはどうでもいい。

「ルゼちゃんが騎士になったってローレンから聞いたの」

「ああ」

「ルゼちゃん、格好いいね。背も高くて、すごく格好いい」

「ノイリはとても綺麗だね」

ちょっとお腹が出ている。それで妊娠しているのだと思い出した。考えないようにしていたのに。

まあ、でもノイリだからいいや。

「ノイリ」

抱きしめて、温もりを交わし合う。

六年。

長いようで短かった。同時に、短いようでいてとても長かった。ノイリを奪われたことでおかしくなりそうなほどの恐怖と憎悪にまみれて過ごした六年だったが、今こうしてノイリの無事を実感していると、恐怖も憎悪も溶けるように消え去っていく。他のことはもう、何もかもがどうでも良くなりそうだ。ずっとこのままでいたい。

「ルゼ、落ち着け。力を外に向けるのはいいが、はた迷惑すぎる」

「ギル様、るーちゃん聞いてませんよ」

「申し訳ない。壊れた物は後で弁償します」

「いや、気にすることはない。ノイリは彼のことを聞いてからずっと機嫌が良くてなぁ。妊娠でピリピリしていたから、ちょうど良かったよ。しかし、ノイリにあんな知り合いがいたとは。なかなかの若者じゃないか。結婚が遅ければ、かっさらわれていたかもしれぬなぁ」

「いや、あれは女です」

「なんとっ」

感動の再会をしているのに、なんて無粋な人達。

私は男達を無視して、ノイリの温もりに集中する。

「ルゼちゃん、ちょっと胸が苦しいかも」

ノイリの言葉に私はハッとなった。巨乳《きょにゅう》の気持ちなど私には分からないが……

「ごめんね」

巨乳には巨乳の悩みがあるのだ。しかも妊娠しているなら、余計に胸が張っているはず。

「ルゼちゃん、足が悪いなら座って」

「うん」

私は勧められるまま、椅子に座ってノイリを見る。彼女もテーブルの向こうの椅子に座る。

「おぉ、カップの揺れが収まったな」

「そうか。意識する対象とある程度距離を取らせると、周囲も安全になるのか」

「ルゼちゃんは難しい子だなぁ」

テルゼとギル様が何か言っている。何とでも言え。私は幸せの絶頂なのだ。

「ルゼちゃん、騎士になって足を悪くしたの？」

「いいや。君が誘拐された時、竜族《りゅうぞく》に蹴《け》られて少し怪我したんだ」

「あの時の……痛いの？」

「寒いと痛むけど、今は暖かいから平気だよ。足はちゃんと動くしね」

動いたのは幸《さいわ》いだった。当初はもう歩けないと思っていたぐらいだ。でもちゃんとリハビリしたら動いた。

「他の子は？」

「私以外は……」

「そっ……か。ルゼちゃんは一人で辛かったね」

ノイリの方が怖い思いをしただろう。このカエルに買われて、怖くないはずがない。

たまたまいい奴だったみたいだけど、見た目は極悪である。私なら泣いて暮らしていた。

「ルーフェス様も足がお悪いんですか？」

ノイリは車椅子のルーフェス様に問う。

「僕は歩けるけど、あまり体力がないからね。ヘタに動くと倒れてしまうから」

「ご病気が良くなるといいですね。町にはたくさん病人がいるんです。長期療養が必要で、でも人に伝染しない病気にかかった人ばかりだそうですけど」

そりゃそうだ。伝染病患者はさすがに町に入れないだろう。伝染したら弱っている人達はみんな死んでしまう。

「ねえ、ノイリ。僕もノイリに会えて嬉しいよ。君は僕の女神だったから」

「ルーフェス様は、いつも飴《あめ》をくれたから大好きです」

ノイリ、そんな基準かい。確かに、すごく小さな飴をもらっては喜んでいたけど。飴が小さかったから、ルーフェス様がものをたくさん食べられないノイリのことを気遣っているのがよく分かった。

「私、久しぶりにノイリの歌が聴きたいな」

「いいよ。今日はまだ歌っていないから」

ノイリは窓を開けて、楽器をヘイカーさんから受け取る。ノイリはこうして毎日病人のために歌っているのだという。

「ルゼちゃんも一緒に歌いましょう」

「私も?」

確かに昔は一緒に歌ったけど、私が歌っては邪魔じゃなかろうか。

「お前、歌えるのか」

　ギル様が驚いて言う。

「そりゃあ歌ぐらい歌えますよ。寄付金を集めるにはいい見世物ですからね」

「お前……じゃあ一緒に歌ってやればいい」

　ノイリほどの歌い手と一緒に歌うなんて、ちょっと照れくさいけど、まあいいか。

　ノイリは楽しげに、使用人が運んできた数々の楽器の中から弦楽器《げんがっき》を取り出して私に見せた。

「地下にも色々と楽器があるけど、地上の楽器もあるのよ」

「ふふふ、歌はともかく、演奏はノイリよりも上手くできる自信があるよ」

「ルゼちゃん私より小さいのに器用だったもんね。後から始めたのに、いつも私よりも上手くなっちゃうの」

　ノイリの少し拗《す》ねたような表情が可愛らしい。この顔が見たくて、いつも死に物狂いで楽器の練習をしたのだ。

「器用じゃない私なんて、なんの価値もない。ノイリ、何を歌う？」

　私はノイリから楽器を受け取り、弦をつま弾《び》いた。調弦《ちょうげん》の必要はなさそうだ。

「ルゼちゃんの好きな歌で良いよ。小さい頃に覚えた歌は、全部憶《おぼ》えているもの」

「じゃあ……」

私は曲を頭に思い浮かべながら、弦をつま弾く。いつか、人々の前で歌うノイリの後ろで、こうやって演奏するのが夢だった。その夢がまさかこんな形で現実のものとなるとは、思いもしなかった。

ルーフェス様も昔一緒に聴いていた曲。

ノイリが歌い始め、私も合わせて歌う。最近はわざと低い声を出していたから、久しぶりに高音を出せて気持ちが良い。

ノイリの隣で歌っていると、子供の頃には分からなかった、ノイリの魔力のもたらす奇跡をはっきりと感じることができた。身も心も落ち着かせるような、全てを包み込むような魔力だ。体調が思わしくなかったルーフェス様も、目を伏せて魔力に身を任せている。乾いた大地に水を注ぐように、癒《いや》しの魔力が吸い込まれていく。昔よりも、癒しの力が強まっている気がした。

これだけの強烈な魔力を、癒しの力として外に出力できるというのが、どれだけすごいことか、今なら私にもよく分かる。だからこそノイリは聖女《せいじょ》として育てられたのだろう。

聖女との距離が近ければ近いほど高い効果を得られるが、声の届く範囲にはあまねく効果が及ぶ。病人達はこれを目当てに集まってきているらしい。窓辺に立って歌う天使

の歌声に乗った魔力は、ドーム状の地下の都によく響き渡ることだろう。

聖女《せいじょ》は一日に一度しか歌えないが、それだけでも毎日癒《いや》しの声を浴びていれば、ルーフェス様の病もきっと良くなるはずだ。完治までは何年かかるともしれないが。

ずっとここにいて、ずっとこの歌を聴いて、ずっと一緒に歌って暮らせたら、どれだけ幸せか。そう考えると誘惑に負けそうになる自分がいた。


歌を歌って喉《のど》が渇いたので、よく冷えた水をもらった。地下の水は美味い。名水と言われる水も、地下から湧いてくるものなので、当たり前と言えば当たり前だが、美味い。

「地上の娘は歌が上手くて水が好きだな」

ノイリと並んで水を飲む私を見て、エンダーさんが呟《つぶや》いた。

何度見ても、ノイリには不釣り合いな、不細工竜族《りゅうぞく》である。それでもノイリにとって、彼はおそらく父親のような存在なのだろう。こんな化け物を慕っているなんて、ノイリの心の美しさは、外見の美しさにも優《まさ》っている。

「いやだなぁ、エンダーさん。地上の娘といっても、この子らだけですよ。二人は育った環境や、魔力が高いって共通点がありますし。ただルゼちゃんはノイリとちょっと違って、何でもそつなくこなす器用なタイプで、天族《てんぞく》のやり方を真似てるんですよ。どの種族であっても多少は真似のできる方法ではありますから」

テルゼはひどいことを言うが、エンダーさんは気にもせず頷《うなず》いた。

「そうか、それは良かった」

何がいいのだか。

不器用と言われたに等しいノイリは、ぶぅとふくれてテルゼを睨《にら》んでいる。

私の歌が上手いのは、昔からノイリと一緒に歌って遊んでいたからということもあるが、プロに歌い方を教えてもらったことも大きい。ノイリの歌の先生について私も一緒に習ったし、大きくなってからは、公演に来ていた歌手に、空を飛ばせてあげる代わりに色々と教えてもらった。私の女らしい仕草のお手本もこの人である。

私は他人の技術を真似することが得意だった。だから私は、人並みの容姿であっても、ノイリのような美しい聖女に相応《ふさわ》しい女になってみせる、そういう心づもりで自分を磨《みが》いていたのだ。

「なあなあ、エンダーさん、ニアスは？」

「訓練中だ。そのうち戻ってくるだろう」

「ふぅん。まあ、ニアスはいいか」

テルゼは気のない声を出し、ちらとギル様に目を向けた。そろそろ攻め入るかというアイコンタクトだ。

「そういやエンダーさん、ローレンから地上付近の整備の話は聞いたか？」

「ああ、少しだけな」

「実はさぁ、地上との商売の拠点を作る話、ユーリアスに頼んだら、金がないって断られてさぁ」

「で、わしにやれと？」

「いい感じの場所にあるスラム見つけてさ。それがこいつの住んでる所でさ。調べてみたけど、けっこうしっかり作ってあって、これを活用すれば一から作るよりも安くあがる。住人もそう多くはなくてさ、年寄りと身寄りのないガキがほとんどなんだ」

件《くだん》のスラムは、オブゼーク家の管轄《かんかつ》内にあった。出入り口は人里から離れているが、スラムそのものは人里からほど近い――つまり人間に脅威を与えにくい適度な距離があるという、かなりの好立地らしい。住人の数が少ないのは、大人になるとさっさと出ていってしまうかららしいが。

「どうせ治安のためにはスラムをどうにかしなきゃならないし」

「しかしそうなると、大仕事だぞ」

そんな調子で、自分達に害が及ばない所で行われる犯罪はわざと見逃してきたのだ。

まあ、人間だって似たようなものだけど。金がかかることは、必要と分かっていても手を出しにくい。しかし今回は金が掛かるばかりではなく、正しくも甘い誘い文句がある。

私はにっこり笑ってこう語った。

「犯罪の防止には、弱者も生きていけるように最低限の手助けをしてあげることが大切だと聞きました。子供のうちから食べ物や働く機会を用意してもらえれば、人は盗みをせずに済みます。子供は盗みからさらに大きな犯罪に手を染め、やがて徒党《ととう》を組み、大人達が仕切る大きな裏組織に入っていくものです。そうした罪を裁くだけではなく、罪を犯す必要のない地盤づくりを末端まで行き届かせることが大切です。そうでないと、一般人であっても我が子さえ養いきれず、この子のように犯罪に手を伸ばす者を増やしてしまいます」

私が言うと、隣でノイリにもらった果物を齧《かじ》っていたラントちゃんが反射的に顔を背けた。

人間にそれが対処できているかどうかは別として、少なくとも死なない程度に食べさせるぐらいはしていることが多い。それすら与えられないと、這い上がるのは難しい。

「そんな子がいるんですか？　可哀想《かわいそう》です。こんな小さなウサギさんが一人で頑張《がんば》っているなんて」

ノイリが食い付いた。彼女はもうじき母親になる人だ。他人事《ひとごと》とはいえ、子供の不幸は耐えられるものではないのだろう。

「一人じゃねぇよ。それに食う分だけなら、森に出れば冬場以外は困らねぇし。だから自分達が暮らしていくだけなら何とかできるんだけどな、問題は、住んでいるだけの俺らを脅《おど》して収穫の半分を持っていっちまう連中がいることだよ。ちゃんとした町へ移ろうにも、親無しの混じりモンはなかなか受け入れてもらえねぇんだ」

どこの世も似たようなもんだなぁ。しかし、何をしてくれるわけでもないのに、収穫の半分も持っていくのはひどい。生きていくだけでギリギリなのに、半分持っていかれたら生きていけるはずがない。ラントちゃんも色々苦労があったらしい。

エンダーさんは私達の要望を受け、腕を組んで考え込む。

「確かに、場所まで分かっているなら放置しておくわけにもいかんな。あそこはコアトロの資金源でもある」

スラムが放置されているのは、勝手に作られて、その存在が広く知られていないからだ。それは単に表向きの理由かもしれないが。

「しかし区境か。厄介《やっかい》だな」

「厄介とは?」

エンダーさんにギル様が問うと、テルゼが肩をすくめた。

「前の四区王《しくおう》と五区王《ごくおう》の仲が悪かったから、区境では国道以外の様子が全く分かっていないんだよ。地下には盗賊達が潜む場所はいくらでもある。それに新しい住み処用の穴を掘ったら、その下にまた穴があって崩落したとか、洒落にならない事故がたまに起きるんだ」

それはとんでもない魔境になっていそうだ。私達人間はそんな危ない場所の上に住んでいるのかもしれないのだ。

「水源に関してはそれなりに調査する手段があるけど、穴があるかどうかを広範囲にわたって調べるのは無理だからな。逆を言えば、あのスラムのような、魔術の処理無しでも崩落していない穴なら、そこはとりあえず安全ってことだ。本格的な調査の必要もないし、経費はかなり浮く。念のために俺もあの場所を見てきたが、間違いなく地盤も良いし、地上から見た立地条件もいい場所だ。ただ区境だから、とりあえず安全そうな箇所だけ整備を進めても、周りの治安が悪いから、商品の輸送が心配なんだ。交易のために金目の物が集まると、盗賊達が本気で狙《ねら》ってくる危険性もある」

なるほど。スラムの真ん中だけを整備しても、周囲をどうにかしなければ結局無意味なのだ、と。

「しかし一部でも治安が悪いままなら、どのみち話は進まないぞ。魔物と仲良く交易しますと言っておきながら、近隣の地域で魔物による被害が出ているようじゃ誰も納得しない。一番ひどい所をどうにかしてからでないと話にならない」

ギル様が腕を組んで言う。

「そうそう、だから力をもって盗賊を制することはユーリアスに任せて、整備の資金と人材集めをエンダーさんに任せたいんだ。ユーリアスは何故か虐殺王《ぎゃくさつおう》って恐れられてるし、エンダーさんは金持ちだし、ぴったりだと思うんだよ」

テルゼの言葉を聞いて、私は少し納得した。

このカエルは不細工だけど、見るからに金を持っていそうだ。この部屋の内装も高そうだし、使用人達は揃いの服を着ているし、いかにも金持ちである。超レアな天族《てんぞく》のノイリまでお買い上げしてるぐらいだもん。

「『何故か虐殺王』って、虐殺ってのは嘘なの?」

唐突に、ゼクセンが妙なところに突っ込んだ。

「半分は、まあ本当だ。国が腐りすぎていたから、自分より王位継承順位が高い身内と、大臣連中を皆殺しにしただけだ。一般人には手を出したことはない。一人で反乱起こして、一人で成功させたってところか。ああ見えてすげぇ強いぞ。ニアスみたいな正当な強さじゃなくて、ルゼちゃん寄りの反則的な強さだ。おかげで最近は区都《くと》でなら女が一人でも出歩けるようになったって、感謝されてる」

テルゼの言葉に、ゼクセンは感心したように頷《うなず》いた。

身内も容赦《ようしゃ》なく処分したのなら、怖い噂《うわさ》が流れるのも当然だ。悪い人ではなさそうだったけど、恐い人には違いない。まあ、私でもその立場ならやりそうだけどさ。そういう意味でも、近いと言いたいのだろうか。

「仕方がない。どのみち、コアトロをどうにかしようと思ったら、いつかそこまでやらねばならないことだからなぁ。役割分担はユーリアスと相談せねばな」

この言葉の感じだと、エンダーさんはあまり乗り気ではないのだろうか。

「四区《しく》の方が金属が豊富だから商品にできるものも多いってのは分かってますけど、こっちは上質な宝石が出るからいいじゃないですか。ユーリアスほど旨みはなくても、十分美味しい話なんですから。できれば七区の上でやりたいぐらいなんですよ」

今のテルゼの言葉は、私達に向けられている。ユーリアスの土地の方が潜在資源は豊富らしい。だから先を見越すと、得をするのはユーリアスの方。なら彼にも金も出してもらいたいというエンダーさんの気持ちは理解できる。

その時、ギル様とゼクセンが顔を見合わせた。

何故ギル様とゼクセンが？

「ゼクセン、そろそろお土産《みやげ》を出そうか」

「あ、うん」

ゼクセンはルーフェス様に促《うなが》されて荷物から箱を取り出す。

「これはお近づきの印です」

ビロードの箱を見せた。ゼクセンはもったいぶるように、箱の口をそっと開けた。私は中身を見てぎょっとした。

真珠だ。しかも大粒の真円真珠《しんえんしんじゅ》が並んでいた。

「我が家で所有する島でとれる真珠です」

言葉とは裏腹に無邪気な笑みを浮かべるゼクセンが、ちょっぴり腹黒く見えた。それはもちろん私の錯覚だろうが、エンダーさんには間違いなく、腹に一物《いちもつ》あるように見えたに違いない。

真珠は人類が最初に発見した宝石と言われている。商品にならないクズから、一粒で未知の世界が開けるほど高価な物もある。ゼクセンが進呈した真珠は、どれもまん丸で玉が大きく、しかも十数粒。たぶん、高いぞ、これ。私にはいくらするか分からないぐらい高い。これなら、けっこう立派な家を建てられそうなんだけど……

きっとオブゼーク家にエノーラさんが来ていた一番の目的は、これを託《たく》すためだったのだ。彼女がこの商売にこんなに投資するというのは、それだけ本気だということだ。

「ほう……」

エンダーさんもさすがに食い付いた。

「ゼクセンち、島なんて持ってんだな……すげぇ」

テルゼが真珠を見ながら呟《つぶや》いた。海と島。地下にない物の代表だろう。

「うん、島を担保にお金を貸していたんだけど、その借りた人のとこが破産しちゃったらしいんだ。ラッキーだったたって父さんが言ってた」

そうなんだ……しかし、彼の家は本当に大金持ちなんだな。私は彼の金持ちさを舐《な》めていた。半端なく金持ちだよ、こいつんち。

「でも姉さんが、最近は真珠に飽きたって、他の宝石を欲しがってるんだ。渡りに船って奴だね」

飽きるのか。そんな物に飽きるのか、エノーラさん。飽きたという発言に、ちっとも疑問を持っていないように見えるゼクセンに、姉に対する絶対服従っぷりが透けて見える。エノーラさんは、離れていてもゼクセンをこうも巧みに操るのだからすごい。手玉に取るとは、こういうことを言うのだろう。

「飽きるほど……か」

　エンダーさんも呆れている。しかし地上側が本気だということは、これで伝わったはずだ。エンダーさんはハンカチで真珠を掴《つか》み、しげしげと眺めている。

「綺麗です」

　ノイリがその手元を覗《のぞ》き込み、うっとりと呟いた。彼女には、無垢の宝石である真珠がよく似合うだろう。妊娠していても、彼女には無垢な白がよく似合う。

　その微笑ましい姿を見て、ルーフェス様が言う。

「真珠というのは、傷のない大粒で、真円に近いほど価値がある。イヤリング一つで戦の費用全部賄《まかな》ったという伝説もあるぐらい高価なものなんだよ。ゼクセンのところの真珠は王室御用達《ごようたし》のものだから、とても貴重だよ」

「ええっ」

　身を乗り出していたノイリは、ルーフェス様の説明に驚き、体を引いて座った。私も引いたし、ラフラなど真珠から離れているのに驚いて私の袖を握りしめてきた。貧乏人には刺激が強すぎる。

「しかも真珠はとても弱い。身につけた後は汗を拭《ぬぐ》ってやるなどの手入れが必要な、とても繊細な宝石だよ。エンダー様がご存じのようで、とても助かりました」

ルーフェス様の言葉に、ノイリは緊張した面持ちでエンダーさんを見た。

私はそんな怖い宝石いらない。怖すぎて身につけられない。ここは涼しいので、汗もかかないからいいかもしれないけど、それでも私はとても身につける勇気を持てそうにない。私には、もっと頑丈なタイプの宝石がいい。たぶん、ノイリも同じ思いだろう。

引いてしまったノイリに、今度はゼクセンが声をかけた。

「あのね、真珠はね、高いだけじゃないよ。すり潰《つぶ》せば薬にもなるんだよ。美容にもいいんだ」

「美容に？」

「そういうのは、養殖真珠の中でも形が悪いのを使うんだ。それでも安いとは言えないけど、女の人は美容のためならいくらでも出すんだって。真珠の粉を飲んでもいいし、化粧水やクリームに入れてもいいんだって」

ゼクセンは可愛らしく笑って言う。エノーラさんなら、惜しげもなく美容に金をかけそうだ。飽きるほどあるんだから、きっと贅沢に使っているんだろう。

「これはお肌にいいんですか。綺麗なのに、すごいですね」

ノイリは頬に手を当てて真珠を見る。彼女も女になったということか。こんなに綺麗なのに、美容は気になるのだ。

「機会があったら持ってこさせるよ。今日はノイちゃんに、真珠じゃないけどお土産《みやげ》があるんだ」

ゼクセンの言葉にノイリが目を丸くした。ルーフェス様はともかく、ゼクセンは初対面だ。それなのにノイちゃんと親しげに呼びかけ、土産まで用意していたら、そりゃあノイリだって驚く。

「私にお土産ですか？」

「うん。これ」

ゼクセンは再び箱を取り出し、蓋《ふた》を開ける。

「わぁ、可愛い。ピンクのお花。こんなに綺麗な石、初めて見ます。こっちの白いのは何ですか？　キラキラして綺麗です」

ノイリは見せられた装飾品を見て、目を輝かせた。ゼクセンは喜んだノイリを見て、満足そうにえへへと笑う。

「石じゃなくて珊瑚《さんご》の髪飾りだよ。白いのは貝殻を加工したネックレス。可愛いでしょう。僕の姉が、ノイちゃんぐらいの年にデザインしたんだ。髪と目の色が同じだって聞いて、きっと似合うと思って」

桃色の珊瑚に彫刻を施《ほどこ》した髪飾りと、綺麗な貝を加工したリゾート気分のネックレス。

エノーラさんはゼクセンと同じ、私好みの金髪碧眼《きんぱつへきがん》で、身体的特徴がノイリと似ている。そのエノーラさんがデザインしたのだからノイリに似合わないはずがない。

「珊瑚は安い物でもないけど、真珠よりは安価なんだ。ノイちゃんの金髪によく似合うと思うよ。ネックレスは地上では庶民にも手が届く物だけど、ここでは珍しいでしょ」

まさか、ゼクセンが物で釣るようなことをするとは……

たぶん、彼のお姉様の手配なんだろうけど、なんて手際の良い。まず狙《ねら》うは有力者の女というのは定石《じょうせき》だが、よくもまあ相手を知らずにこれだけ用意できたものだ。

その様子を見ていたルーフェス様がエンダーさんに微笑みを向けた。

「僕らにとって、金属はもちろん魅力ある資源ですが、宝石はもっと魅力的です。価値が高くかさ張りませんからね。そこでまずは高級品の交易をしたいと考えております。地下で稀少な嗜好品《しこうひん》は当家が得意とするところですし、地下で求められている物のほとんどはすぐにでも取り扱えます。あとはそちらの行動次第です」

ルーフェス様は真剣だ。ここまで覚悟を決めたのだから交渉を円満にまとめなければいけない、という切実な思いがある。これから彼はここで暮らし、養生《ようじょう》しながら、地上と地下のパイプ役になるのだから。

私を通して現場を見ていたルーフェス様はともかく、その父上である領主様やゼクセンの実家の人々の決断は、とても思い切ったことだ。ルーフェス様にしてみれば、彼らにここまでさせてしまったのだから失敗はできないというプレッシャーもあるだろう。それを全て、笑顔の下に押し込められる強さを彼は持っている。

エンダーさんはノイリに珊瑚《さんご》を見せてもらう。彼に、ルーフェス様の覚悟の程を知ってもらう必要はない。これは取引なのだ。だから耳を貸してもらうこと、見てもらうことが大切なのだ。

「いい細工だ」

珊瑚を眺めていたエンダーさんが感心して呟《つぶや》いた。

「はい。うちの細工師は一流ですから」

ゼクセンも実家のことには自信がある。商人としての教育も受けていて、物の価値は分かるし、買い物をする時の値段交渉が大好きだ。そんなやり取りを見て、今度はギルル様が口を開く。

「地下で求められるのは、地上でしか育たない水産物や植物だと聞きます。そういった物の加工は人間が得意とする分野です。特に木材ともなれば、さらに様々な加工品があります。柔らかな印象を与える木材の家具は、地下ではかなり高価なのでは？　傷を付けず運ぶには、運搬ルートの安全が不可欠です。職のない子供が多いなら好都合です。

獣族《じゅうぞく》なら子供でも力が強いだろうし、炊き出しをして町作りに参加させれば、自分の住んでいる町に愛着も湧くのでは？　何よりも、子供であるということは、まだ人を襲ったことがないということです。そういった面でも、獣族の子供達は人間に信頼されます。交易の態勢を作りあげて本格的に機能するようになるには多少時間がかかりますが、その頃までには子供達も大きくなり、さらに役立ってくれるでしょう」

　つまり、初期投資以外にデメリットはないと言いたいらしい。その初期投資だって、あの真珠で十分に元は取れるだろう。

　人間を襲ったことがない獣族であっても、身体の大きな大人の獣族には疑いの目が向けられる。しかし子供の獣族なら、理屈としては人間の敵として罵《ののし》ることはできない。可愛らしい小型の獣族なら、むしろ庇《かば》おうとする人間も出てくるだろう。子供ではないけど、ラントちゃんをその筆頭に仕立てるのだ。

「なるほど。受付の顔には若い世代がいいというのはもっともだな」

　エンダーさんはふぅと息をついて、ノイリに珊瑚を返した。

「交易ルートの整備の件は任せておいてくれ。スラムのこともどうにかしよう。ただ、時間は必要だ。少なく見積もっても一年はかかる。宝石類だけなら運ぶのは簡単なのだが、家具を運搬するためにはもっとしっかりと地盤を固めなければならんし」

「ありがとうございます」

ギル様が魅惑の営業スマイルをエンダーさんに向ける。男相手だからいいけど、女の人だったら大変だったかもしれない。

「あと、事を上手く運ぶために、もう一つお願いがあるのですが」

さらにおねだりとは。道理でいつも以上に微笑みの安売りをしているわけだ。

「宝石か？」

ギル様のおねだりの内容を察して、エンダーさんは問い返す。

「はい。いくつか目を引く宝石をいただきたいのです。もちろん代金はお支払いします。王である僕の父に一番影響力があるのは僕の母です。母の気を引くには宝石が一番有効です」

ギル様は母親で苦労させられている。ギル様のお母様は、その美貌で王の寵愛《ちょうあい》を受けていると噂《うわさ》に聞いた。母親似と言われる息子がこれほどの美形なのだから、母親の美しさも推《お》して知るべし。しかもきっと巨乳《きょにゅう》だ。性格の悪い巨乳。私の大嫌いなタイプである。そのお母様を説得するのは、生半可《なまはんか》なことでは上手くいかないだろう。国王陛下を説得するよりも大変そうだ。

「息子が言うのも何ですが、母は俗物なので、宝石でなら簡単に釣れます。いや、母に限らず、金銀財宝に釣られない貴族は少ないでしょう」

なんというか、身も蓋《ふた》もない発言だ。

悲しいことに、貧乏人よりも金持ちの方がよっぽど金にがめつかったりする。貧乏人は、あまりにも世界の違う物を見ると、警戒してなかなか近寄ってこない。最終的に寄ってきても、やたらと警戒するものだ。ただ、元から金持ちだと、金銭感覚が貧乏人とは違う上に自分に対する特別意識があり、どんな高級品を見ても自分には相応《ふさわ》しい、自分はこれを身につけるだけの価値があると思ってしまう場合が多々ある。そのため、貧乏人ほどは警戒をせずに釣られてしまうのだ。

「わかった。真珠の礼ということで、地下の宝飾品を用意しよう。人間の好む石は分からんから、いくつかへイカーに持ってこさせるので選んでくれ」

「ありがとうございます」

「この真珠の価値を考えれば、安いぐらいだよ」

そりゃそうだ。地下での価値を考えたらそうなって当たり前。真珠を手に入れられる強盗なんて地下にはいなかっただろうし、もし手に入れたとしても、乱暴に取り扱って傷つけたり汚したりするのは目に見えている。きっとこの真珠には天井知らずの価格がつくだろう。

「ああ、そうだ」

ゼクセンが再び口を開く。

「好みのデザインが分からなかったので、真珠そのものをお持ちしましたが、もし真珠の加工技術に不安がおありでしたら、お望みのようにこちらで加工しますよ。それか、デザイン画をいくつか用意します」

至れり尽くせりの提案に、エンダーさんは嬉しそうに頷《うなず》く。

「ほう、それはありがたい。考えさせていただく」

地下には真珠の加工技術などなくて当然だ。そもそも真珠が採れないのだから。ゼクセン達が加工せずに持ってきたのは、真珠そのものを見せてインパクトを与えるためであり、またどうデザインしていいか分からなかったためでもある。魔族《まぞく》や闇族《あんぞく》が身につけるデザインなら想像しやすいが、竜族《りゅうぞく》や獣族《じゅうぞく》のためのデザインとなると難しい。おそらくゼクセンにそう言えと命令したエノーラさんも、きっとそのあたりの問題で悩んだことだろう。魔物なんて見る機会もなかったのだから仕方がない。

その後、ヘイカーさんが持ってきた宝飾品を選ぶと、ギル様はとても力強く拳《こぶし》を握った。

「これで母を説得できる。一番の難関を陥落《かんらく》させてしまえば後々が楽だ」

「説得する言葉とか、口裏合わせとかどうするんですか？」

　まさかここまでの流れを素直には公表できない。女の私を連れて帰るなら、もう少しキレイなストーリーに仕立てなければならない。

「城に戻ったネイドがお前を含めた諸々のことをどう報告しているかが問題だ。とりあえず僕は母の様子を見て臨機応変に説得に当たるから、お前はラントを抱きかかえて、この宝飾品を身につけて馬鹿みたいに笑ってろ。下手に口を挟むと母がヘソを曲げる」

　女は余計なことは言わない方がいいらしい。ギル様のお母様とはあまり関わり合いになりたくないと思っていたのでありがたいことだ。

「あと、お前の宝飾品は借り物だから、壊すなよ」

「ノイリに借りた物は壊しませんよ。それにダイヤなんですから人前に出るだけで壊れるって、あり得ないでしょう」

　ブルーダイヤのペンダント。スターサファイアの指輪。地上とは異なる文化が生み出した珍しいデザインは、間違いなくご婦人方の目を引く。宝石のカッティング技術なら、魔物達の方が上のようだ。

　私は指輪を見る。人差し指にぴったりサイズだけどあまりにゴージャスで、ノイリには相応《ふさわ》しいが私には不釣り合い。薬指にはめたギル様のペアリングすらとても貧相に見えた。サイズは確かめたので、すぐに外してギル様の手に戻す。

「無くしそうなので持ってて下さい。なんというか、迫力がありすぎます。こういうのは美術館で飾っておくべきです」

「アクセサリーの意味分かってるか？」

「私がもっとゴージャスな美人だったら似合うんですが、残念ながら男と見まごう貧弱さです」

「お前がゴージャスな美人だったらここにいないだろうがな」

そりゃそうだ。そんな美人、男装してもすぐばれる。

「私はこのペアリングぐらいの方が落ち着きます。でも、これとももうすぐお別れですね」

ギル様から借りているペアリングの片割れ。都に戻ったら、返さなきゃならない。国宝級だし。

「いいから説得の当日は文句を言わずに宝石を身につけていろ。エノーラがお前に似合いそうな服を手配してくれている。あと、その指輪はお前が持っていろ。その方が役に立つ」

その指輪とは、ペアリングのことだろう。

「いいんですか？」

「ああ」

そっか。この指輪との付き合いはまだまだ続きそうだ。邪魔にならないから気に入っていたんだ。

「ルゼちゃん達、話が終わって気楽になったところで、ニアスに会いに行かないか？」

テルゼが私の知らない名前を口にする。ニアスって、何度か耳にはしているが、どんな人なのか説明を受けていない。

「誰それ」

「王族の一人で、ノイリの旦那」

ニアス。そいつが私の憎き敵か。

「何もわざわざ殺させに行くような真似をしなくても、会わせないという道だって」

「でもルゼちゃんを納得させなかったら、ずっとこの不安が続くんだぞ。いいのか？」

「良くはないが」

ギル様とテルゼがひどく失礼な話し合いをしている。

「おいおい、せめて縛り付けるとかしないとまずくないか？　王族殺しなんて洒落にならんだろ」

「ラントちゃんまで人聞きの悪いことをっ」

「いや、だって目が据わってたぞ、お前。暗殺するなよ」

「なんでみんなと同じこと言うの？　殺しはしないよ。父親は大切だよ。父親は」

「父親としての存在価値だけかよ」

父親……

目を逸《そ》らし続けていたことが一つある。

「そのニアスって人は、何族なの？」

「竜族《りゅうぞく》だ」

竜……

「エンダーさんの弟で、でもエンダーさんには全く似ていない普通体型だから安心しろ。な、エンダーさん」

「お前は本当に失礼な奴だな」

エンダーさんに似ていないということを強調してくれたのはありがたいけど。ノイリの子の父親が亜人間型の魔族《まぞく》か闇族《あんぞく》だったら良かったのに、竜族か。

「竜族と人間の間の子って、生まれると同時に地上では森に捨てられるらしいから、見たことないんだけど……」

私はちらりとノイリを見た。天族《てんぞく》のノイリは人間ではないが、白い翼があるだけで姿は人間に近い。想像するだけで頭が痛くなる。

母親が発狂したり、子供を捨ててしまったり、ひどいと殺されてしまうような化け物じみた姿。

そういう見た目の子供が、ノイリの腹の中にいるのだろう。もし違いがあるとすれば、翼が生えているかもしれないということぐらいだ。

「父と母のどっちに似るかによって違ってくるから、まあ、それぱっかりは生まれてみないとなぁ。竜族と魔族型の混血は四区《しく》では珍しくないし、苛《いじ》められたりしないから安心していいぞ」

テルゼの言葉を聞いて少し安心した。差別がないなら、別にいい。しかし見たいような見たくないような。もちろん愛するノイリの子なら、どんな姿であっても愛する自信はあるが。

「せっかくだから、せめてニアスが格好良く訓練してるところでも見に行こうぜ。少しでも印象が良い方がいいからな」

ノイリが笑みを浮かべて頷《うなず》くので、私もそうすることにした。なんだかノイリの父親みたいな扱いを受けているようで嫌だけど。

「ひょっとして、このネズミさんみたいな可愛い子も訓練してるの？」

可愛いネズミのメイドさんを指差して問うと、ノイリが首を横に振る。

「小型の獣族《じゅうぞく》はいないよ。体格が違いすぎて正規軍の訓練では危ないから、別の特殊部隊に加わるの」

私的にはそっちを見たい。可愛い子が可愛い訓練をしている姿しか思い浮かばない。

「移動するなら、ギル様、これ外して下さい」

階段が多いのに、足を封印されていてはたまらない。

「ダメだ。お前が暴走したら手がつけられん。歩きにくいなら、運んでいってやろうか」

「じゃあお姫様抱っこで」

「その格好でか？」

こんな冗談、昔なら怒鳴りつけてきたのに、真剣に問い返してきた。

「……やっぱりいいです」

スカートだったら、抱っこしてくれるつもりだったのだろうか。それはそれで不気味で怖い。

ああ、昔のノリの良いギル様が懐かしい。それでもって、細かいことには突っ込まなかったギル様が懐かしい。私はギル様に女の子扱いされても、ちっとも嬉しくない。

「ねぇねぇ、その人ルゼちゃんの恋人？」

ノイリが恐ろしいことを尋《たず》ねてきた。

「ただの上官だよ。ノイリまでそういう発想するのはちょっと傷つく」

「そうなの？　どうして？」

「だって、私にはまだ早いよ」

「ああ、そっか。ルゼちゃんはまだ子供だもの、仕方がないよね。私がルゼちゃんぐらいの時は、まだエンダー様の所に来たばっかりだった」

ノイリは私の頭に手を伸ばして撫でてくれた。年相応の扱いというのは、いいものだなぁ。

「言われてみれば、そうだよなぁ。地下に来たばっかのノイリなんて、小さくて痩《や》せてすげぇ子供っぽかったぜ。それに比べてルゼちゃん老けすぎ。もっと子供らしく溌剌《はつらつ》としてればいいのに。ノイリはもっと無邪気だったぜ」

テルゼも私の頭をくしゃくしゃと撫でて言う。ノイリは聖女《せいじょ》としてそういう風に育てられたから無垢だったのだ。今だって無邪気で可愛い。

「そうだぞ、ルーちゃ……あ、ルゼか。とにかく、一人で何もかも背負ってたら……禿《は》げるぞ」

ヘルちゃんが、適当な言葉を思い付かなかったのか、的外れなことを言う。男ならともかく、女の私が簡単に禿《は》げるか。ルーという愛称を呼ばないようにしてくれるのは可愛いんだけどさ。

「ノイリはノイリ、私は私。私が子供らしく元気溌剌《はつらつ》と遊んでても、何か企《たくら》んでいると思うくせに」

「うーん、そりゃそうか」

「だいたい、ラフラだって同年代だけど、怯《おび》えさえしなきゃ、とても落ち着いていて有能な魔術師です。年齢や外見で人を判断したら痛い目を見るよ」

「そ、そうだな。見た目や年齢で判断されるのは嫌だな」

さんざん見た目で判断されてきただろうヘルちゃんは、私の言葉にうんうんと頷《うなず》いた。さて、これからノイリの、憎くても認めなければならない旦那とご対面だ。私が斬《き》って捨てたくなる男でないことを祈るのみ。


魔物の軍人が大勢集まって訓練をしている中、あれがニアスだと言われて、私はすぐに目星をつけることができた。彼がニアスであってくれればいいなぁ、という願望ゆえだが、何というか、その男には品の良さとか、そういうものを感じたのだ。他と同じトカゲ男には違いないのだが、横顔が凛々《りり》しい。人間のまっとうで立派な騎士の表情に似ている。装備の方も、何かの革のような黒光りする素材の鎧《よろい》で、他の竜族《りゅうぞく》よりも見栄えがいい気がする。私達の白い鎧と同様に衣装効果もありそうだ。

「ニアス様ぁ」

ノイリが甘いものを含んだ声で呼びかけると、軍人達が一斉《いっせい》に振り返って相好《そうごう》を崩し、彼女が姿を見せたことを喜んだ。ノイリの人気は分かったけど、全員が振り返ったら、どれがニアスか分からん。

「ああ、客人がいらっしゃったか」

そう言って、私が目星をつけた、一人だけ雰囲気の違う竜族が歩み寄ってきた。やっぱり装備が違うのは、身分が高かったからか。正直、竜族の顔の区別なんてあんまりつかないけど、格好いい竜族である気がした。少なくとも、私の知っている連中と比べると、彼は態度も顔立ちもどことなく品がいい。王の弟なのだから当然だろう。いや、王はカエルなのだから、奇跡の賜《たまもの》か？　カエルの方が異常なのか？　爬虫類《はちゅうるい》似と両生類似の違いなんて、かなりどうでもいいけどさ。

「ようこそ五区都《ごくと》、インカータへ。私は王弟、ニアスと申します」

ニアスが軍人らしい礼を執《と》る。

竜族なのは仕方がない。種族で差別したら、ノイリが悲しむ。見た目は竜族そのもののトカゲだが、不細工でないのでここまでは良しとする。

「ランネルの王子、ギルネストです」

ギル様も本当に様になる礼を執る。

「ニアス様、この子は私が子供の頃に一緒にいたルゼちゃんです」

「ルゼ・オブゼークと申します」

私は杖をついたまま、頭だけ下げた。結局、魔導具《まどうぐ》は外してもらえなかった。杖を見てニアスは少し驚いたように私を見ていた。

私は間近に来たニアスをよく観察する。鎧《よろい》は頑丈そうだ。殺すなら鎧の隙間か喉《のど》を狙《ねら》うのがいいだろう。ただ隙《すき》がないな。立っているだけでも、襲いかかればすぐに攻撃を返されそうな感じだ。竜族は瞬発力があるから、間違いなくそうなるだろう。傀儡術《かいらいじゅつ》で縛り付けるのも、相手の実力によって難易度が上がる。彼は特に魔力が高い竜族のようなので、実戦で縛り付けるのは難しいだろう。

「……得物は剣ですか」

反《そ》りのある大きな片刃の剣が二本。竜族《りゅうぞく》の腕力なら、二刀流でも十分振り回すことができるだろう。

「素晴らしい腕前だそうですね。もしよろしければ、一度手合わせ願えませんか？」

私はニアスに笑みを向けた。

「その足では無理だろう」

「大丈夫です」

私が笑みを向けると、彼は疑い深く見てくる。私はギル様へと視線を移した。

「全くお前は……まあいい。納得のいくようにしろ」

「ありがとうございます。ギル様、外して下さい」

ギル様は素直に封印を外してくれた。私の気持ちが通じたらしい。

これでいつものように動ける。飛び上がって見せると、ニアスは不審そうにしながら、私達に同行してきたエンダーさんに目を向けて言う。

「兄貴、いいのか？」

「いいさ。少し遅いが、ノイリの父親だと思って相手をするがいい。無様な姿を見せたりしたら、ノイリを連れて帰られるかもしれんぞ」

その通り。ノイリの夫は素晴らしい人物でなければならない。文官であるなら聡明《そうめい》さを求める、軍人であるなら強さを求める。私の天使を手に入れたのだから、当然のことだ。私に簡単に負けるような名前だけの軍人など、ノイリに相応《ふさわ》しくない。

「ニアス、この子は強いからなぁ。装備は違うけど、この前は傷一つ負わずに一人で二十人は返り討ちにしてたぞ。お前も殺されないように気をつけろよ」

「テルゼ、いくら何でも失礼な。私は誰彼構わず殺す殺人鬼じゃないから」

極力殺さず闘《たたか》うタイプなのに、本当に失礼だ。私は殺さないと危険な状況でのみ相手を殺している。

「それは楽しみだ」

ニアスは挑発的な笑みを浮かべる。

大した自信だ。じゃあ、本気でやってやる。それが武人としての彼に対する礼儀だろう。

いつぞやニース様と決闘した時は自分から即座に負けたが、今度は手加減無しの本気だ。初めての本気の決闘が、愛する人のためだなんて、なかなかロマンティックではないか。

剣という武器にも、今ではすっかり慣れた。一番慣れているのはナイフと糸。二番目は槍などの棒。そして三番目が剣。盾《たて》は持ってきていないから、昔から使っていた特製の籠手《こて》を装着した。これで十分に盾の代わりになる。

「どこからでもどうぞ」

私は構えたまま、ニアスに笑みを向けた。

地上に来ていた奴らは盗賊のようなもの。盗賊は戦闘のプロではない。だからこのような騎士の構えで、戦闘のプロと真剣勝負するのは、実は初めてかもしれない。このような緊張感も初めてだ。

人間をはるかに上回る力と俊敏《しゅんびん》さと皮膚の硬さが竜族の強みだ。特性は理解している。その特性が訓練によってどこまで伸びるのか、私はまだ知らない。それでも相手をする自信はある。

「では行こう」

動いた。初動から速い。それでも予想よりは遅かった。

ニアスの剣を受け止め、傀儡術《かいらいじゅつ》で自分の身体を操り、押し返す。彼にあまりにも力が入っていなかったので、ぶっ飛ばす勢いで力を込めてやった。ニアスは驚いて刃の届かない所まで跳び退き、獣のように構えて、私を見る。

「手加減は無用です。見た目ほど非力ではありませんから」

「その、ようだな」

ニアスは混乱しているようだ。私は混乱している彼などどうでもいい。

「落ち着いたらまたどうぞ。実戦じゃないんで、不意を突くやり方をしても意味がありませんから」

「さすがは騎士だな」

ちゃんと実力勝負をしないと、ノイリに見せつけられない。ノイリに強い私を見せたいのだ。私がノイリを探すために、どれだけ強くなったか、彼女に私の愛の深さを知ってほしいのだ。

私は再び構えて待つ。

「では、手加減は無しで」

ニアスはそう言ってもう一度走る。

さっきよりも低く、速い。並の人間じゃ、一瞬で見失い、気付いた時には殺されている。さすがは竜族《りゅうぞく》。トカゲのような俊敏さだ。

「はあぁぁっ」

ニアスが私の左側から切り掛かってくる。それを籠手《こて》で受け、跳ね上げ、腹を蹴《け》る。

しかしその直後にニアスは自分から跳んだのか、ほとんど手応えがなかった。

「いい動きですね。さすがにチンピラとは違う」

「あの受け方でよく腕が動くな。人間の身体はもっと脆《もろ》かったはずだが」

「私は肉体強化型の魔術師でもありますから、ご遠慮なく」

「そうか」

さて、次は本当に本気か。互いに殺さないつもりで、相手の本気を引き出すのは大変だ。私は見た目からして甘く見られる。

「ルゼちゃん、格好いい！　頑張《がんば》って！」

皆が固唾《かたず》を呑んで見守る中、ノイリの声が響いた。旦那ではなく、私を応援しているのは、彼なら負けないと思っているからだろう。

「ルー、頑張って」

ラフラが祈るように手を合わせてノイリに続く。

「ルー……ルゼ、ニアスなんかに負けるなっ」

ヘルちゃん、ニアスのことあんまり好きじゃないんだろうか。

女の子達の応援にやや引っ掛かるものはあるが、まあ期待に応えるべく気持ちを奮い立たせる。ラフラに釣られて「ルー」と呼び、慌てて「ルゼ」と言い直したヘルちゃんだが、可愛いので女の子達の一人に数えていいだろう。見た目女の子みたいだし。可愛いし。むさい男ばかりの中、三人はまさに掃《は》き溜《だ》めの鶴《つる》。いや、ゼクセンもか。

自分の妻が私を格好いいなどと言うものだから、ニアスの方はちょっと動揺していた。妻の真意にも気付かないとは、男のこういう鈍《にぶ》さが嫌いだ。

私はノイリを見て笑みを浮かべる。

「もちろん、負けないよ。私を誰だと思ってるの。それに私は、君のために強くなったんだ」

挑発はこれで十分かな。

私は嫌味《いやみ》なほどの笑顔をニアスに向ける。挑発の仕方は騎士になってからさんざん学んだ。彼も人間の騎士も、大して違いはないはずだ。女のこととなると、男はムキになるものである。それで喧嘩《けんか》を売ったり買ったりしてもまともな女が喜ぶはずはないのに、格好つけるために喧嘩をして女を泣かせる男が多い。

「では、今度はこちらから」

そろそろ相手も本気になってくれそうなので、ただ待つのをやめた。本気でない相手を叩きのめしても、魔力の無駄遣い。私のことを、妻を誘惑する男だと思って本気になってくれればいい。

私は、人間の領域をちょっと超えるぐらいの速さで一歩目を踏み出した。肉体強化型の魔術師なのだから、これぐらいできても誰も疑問に思わないだろう。

正面から打ち込むと見せかけて、軌道を変えて打ち込んだが、あっさりと受け止められる。離れて二度、三度と斬《き》りつけるが、次第にニアスの手数が多くなる。

ニアスの動きはトカゲのように素早く、そのくせ剣筋は王道だ。だまし討ちのようなやり方はなく、素直な、しかし鋭くて力強い、直球の強さだった。速すぎて、私も次第にさばくのが精一杯になり、内心はけっこう冷や冷やしている。

左から迫る剣を籠手《こて》で弾き、その隙《すき》に肩を狙《ねら》うが、もう一本の剣で弾かれ、私は普通に動く右足を使って回りながら下がり、次に来た一撃を剣で受け流す。

こんな強敵、実戦なら距離を置いて絶対に近づかない。空に逃げて身の安全を確保し、狙い撃ちしているはずだ。自分でも、近づくなんて馬鹿だろと心の底から思う。まあ、こういうのも私にとっては勉強になるんだけれど。

表情だけは余裕綽々《よゆうしゃくしゃく》、にやけ面を維持して、相手にプレッシャーを与え続ける。こうしておけば、全ての攻撃を余裕で流しているように見えるだろう。敵も深く考えている暇はないから、少なからず焦るし苛立《いらだ》つだろう。

さすがに向こうも無表情だが、それにつられてはいけない。顔に出さないからと、心を読み間違えては傀儡術師《かいらいじゅつし》の名が廃《すた》る。

「ルゼちゃんすごい！　ニアス様に負けてない！」

「ルーは強いの。とっても強いの。あなたを探すためだけに、小さな頃から頑張《がんば》ったから」

「私のために？」

ノイリとラフラがそんなことを話している。少なくとも人間並の耳を持っているニアスにも聞こえたはずだ。

案の定、ニアスの剣にさらに力がこもる。しかし、余計な力まで入ってしまい、先ほどまでの正道さが消えた。

「力《りき》んでますよ。無駄な力を入れるより、技を気にするべきです」

「黙れ」

なかなか楽しい。

私も正道に相手をしようと思っていたけど、動きの方はいつもの調子に戻っている気がする。手本としているニース様を最近見ていないから、忘れ気味なのかもしれない。私の本来の動きは、自分を人形のように舞わせる、剣舞《けんぶ》のようなスタイルだ。騎士様の動きよりも、こういう動きの方が得意だから。

人間とはかけ離れたニアスの動きについていけるのも、傀儡術《かいらいじゅつ》で探査用の網のようなものを作り、その反応で動いているからだ。目ではとても追えな……

「くっ」

攻撃を受けた瞬間、立ち位置が悪くて蹴《け》りが来た。

その足を籠手《こて》で受けたが、身体が浮き上がり、後ろにぶっ飛ばされる。

受け身を取って転がり、すぐに起き上がったが、手はまだ痺《しび》れている。感覚の麻痺はしばらく続きそうだ。

「ルゼちゃんっ」

ノイリの悲鳴が聞こえた。

「今、なんか……」

ニアスが私を見て顔をしかめた。空中での動きが普通ではなかったことに気付いたらしい。

さて、どうするかな。腕の感覚麻痺とか、傀儡術を使う私には関係ないし、続けるのに支障はない。

「ルゼ、そろそろいいだろう」

だが、傍観者に徹《てっ》していたギル様が、ここにきて初めて私を止めた。

ニアスが離れ、私を見る。不思議でならないといった様子だ。

「お前相手にここまでできるんだ。許してやってもいいだろう。きりがない」

きりがない。そうだ。体力が続いた方が勝つ闘《たたか》いなど、きりがないし意味もない。なら初めから持久力で勝負すればいいということになる。

「そう……ですね。今は十分でしょう」

敵は思ったよりも強かった。あの闘い方でどうにか倒せると思っていたのだが、予想外の強さだった。力に不足がないことは認めてやる。竜族《りゅうぞく》とはいえ裕福な王の弟で、これだけ強いなら、変な人間に手を出されたのよりはマシだ……と思うこともなんとか可能だ。

「決着をつけずに終わるのか？」

「防戦はできても、この装備では攻戦はできそうにありません」

防御は術を使って十分にやれるが、攻撃はその防御を崩すし、相手の体力を削らないことには決着がつけられない。そんな闘いには意味がない。正道さがない。

さすがにこれ以上続けると、私も神経すり減って疲れるし。

「あれだけ見えていて、何故攻撃に出られない？」

「見えているわけじゃあないんですよ」

私は身体と剣を浮かせた。

ニアスが驚きの表情を見せるので、私は溜飲《りゅういん》を下げる。他人のこういう間抜けな反応は大好きだ。

「改めまして、傀儡術師《かいらいじゅつし》のルゼと申します。どうぞお見知りおきを」

ニアスは人形のように動く私を見て、きょとんとしている。こういう表情はちょっと可愛いかも。竜族《りゅうぞく》でも、下卑《げび》た笑みとか恐怖や苦悶《くもん》の表情がなければ、可愛いんだ。知らなかった。私って、竜族には侮《あなど》られるか怯《おび》えられるかどっちかしかなかったから。

「ルゼちゃん、怪我はない？」

ノイリが自分の旦那よりも私を心配して駆けつけてくれる。私が年下の女の子だからだろうと思うと、ちょっと不服だ。ニアスもさぞ不服だろう。夫である自分よりも、これだけ強い他人の方が心配してもらっているのだから。

「大丈夫だよ、ノイリ」

私は痺れてない方の手を振って見せる。

「ルゼちゃん、腹は大丈夫か？　腰とか打っていないか？」

テルゼは私が女だからこその心配をする。

「大丈夫ですよ」

さすがに腰とか打ったら動けなくなるし、傀儡術を使えなくなるから、しっかり守っていた。身体の芯にダメージを受けてまで続けられるほど傀儡術は粗雑な術ではないのだ。

「嘘をつけ。ちょっと左腕見せてみろ」

ギル様が無遠慮に左腕を掴《つか》む。

ようやく痺れが引いて、ガンガンズキズキと痛みが押し寄せてきた腕を、だ。

「い……痛い痛い痛いっ握られるとさすがに痛いですっ」

「馬鹿か。女が身体に痣《あざ》を作るような戦い方をするなっ」

籠手《こて》を外されると、自分でもちょっと驚くほどの痣が出てきた。籠手と傀儡術での補助があっても、全てのダメージを無くせるわけではない。私は身体が貧弱だし、痣など簡単についてしまう。

「この時期、腕にこんな大痣作ってどうする。今の時期のドレスは五分袖だぞ！　丸見えだろう！」

「手袋すればいいじゃないですか。それに自分で治しますから大丈夫です」

ギル様、何も怒鳴らなくてもいいじゃん。一生に一度のことなんだから。自分だって闘《たたか》いを認めたくせに。

「ノイリ……あれは女なのか？」

「うん、女の子なの。前はこれぐらい小さかったのに、今では男装の騎士様なの。すごいの。格好いいの」

すごい、格好いいと言われる横で、私はギル様にガミガミと説教されている。

別に私がこの容姿で誰かをたぶらかしに行くわけじゃないんだから、痣なんかどうでもいいことなのに。

ギル様ちょっとウザいです。

翌日、私は城の外に停められた馬車ならぬ竜車《りゅうしゃ》の前でノイリ達に別れを告げた。

テルゼとヘルドも私達に同行して地上へ。もちろんラントちゃんもだ。

ラフラは闇族《あんぞく》混じりだし、ノイリが可愛がるつもりのようなので、ここに残していっても大丈夫だろう。ノイリは妹ができたみたいだと言って喜んでいる。ここでは人型が珍しいようなので無理もない。ラフラは可愛いし。

ルーフェス様のことは、信じて祈るしかない。可能性が一番あるのはここなのだから。

ここから先はルーフェス様との今までの関係を切り、女のルゼとしての生活になる。

毎日彼の様子を気にする必要もなく、その日の報告をする必要もない。

ノイリは真っ白いふわふわのマタニティウェアだ。これなら腹も目立たない。天使様と縋《すが》りつきたくなるような麗《うるわ》しさだ。昨夜は、旦那のニアスを寝室から追い出し、ラフラも交えて女三人で一緒に寝た。やたらと広いベッドに寝転がり、いっぱい話をして、夢心地だった。

「ルゼちゃん、一日しかいられないなんて……寂しい」

ノイリが寂しげに見上げてくる。そんな風に見られると、決心が揺らいでしまいそうで目を逸《そ》らした。

「私もノイリと離れるのは、身を引き裂かれるような思いだよ」

本当に会いたくて会いたくて会いたくて、ようやく会えたのにまた別れなければならないなんて、苦痛だ。それでも、ノイリが今幸せなら、私みたいな物騒な女は必要ない。

「子供が生まれたら遊びに来るよ。その頃には少しは状況も落ち着いていると思うし。ただ、ちょっと遠いから時間はかかるかもしれないけれど」

「生まれたらどうやって知らせたらいいかな？」

「テルゼとはどうやって連絡を取っているの？」

「そっか。テルゼさんにお願いすればいいんだ。テルゼさんとの連絡には、うちの鳥を使ってるの」

「うちの？」

ノイリは貝殻のネックレスに取り付けていた笛を吹く。するとマリーちゃんと同じような白い鳥が飛んできた。それがノイリの腕に止まる。

どうしよう。イイ。すごくイイ。何この素晴らしい組み合わせ。

「可愛い」

「とっても可愛いの。私のマラキ君」

雄《おす》か。でも可愛いからいいや。もう、セットで可愛い。麗しい！

「というか、ルゼちゃんがマラキを連れていけばいいんじゃないか？　場所を覚えさせれば文通ができる。帰りは俺と一緒に帰ってくればいいし」

テルゼが珍しくいいことを言った。

ノイリと文通なんて……。

「それがいいです。ルゼちゃんと文通なんて嬉しい」

ノイリが私との文通でこんなに喜んでくれるなんて、私はもう死んでもいいとすら思った。死んだら文通できないからダメだけど。

「憶《おぼ》えてる？　ルゼちゃんには私が読み書きを教えたんだよ」

「うん、憶えてる」

読み書きの初歩の初歩はノイリに教わった。懐かしい。

「ノイリが教えてくれたことは全部憶えてる」

ノイリは私の女神だ。ノイリが教えてくれたことだけは忘れるはずがない。

彼女は私の天使だったのだから。

本当は私が守っていきたかった。今でもその想いは変わらない。しかし私は必要ない。

彼女を守る必要がない。私では彼女の側にいても役に立てない。

「ルゼちゃん、気をつけてね」

　私はここにいるよりも、地上にいた方がノイリのためになる。

「私はどれだけ離れていても……」

　ノイリのために生きていく。

　そんなことを言ったら、ただ彼女に依存しているだけのようで重いだろう。

「どれだけ離れていても、ノイリが幸せになるよう祈っているから。赤ちゃんが生まれたら、いっぱいお祝いを持ってくるから」

　ノイリに似た赤ちゃんだったら嬉しいが、似ていなくてもノイリの血を引いているのだから、愛するつもりだ。

「お祝いなんか気にしなくていいよ。今だって、まだ必要ないのに色んな物をたくさんエンダー様が買っちゃうんだもん。男の子か女の子かも分かってないのに」

「木製の積み木とか、知育玩具《ちいくがんぐ》とかなら、男も女も関係ないし、地下では用意できないでしょう？　木製の玩具《おもちゃ》は安全だよ」

「それいい！　ルゼちゃんは分かってるね！」

　こういう気遣いを男にしろという方が無理なのだ。ただ買い与えればいいというものではない。母親の立場に立ってちゃんと考えて、彼女が欲しがる物を贈るのだ。

「うん」

「ルゼちゃんは昔から面倒見が良かったから、きっといいお嫁さんになれるね」

「いや、料理できないから無理」

「私もできないよ」

「ノイリはいいんだよ。ノイリは特別なんだし」

その、特別に純真で清らかなノイリに手を出した腐れ竜族《りゅうぞく》に目を向ける。彼の顔が心なしか引きつったような気がした。

「いいですか。今回は一割程度しか実力を出さなかったけど、次はもう少し本気を出しますから」

「い、一割？　またやるのかっ？」

「当たり前です。私よりも弱い男なんて認められません。せいぜい腕を磨《みが》いておいて下さい」

ニアスがため息をついた。ノイリの夫である幸せを噛みしめるがいい。

「ラフラ、ルーフェス様とノイリをよろしくね」

「うん。ルーはゼクセン様のことをよろしくね」

それ以外に心配することはないのか。まあ、この子はエフィ様とすっかりお友達になったから、その婚約者であるゼクセンが気になるのは仕方がない。

「ルゼ、僕からもお願いするよ。ゼクセンも今後は君と同じ部屋で暮らすわけにいかなくなるから、悪い連中にそそのかされるってこともあるかもしれない。そういう時に君の監視の目があるのとないのとでは、やっぱり違うと思うから」

「分かりました。見張ってます」

ルーフェス様に頼まれ、私は快く引き受けた。ゼクセンは私の後ろにいるから見えないが、きっとびくついていることだろう。

「ゼクセンとラントも、ルゼが暴走しないように見ていてね。ノイリが無事だと知った今、ルゼを縛る物はほとんどなくなってしまったのだから」

ルーフェス様、人のことを何だと……。ノイリのことがなかったら、もっと気楽に生きていくだけなのに。

ノイリは私を見上げて、突然抱きついてきた。

「ルゼちゃん、危ないことはしないでね」

「しないよ」

「じゃあ、お土産《みやげ》は約束よ？　絶対にルゼちゃんが持って遊びに来てね？」

くっ……ちょっと見ない間に、そんなことを言うようになっていたとは。

ノイリにそんな風に言われたら、もう怪我もできないじゃないか。

「うん……必ずこの手で持ってくるよ」

私はノイリの頬にキスをした。ノイリも私の頬にキスをしてくれた。

柔らかな、唇の感触だった。

「ルゼ、行くぞ」

ギル様が先に竜車《りゅうしゃ》に乗って、余韻《よいん》に浸《ひた》る私を急《せ》かした。こうして声をかけなければ離れられないと分かっていたのだろう。

「じゃあね、ノイリ」

「うん」

名残《なごり》惜しいが、これ以上いたら、ニアスをうっかり殺してしまうかもしれない。

私は竜車に乗り、ルーフェス様のいない我が実家へ。

地上に戻れば、ルーフェス様のいない我が実家へ。そして久々の都にはまだまだ解決していないことが山積みだ。私達はその陰謀渦巻く最中《さなか》に戻っていく。

前途は多難。

でも、引っかき回しがいがあって、面白そうだ。

書き下ろし番外編

面倒臭い彼女

「ギル様、女って、面倒臭いですね」

身体がなまらないように、オブゼーク家の庭で軽く手合わせしている僕とゼクセンを見て言ったのは、正真正銘、女のはずのルゼだった。

ルゼは現在、女としての訓練を受けている。

女がなぜ女としての訓練をと思ったが、良家の子女を演じるには訓練が必要なのだと。

確かに僕が同じ立場でも、訓練が必要になるだろう。こいつは男の振りを始める前から、男と間違えられていたらしいから、厳しく躾《しつ》けられても仕方ない。

「面倒臭い、か」

僕は汗を拭いながら、何やら悩んでいるルゼを見た。彼女は庭に置かれた椅子で、抱えたラントの手をいじっている。

「面倒臭いです」

ルゼは力のない目で、魂を絞り出すような声を出した。

まあ、それは分かる。今まで男として生活してきたのと同じく、身なりを気にしない方が性に合っていた女だ。

だが僕に言われても、どうしようない。

「男は楽ですよね」

男装していた頃よりも若干高い声で拗《す》ねる。

「そうだな。まあ、女性の振る舞いは大変だろうが、慣れればどうということはないだろう」

僕はゼクセンが差し出したグラスを受け取りつつ慰める。

僕には理解できない悩みだから、このように諭すことしか出来ない。

「気持ちは分かるけどなぁ、こればかりは仕方ないだろ」

近くで見ていたテルゼは、ケラケラと笑った。

「他人事だと思って」

ルゼはむっとして僕らを睨《にら》み付けてきた。

だが、カツラを被って、母親から譲り受けた女物の服を着ていると、睨まれても可愛らしいとしか思えない。服装と髪型と性別の認識というのは、大切なのだと実感する。

「だが、男に見えないようになってもらわないと、話が始まらないぞ」

「そうなんですが」

いつもと違い、珍しくぐずぐずしている。

「あぁ……あれか。女特有の、ただ愚痴を聞いて、反論も助言もいらないから、ひたすら肯定が欲しいという」

女らしくしたら、そこから女らしくなったのか。

「失礼な。それは違いますよ。頷いているだけじゃ『ねぇ、聞いてるの⁉』って言われてしまいますよ」

「そう……だな」

そういえば、ただ頷いていたら怒られたことがある。

「あれか、大変だなとか、がんばっているなとか、適度な肯定の言葉も欲しいんだな」

「一般的にはそうでしょうね。慰めて欲しいんです」

「で、おまえは女心を僕に語り聞かせてどうしたい？」

ルゼがますますむくれた。

「おまえにだから言うが、そういう愚痴を言うと、いざという時にボロを出すぞ」

他の女にならこんな突き放すような助言はしない。弱音を吐くな、などと普通の女性には言えない。しかしこいつの場合、これからの都合上、こういう弱音を吐いてもらったら困る。

「分かっていますよ。分かっていますけど……」

「見た目だけなら自信を持て。誰もおまえを男扱いなどしない。普通に可愛いぞ」

白粉を塗って、唇には紅をはいて、頬紅を入れている。普段は顔色が悪いから、それだけで別人のようだ。

しかも可愛いウサギのぬいぐるみ……ではなく、巨大ウサギを抱き抱えている。

それに頬をすり寄せる姿は、可愛らしい。

「おいこら、それやって叱られただろ、化粧がはげるって」

「ああ、そうだった」

ルゼは渋々ラントを手放した。しかし逃げ出そうとしたところを、すかさず耳を掴んで引き止めて、隣の椅子に座らせる。

見た目は女だが、涼しい顔してひどいことをする中身は何も変わっていない。

「……それで何が不満なんだ？　化粧か？　長くて足に絡むスカートの裾か？　それは我慢しろ。別人になってもらわなきゃならないからな」

ルーフェスっぽさをなくすためには必要なことだ。いくら双子の設定にしても、似すぎていると疑われる。

「なんというか……」

ルゼは一つに結んで肩に掛けた髪をいじる。

こういう仕草も女らしくて可愛らしい。ただ、不思議と年よりも大人びて見えてしまうのだが。

歳を誤魔化《ごまか》しているとは言っても、それでもゼクセンと同い年なのだ。それよりも大人びている必要はない。僕が同年代だと勘違いするほどでなくてもいいのだ。

どうしたらこいつをラント抜きで年相応に出来るだろうか？　ルーフェスと別人に見えるように、もう少しあどけなくなってもいいと思うんだが。

僕はまだあどけない下の妹を思い出して、ため息をつく。

大人の都合で子供に役割を押し付けるのは、胸が痛むのだと気付いてしまった。

「ギル様、おかわりはいかがですか」

ルゼがテーブルの水差しを手にしようとして、僕は止めた。

「自分でやる」

使用人を下がらせたのは僕だ。

ルゼは肩をすくめて、自分のカップを手にする。子供のように両手で持ってから、はっと気付いてカップを置いて、正しく持ち直す。

前は出来ていたから、最近覚えたわけではないだろう。こういったうっかりは子供らしくて微笑ましい。意識をすれば、背筋をピンと伸ばして堂々とした態度で僕と向き合える。

双子の妹で、人目から隠されて育てられたという設定には合っているか。

「ルゼ、持ち直すのはいいが、一緒に座り方が男の頃に戻ったぞ」

「あう」

堂々としすぎた座り方を指摘すると、彼女は背筋を伸ばしながら、女性らしくしなやかな姿勢を取る。一瞬悩んだが、しばらくすると納得したらしく微笑んだ。

こうしていると、ちゃんと使い分けられるのだなと感心する。男装していた時も、こいつなりに男らしくしていたらしい。

僕は空いている椅子に座ると、テーブルの上にあった菓子に手を伸ばした。

「ルゼ、美味いぞ。まったく手をつけていないが、おまえも試しに食べてみろ」

僕が菓子を勧めると、ルゼが顔色を変えた。

「ギル様までそういうことを……」

何か問題があっただろうかと、テーブルの上を見る。

「ああ、菓子が嫌いなんだったか？」

「みんなが食べろ食べろって言うんです。好き嫌いが多すぎるとか」

ルゼが子供のように膨《ふく》れた。好き嫌いでウジウジするのは子供っぽいな。僕が求めるあどけなさとは違うが。

「ああ、おまえの好き嫌いは多すぎる」

「そうでしょうか？　子供が嫌う物は大抵食べられますが」

僕はため息をついた。

「おそらく、おまえが少しだけ太れば誰も言わなくなるだろう。太る気配がないから言われるんだ」

するとルゼは傷ついたような顔をして僕を凝視した。男の頃ならせせら笑っていたが、女だとこちらも動揺してしまう。

この年頃の女の子は、何に傷つくか分からん。

「女って面倒臭いです」

ルゼはラントの耳を引っ張りながらぶつくさと言う。

「なんでそこに戻る」

「みんな痩《や》せたいって言う口で、太れ太れって言うんですよ」

自分は痩せたいが、おまえは太れと言われたのか。

「仕方がない。何事もほどほどがいいんだ。痩せているにしても限度がある。病気だから仕方ないと思っていたが、病気じゃないなら食え。これが嫌なら肉。確か鳥肉は食べられるんだったか」

「ギル様までみんなと同じことをおっしゃらないでください」

「思うことは皆同じか。なら間違っているのはおまえだろう」

「ひどい」

「そんなに太るのが嫌か？」

……いや、ひょっとして？

「ノイリに出来ないことをするのがそんなに嫌か？」

ノイリに合わせた生活をしていたらしい。彼女のノイリ好きは度が過ぎているから、思い悩むのも無理はないのかもしれない。

「いえ、別に。合わせてたのもありますけど、自分に合っていたので」

……合っていた？

ご馳走が目の前にあっても食べず、粗食を選んでいたのが、信条ではなかったと？

「そういえば、僕の知り合いにも一人います。お金はあるけど食べるのが面倒臭くて、栄養失調で倒れた人！」

一緒に絶句したゼクセンが、合点がいったとばかりに声を上げた。

「は？　今、食べるのが面倒臭いって言ったのか？」

美味い食事と美味い酒が好きなテルゼが聞き返した。

「あぁ、それ、すごくよくわかる」

「今のを肯定するのかっ⁉」

共感するルゼに、僕も驚いた。

「僕はこれからこいつに、毎食キッチリ、無理やりにでも食べさせなきゃならないのか」

ルゼはひっと息を呑んだ。

「そんな。運動もさせてもらえないのに、その上毎食食べさせられるなんて」

「運動？　何のことだ？」

僕は首を傾げた。

「相談をしようと思っていたんですよ」

ルゼは唇を尖らせて言う。

「何の相談だ？」

「何もしないと力がなまるから、ちょっと森まで」

「ええ。私は小さな頃から街道より森側を数日掛けて狩りをしていたので。ラグロアの方は人がたくさんいるから、反対側に行っていたんですが」

……ちょっと森までって。

「森って国境の大森林の方か」

刺繍《ししゅう》が趣味ですと言わんばかりにのたまう。こんな娘を持ってしまった彼女の母に同情した。

「行ってどうする。狩りか？　昔のように狩りでもする気か？」

「ちょっとぐらいいいじゃないですか。最近森に入ってないから、変な生き物が出ないかとか、すごく心配なんですよ。一日数時間もあれば、十分なまりません」

僕はため息をついた。

「馬鹿か」

「私にとっては、日課をこなすのはとても大切なことなんですが」

「技術というのは使わなければ錆《さ》びてしまうのは僕も理解している」

ルゼは満足げに頷いた。

「だがな、これから僕と一緒にルーフェスの妹として王都に戻ろうという女が、身体がなまるのを気にしてどうする？」

「えっと、夜中に屋根の上でも走る？」

「新しい怪談の出来上がりだな。おまえ、魔物達に悪魔呼ばわりされる次は、都の怪人になるか？　笑えるな、ははははっ」

僕が笑っていると、ルゼは視線を逸らした。

「いいか。これからのためにも、室内で出来ることを見付けろ」

「し、室内ですか」

「ダンスの練習でもなんでもいい。室内で出来ることだ。身体を動かせればいいんだろう？」

ルゼは目を伏せて考え込んだ。

「室内……ダンス……初心に戻るか」

ルゼは何か思い付いたらしく、渋々頷いた。

「何をする気だ？」

「子供の頃は人形を動かして練習していたんです」

「それでいいのか」

「そういえば、前から編み物してみたいと思ってたんですよ」

「あ、編み物？」

「人形の手を動かして、編み物をしてみるとかどうでしょう？　より複雑な動きなので、訓練になるかもしれません」

編み物か。確かにそれなら成果を見られても怪しまれることはないな。

「一度、セーターとか編んでみたかったんです」

「い、いきなりそこから始めるのか⁉　せめてマフラーからにしろ！」

「えー、マフラー」

ルゼはつまらなそうに目を逸らした。

「マフラーはしないのか？」

「しますけど、自分用に作ってもつまらないじゃないですか」

誰かにつけさせるのか。

ルゼは一瞬僕を見て、また恥ずかしげに視線を逸らした。

まさか……僕に？

もしそうだとして、どんな物が出来上がるんだ……？

いや、こいつは別に趣味はおかしくないし、器用だからそこまで変なのは出来ないだろう。いや、わざと変なのを作ったりしないだろうな。

「マフラーでも良いですけど」

ちらとまた僕を見た。

「やっぱりセーターの方が可愛いかなって」

と、ルゼはラントの耳に触れた。

あ……ちらちら僕を見ていたのではなく、ラントを横目で見て、視線を逸らした先に僕がいたのか。

よかった。早とちりして変なことを言わなくて。恥をかくところだった。

「マフラーを作ってから、帽子とか手袋とかもお揃いで作れば可愛いんじゃないかな」

「それは……」

ゼクセンの提案に、ルゼは目を輝かせた。

まあ、ラントの犠牲程度でルゼが大人しくしているなら、それに越したことはない。

マフラーなんて、今さらいらないしな。

じたばたと藻掻《もが》くラントを見ながら、僕は涼しい顔をして水を飲んだ。

ああ、ここの水は美味いな。

新感覚ファンタジー

RB レジーナ文庫

アラサーOLの異世界奮闘記!

レジーナブックス Regina

普通のOLがトリップしたらどうなる、こうなる1

雨宮茉莉　イラスト：日向ろこ

価格：本体640円+税

気付けば異世界にいた、普通のOL・綾子。特別な力も果たすべき使命もない彼女は、とある村の宿屋でひっそりと働いていた。そんなある日、一人の男性客が泊まりにくる。彼に一目惚れした綾子だけど、やがて、彼の衝撃的な秘密を知ってしまい……!?　ありそうでなかった、等身大のトリップ物語!

詳しくは公式サイトにてご確認ください

http://www.regina-books.com/

携帯サイトはこちらから!

レジーナブックスは新感覚のファンタジー小説レーベルです。
ロゴマークのモチーフによって、その書籍の傾向がわかります。
異世界トリップ
剣と魔法
恋愛
Web限定!
Webサイトでは、新刊情報や、
ここでしか読めない、書籍の番外編小説も!
新感覚ファンタジーレーベル
レジーナブックス
Regina
レジーナブックス
Regina
いますぐアクセス!
レジーナブックス
検索
http://www.regina-books.com/
RB
レジーナ文庫
創刊!
あの人気タイトルも文庫で読める!
今後も続々刊行予定!

本書は、2011年9月当社より単行本として刊行されたものに書き下ろしを加えて文庫化したものです。

レジーナ文庫

詐騎士《さぎし》2

かいとーこ

2015年1月20日初版発行

文庫編集－橋本奈美子・羽藤瞳
編集長－塙綾子
発行者－梶本雄介
発行所－株式会社アルファポリス
〒150-6005 東京都渋谷区恵比寿4-20-3 恵比寿ｶﾞｰﾃﾞﾝﾌﾟﾚｲｽﾀﾜｰ5階
TEL 03-6277-1601（営業） 03-6277-1602（編集）
URL http://www.alphapolis.co.jp/
発売元－株式会社星雲社
〒112-0012東京都文京区大塚3-21-10
TEL 03-3947-1021
装丁・本文イラスト－キヲー
装丁デザイン－ansyyqdesign
印刷－大日本印刷株式会社

価格はカバーに表示されてあります。
落丁乱丁の場合はアルファポリスまでご連絡ください。
送料は小社負担でお取り替えします。

ISBN978-4-434-20090-8 C0193